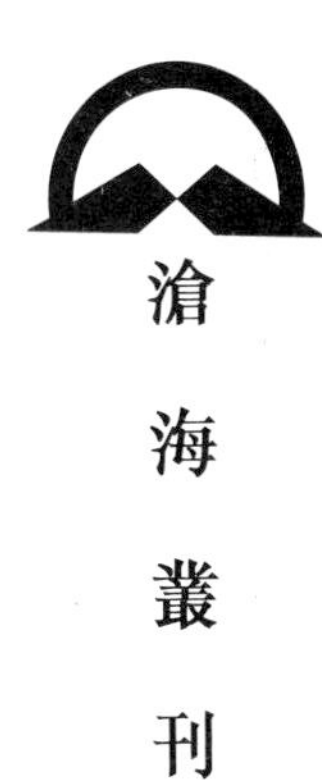
滄海叢刊

歷史、傳釋與美學

葉 維 廉 著

東大圖書公司印行

國家圖書館出版品預行編目資料

歷史、傳釋與美學／葉維廉著.－－初版二刷.－－臺北市:東大，2002
面；　公分
ISBN 957-19-0862-2　(平裝)
ISBN 957-19-0863-0　(平裝)

180

網路書店位址　http : // www. sanmin. com. tw

著作人　葉維廉
發行人　劉仲文
著作財產權人　東大圖書股份有限公司
臺北市復興北路386號
發行所　東大圖書股份有限公司
地址／臺北市復興北路386號
電話／(02)25006600
郵撥／0107175-0
印刷所　東大圖書股份有限公司
門市部　復北店／臺北市復興北路386號
重南店／臺北市重慶南路一段61號
初版一刷　1988年3月
初版二刷　2002年8月
編　號　E 180020
基本定價　肆　元
行政院新聞局登記證局版臺業字第○一九七號

ISBN　957-19-0863-0　(平裝)

「比較文學叢書」總序

葉維廉

收集在這一個系列的專書反映著兩個主要的方向：其一，這些專書企圖在跨文化、跨國度的文學作品及理論之間，尋求共同的文學規律（Common Poetics）、共同的美學據點（Common Aesthetic Grounds）的可能性。在這個努力中，我們不隨便信賴權威，尤其是西方文學理論的權威，而希望從不同文化、不同美學的系統裏，分辨出不同的美學據點和假定，從而找出其間的歧異和可能匯通的線路；亦卽是說，決不輕率地以甲文化的據點來定奪乙文化的據點及其所產生的觀、感形式、表達程序及評價標準。其二，這些專書中亦有對近年來最新的西方文學理論脈絡的介紹和討論，包括結構主義、現象哲學、符號學、讀者反應美學、詮釋學等，並試探它們被應用到中國文學研究上的可行性及其可能引起的危機。

因爲我們這裏推出的主要是跨中西文化的比較文學，與歐美文化系統裏的跨國比較文學研究，是大相逕庭的。歐美文化的國家當然各具其獨特的民族性和地方色彩，當然在氣質上互有特出之處；但往深一層看，在很多根源的地方，是完全同出於一個文化體系的，即同出於希羅文化體系。這一點，是很顯明的，只要你專攻歐洲體系中任何一個重要國家的文學，你都無法不讀一些希臘和羅馬的文學，因爲該國文學裏的觀點、結構、修辭、技巧、文類、題材都要經常溯源到古希臘文化中哲學美學的假定裏、或中世紀修辭學的一些架構，才可以明白透澈。這裏只需要舉出一本書，便可見歐洲文化系統的統一和持續性的深遠。羅拔特・寇提斯（Robert Curtius）的「歐洲文學與拉丁中世紀時代」一書裏，列舉了無數由古希臘和中世紀拉丁時代成形的宇宙觀、自然觀、題旨、修辭架構、表達策略、批評準據……如何持續不斷的分佈到英、法、德、意、西等歐洲作家。我們只要細心去看，很容易便可以把彌爾敦和哥德的某些表達方式、甚至用語，歸源到中世紀流行的修辭的策略。事實上，一個讀過西洋文學批評史的學生，必然會知道，如果我們沒有讀過柏拉圖、亞理士多德、霍萊斯（Horace）、朗吉那斯（Longinus），和文藝復興時代的意大利批評家，我們便無法了解菲力普・薛尼（Philip Sidney）的批評模子和題旨，和德萊登批評中的立場，和其他英國批評家對古典法則的延伸和調整。所以當艾略特（T. S. Eliot）提到「傳統」時，他要說「自荷馬以來……的歷史意識」。

這兩個平常的簡例，可以說明一個事實：即是，在歐洲文化系統裏（包括由英國及歐洲移植到美洲的美國文學，拉丁美洲國家的文學）所進行的比較文學，比較易於尋出「共同的文學規律」和「共同的美學據點」。所以在西方的比較文學，尤其是較早的比較文學，在命名、定義上的爭論，不是他們所用的批評模子中美學假定合理不合理的問題，而是比較文學研究的對象及範圍的問題。在早期，法國德國的比較文學學者，都把比較文學研究的對象作爲一種文學史來看待。德人稱之爲 Vergleichende Literaturgeschichte。法國的嘉瑞（Carré）並開章明義的說是文學史的一環，他心目中的研究不是藝術上的美學模式、風格……等的衍變史，而是甲國作家與乙國作家，譬如英國的拜崙和俄國的普式金接觸的事實。這個偏重進而探討某作家的發達史，包括研究某書的被翻譯、評介、其被登載的刋物、譯者、旅人的傳遞情況，當地被接受的情況，來決定影響的幅度（不一定能代表實質）和該作家的聲望（如 Fernand Baldensperger 的批評所代表的），是研究所謂文學的「對外貿易」。這樣的作法——把比較文學的研究對象定位在作品的興亡史——正如韋勒克式（René Wellek）和維斯坦（Ulrich Weisstein）所指出的，是外在資料的彙集，沒有文學內在本質的了解，是屬於文學作品的社會學。另外一種目標，更加涇渭難分，即是把民俗學中口頭傳說題旨的追尋、題旨的遷移（即由一個國家或文化遷移到另一個國家或文化的情況，如指出印度的 Ramayana 是西遊記中的孫悟空的前身）視作比較文學。這種做法，往往也是挑出題旨而不加美學上的討論。但如果我們進一步問：印度的 Ramayana 在其文化系統裏、在其表義的構織方式中和轉化到中國文化系統裏、在中國特有的美學環境及需要裏有何重要藝術上的蛻變。這樣問則較接近比較文學研究的本質，而異於一般的民俗學。其次口頭文學（包括初民儀式劇的表現方式）及書寫文學之間的互爲影響，亦常是比較文學研究的目標；但只指出影響而沒有對文學規律的發掘，仍然易於流爲表面的統計學。比較文學顧名思義，是討論兩國、三國、甚至四、五國間的文學，是所謂用國際的幅度去看文學，如此我們是不是應該把每國文學的獨特性消除，而追求一種完全共通的大統合呢？哥德的「世界文學」的構想常被視爲比較文學的代號。但事實上，如韋勒克氏所指出，哥德所說是指向未來的一個大理想，當所有的文化確然溶合爲一的時候，才是眞正「世界文學」的產生。但這理想的達成，是把獨特的消滅而只留共通的美感經驗呢？還是把各國獨特的質素同時並存，而成爲近代美國詩人羅拔特・鄧肯（Robert Duncan）所推崇的「全體的研討會」？如果是前者，則比較文學喪失其發揮文學多樣性的目標，如此的「世界文學」意義不大。近數十年來，文學批評本身發生了新的轉向，就是把文學之作爲文學應該具有其獨特本質這一個課題放在研究對象的主位，俄國的形式主義、英美的新批評、現象哲學分派的殷格登（Roman Ingarden），都從「構成文學之成爲文學的屬性是什麼？」這個問題入手，去追尋文學中獨有的經驗元形、構織過程、技巧等。這個轉向間接的影響了西方比較文學研究對象的調整，第一，認定前述對象未涉及美感經驗的核心，只敍述或統計外在現象，無法構成可以放諸四海而皆準的美感準據。第二，設法把作品的內在應合統一性視爲研究最終的目標。

我們可以看見，這裏對比較文學研究對象有偏重上的爭議，而沒有對他們所用的批評模子中的美學假定、價值假定懷疑。因爲事實上，在歐美系統中的比較文學裏，正如維斯坦所說的，是單一的文化體系，在思想、感情、意象上，都有意無意間支持著一個傳統。西方的比較文學家，過去幾乎沒有人用哲學的眼光去質問他們所用的理論作爲理論及批評據點的可行性，或質問其由此而來的所謂共通性共通到什麼程度。譬如「作品自主論」者（包括形式主義論，新批評和殷格登）所得出來的「內在應合的統一性」，確是可以成爲一切美感的準據嗎？「作品自主論」者因脫離了作品成形的歷史因素而專注於作品內在的「美學結構」，雖然對一篇作品裏肌理織合有細緻詭奇的發揮，也確曾豐富了統計式考據式的歷史批評，但它反歷史的結果往往導致美學根源應有認識的忽略而凝滯於表面意義的追索。所以一般近期的文學理論，都試圖綜合二者，卽在對作品內在美學結構闡述的同時，設法追溯其各層面的歷史衍化緣由與過程。

問題在：不管是舊式的統計考據的歷史方法、或是反歷史的「作品自主論」，或是調整過的美學兼歷史衍化的探討，在歐美文化系統的比較文學研究裏，其所應用的批評模子，其歷史意義、美學意義的衍化，其哲學的假定，大體上最後都要歸源到古代希臘柏拉圖和亞理士多德的「關閉性」的完整、統一的構思，亦卽是：把萬變萬化的經驗中所謂無關的事物摒除而只保留合乎先定或預定的邏輯關係的事物、將之串通、劃分而成的完整性和統一性。從這一個構思得來的藝術原則，是否眞的放在另一個文化系統——譬如東方文化系統裏——仍可以作準？

是爲了針對這一個問題使我寫下了「東西比較文學中模子的應用」一文。是爲了針對這一個問題使我和我的同道，在我們的研究裏，不隨意輕率信賴西方的理論權威。在我們尋求「共同的文學規律」和「共同的美學據點」的過程中，我們設法避免「壟斷的原則」（以甲文化的準則壟斷乙文化）。因爲我們知道，如此做必然會引起歪曲與誤導，無法使讀者（尤其是單語言單文化系統的讀者）同時看到兩個文化的互照互識。互照互對互比互識是要西方讀者了解到世界上有很多作品的成形，可以完全不從柏拉圖和亞理士多德的美學假定出發，而另有一套文學假定去支持它們；是要中國讀者了解到儒、道、佛的架構之外，還有與它們完全不同的觀物感物程式及價值的判斷。尤欲進者，希望他們因此更能把握住我們傳統理論中更深層的含義；即是，我們另闢的境域只是異於西方，而不是弱於西方。但，我必需加上一句：重新肯定東方並不表示我們應該拒西方於門外，如此做便是重蹈閉關自守的覆轍。所以我在「中西比較文學中模子的應用」特別呼籲：

> 要尋求「共相」，我們必須放棄死守一個「模子」的固執，我們必須要從兩個「模子」同時進行，而且必須尋根探固，必須從其本身的文化立場去看，然後加以比較和對比，始可得到兩者的面貌。

東西比較文學的研究，在適當的發展下，將更能發揮文化交流的眞義：開拓更大的視野、互相調整、互相包容。文化交流不是以一個既定的形態去征服另一個文化的形態，而是在互相尊重的態度下，對雙方本身的形態作尋根的了解。克羅德奧．歸岸（Claudio Guillen）教授給筆者的信中有一段話最能指出比較文學將來發展應有的心胸：

> 在某一層意義說來，東西比較文學研究是、或應該是這麼多年來「西方」的比較文學研究所準備達致的高潮，只有當兩大系統的詩歌互相認識、互相觀照，一般文學中理論的大爭端始可以全面處理。

在我們初步的探討中，着着可以印證這段話的眞實性。譬如文學運動、流派的研究（例：超現實主義，江西詩派……），譬如文學分期（例：文藝復興、浪漫主義時期、晚唐……），譬如文類（例：悲劇、史詩、山水詩……），譬如詩學史，譬如修辭學史（例：中世紀修辭學、六朝修辭學），譬如比較批評史（例：古典主義、擬古典主義……），譬如比較風格論，譬如神話研究，譬如主題學，譬如翻譯理論，譬如影響研究，譬如文學社會學，譬如文學與其他的藝術的關係……無一可以用西方或中國既定模子、無需調整修改而直貫另一個文學的。這裏只舉出幾個簡例：如果我們用西方「悲劇」的定義去看中國戲劇，中國有沒有悲劇？如果我們覺得不易拼配，是原定義由於其特有文化演進出來特有的局限呢？還是中國的宇宙觀念不容許有亞理士多德式的悲劇產生？我們應該把悲的觀念侷限在亞理士多德式的觀念嗎？中國戲劇受到普遍接受的時候，與祭神的關係早已脫節，這是不是與希臘式的悲劇無法相提並論的原因？我們應不應該擴大「悲劇」的定義，使其包含不同的時空觀念下經驗顫動的幅度？再舉一例，Epic 可以譯爲「史詩」嗎？「史」以外還有什麼構成 epic 的元素？西方類型的 epic 中國有沒有？如果有類似的，但沒有發生在古代（正如中國的戲劇沒有成爲古代主要的表現形式——起碼沒有留下書寫的記錄而被研討的情形一樣），對中國文學理論的發展與偏重有什麼影響？跟著我們還可以問：西方神話的含義，尤其是加揷了心理學解釋的神話的「原始類型」，如「伊蒂普斯情意結」Oedipus Complex（殺父戀母情意結）、納茜斯 Narcissism（美少年自鑑成水仙的自戀狂）……在中國的文學裏有沒有主宰性的表現？這兩種隱藏在神話裏的經驗類型和西方「唯我、自我中心」的文化傾向有沒有特殊的關係？如果有，用在中國文學的研究裏有什麼困難？

顯而易見，這些問題只有在中西比較文學中才能尖銳地被提出來，使我們互照互省。在單一文化的批評系統裏，很不容易注意到其間歧異性的重要。又譬如所謂「分期」、「運動」，在歐美系統裏，是在一個大系統裏的變動，國與國間有連鎖的牽動，有不少相同的因素引起。所以在描述上，有人取其容易，以大略年代分期。一旦我們跨中西文化來討論，這往往不可能。中國有完全不同的文學變動，完全不同的分期。在西方的比較文學中，常有「浪漫時期文學」、「現代主義文學」，集中在譬如英法德西四國的文學，是正統的比較文學課題。在討論過程中，因爲事實上是有相關相交的推動元素，所以很自然的也不懷疑年代之被用作分期的手段。如果我們假設出這樣一個題目：「中國文學中的浪漫主義」，我們便完全不能把「浪漫主義」看作「分期」，由於中國文學裏沒有這樣一個文化的運動（五四運動裏浪漫主義的問題另有其複雜性，見筆者的 "Historical Totality and the Studies of Modern Chinese Literature" *Tamkang Review*, X. 1 & 2, Autumn & Winter, 1979, pp. 35–55）。（該文已改寫爲「歷史整體性與中國現代文學研究之省思」，見本冊頁二五一——二七七）我們或者應該否定這個題目；但這個題目顯然另有要求，便是要尋求出「浪漫主義」的特質，包括構成這些特質的歷史因素。如此想法，「分期」的意義便有了不同的重心。事實上，在西方關於「分期」的比較文學研究裏，較成功的，都是著重特質的衡定。

由是，我們便必需在這些「模子」的導向以外，另外尋求新的起點。這裏我們不妨借艾伯林斯（M.H. Abrams）所提出的有關一個作品形成所不可或缺的條件，即世界、作者、作品、讀者四項，略加增修，來列出文學理論架構形成的幾個領域，再從這幾個領域裏提出一些理論架構形成的導向或偏重。在我們列舉這些可能的架構之前，必須有所說明。第一，我們只借艾氏所提出的條件，我們還要加上我們所認識到的元素，但不打算依從艾氏所提出的四種理論；他所提出的四種理論：模擬論（Mimetic Theory），表現論（Expressive Theory），實用論（Pragmatic Theory）和美感客體論（Objective Theory，因爲是指「作品自主論」，故譯爲「美感客體論」），是從西方批評系統演繹出來的，其含義與美感領域與中國可能具有的「模擬論」、「表現論」、

「實用論」及至今未能明確決定有無的「美感客體論」，有相當歷史文化美學的差距。這方面的探討可見劉若愚先生的「中國文學理論」一書中拼配的嘗試及所呈現的困難。第二，因爲這只是一篇序言，我們在此提出的理論架構，只要說明中西比較文學探討的導向，故無意把東西種種文學理論的形成、含義、美感範疇作全面的討論。我另有長文分條縷述。在此讓我們作扼要的說明。

經驗告訴我們，一篇作品產生的前後，有五個必需的據點：㈠作者。㈡作者觀、感的世界（物象、人、事件）。㈢作品。㈣承受作品的讀者。和㈤作者所需要用以運思表達、作品所需要以之成形體現、讀者所依賴來了解作品的語言領域（包括文化歷史因素）。在這五個必需的據點之間，有不同的導向和偏重所引起的理論，其大者可分爲六種。茲先以簡圖表出。

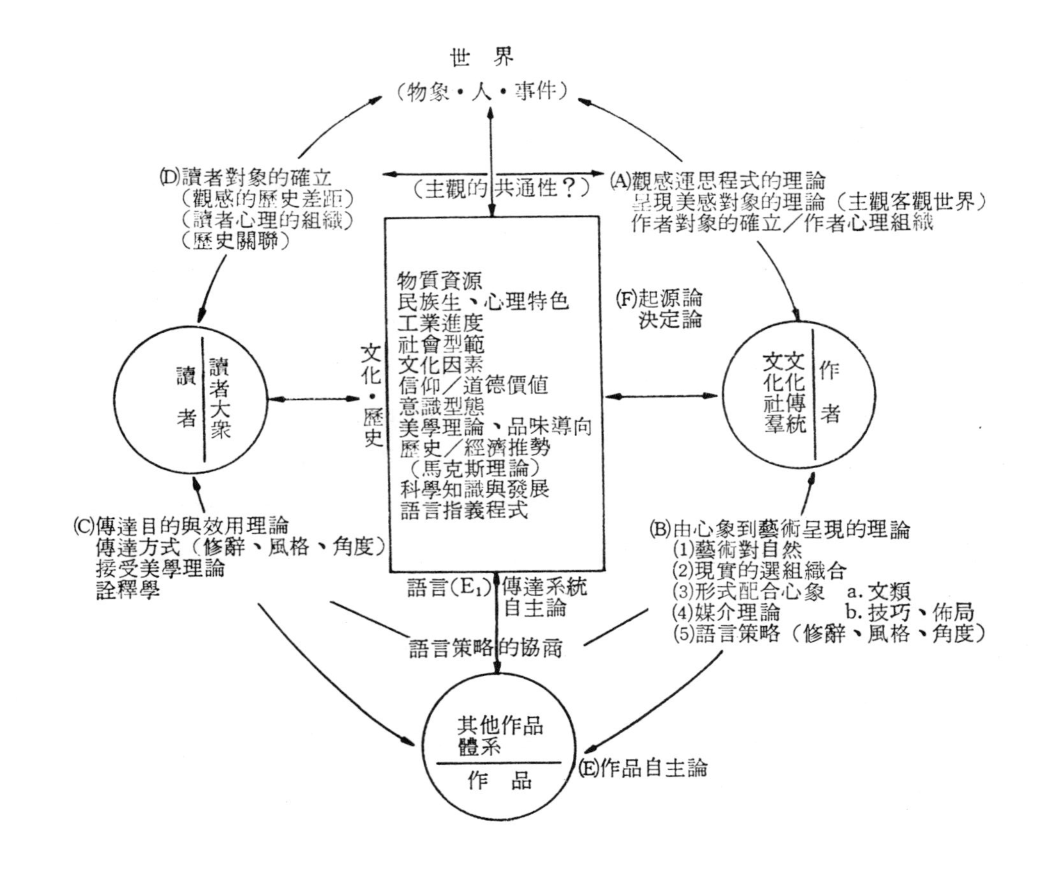

世界
（物象・人・事件）
（主觀的共通性？）
(D)讀者對象的確立
（觀感的歷史差距）
（讀者心理的組織）
（歷史關聯）
(A)觀感運思程式的理論
呈現美感對象的理論（主觀客觀世界）
作者對象的確立／作者心理組織
物質資源
民族生、心理特色
工業進度
社會型範
文化因素
信仰／道德價值
意識型態
美學理論、品味導向
歷史／經濟推勢
（馬克斯理論）
科學知識與發展
語言指義程式
文化・歷史
(F)起源論
決定論
讀者大衆
讀者
文化傳統
文化社羣
作者
(C)傳達目的與效用理論
傳達方式（修辭、風格、角度）
接受美學理論
詮釋學
語言(E1)
傳達系統
自主論
語言策略的協商
(B)由心象到藝術呈現的理論
(1)藝術對自然
(2)現實的選組織合
(3)形式配合心象
(4)媒介理論
(5)語言策略（修辭、風格、角度）
a. 文類
b. 技巧、佈局
其他作品體系
作品
(E)作品自主論

(A)作者通過文化、歷史、語言去觀察感應世界，他對世界（自然現象、人物、事件）的選擇和認知（所謂世界觀）和他採取的觀點（著眼於自然現象？人事層？作者的內心世界？）將決定他觀感運思的程式（關於觀、感程式的理論，譬如道家對眞實具體世界的肯定和柏拉圖對眞實具體世界的否定）、決定作品所呈現的美感對象（關於呈現對象的理論，譬如中西文學模擬論中的差距，譬如自然現象、人事層、作者的內心世界不同的偏重等）、及相應變化的語言策略（見(B)）。作者對象的確立、運思活動的程序、美感經驗的源起的考慮各各都產生不同的理論。

(B)作者觀、感世界所得的經驗(或稱爲心象)，要通過文字將它呈現、表達出來，這裏牽涉到藝術安排設計（表達）的幾項理論，包括(1)藝術（語言是人爲的產物）能不能成爲自然的討論。(2)作者如何去結構現實：所謂「普遍性」卽是選擇過的部分現實；所謂「原始類型」的經驗卽是「減縮過」的經驗。至於其他所提供的「具體的普遍性」、「經驗二分對立現象」，如李維·史特羅斯（Levi Strauss）的結構主義所提出的、如用空間觀念統合經驗、用時間觀念串連現實、用卦象互指互飾互參互解的方式貫徹構織現實，都是介乎未用語與用語之間的理論。(3)形式如何與心象配合、協商、變通。這裏可以分爲兩類理論：(a)文類的理論：形成的歷史，所負載的特色、配合新經驗時所面臨的調整和變通……。(請參照前面有關「文類」的簡述。)(b)技巧理論。(4)語言作爲一種表達媒介本身的潛能與限制的討論，如跨媒體表現問題的理論。(5)語言策略的理論，包括語言的層次，語法的處理，對仗的應用，意象、比喩、象徵的安排，觀點、角度……

等。有些理論集中在語言的策略如何配合原來的心象；但在實踐上，往往還會受制於讀者，所以有些理論會偏重於作者就「作品對讀者的效用」（見C）和「讀者的歷史差距和觀感差距」（見D）所作出的語言的調整。

(C)一篇作品的成品，可以從作者讀者兩方面去看。由作者方面考慮，是他作品對讀者的意向，即作品的目的與效果論（「教人」、「感人」、「悅人」、「滌人」、「正風」、「和政」、「載道」、「美化」……）。接著這些意向所推進的理論便是要達成目的與效用的傳達方式，即說服或感染讀者應有的修辭、風格、角度的考慮。（這一部分即與(B)中語言策略的考慮相協調。）

從讀者（包括批評家）方面考慮，是接受過程中作品傳達系統的認識與讀者美感反應的關係。譬如有人要找出人類共通的傳達模式（如以語言學爲基礎的結構主義所追尋的所謂「深層結構」，如語言作爲符號所形成的有線有面可尋的意指系統。）

由作者的意向考慮或由讀者接受的角度考慮都不能缺少的是「意義如何產生、意義如何確立」的詮釋學。詮釋學的理論近年更由「封閉式」的論點（主張有絕對客觀的意義層）轉而爲「開放式」的探討：一個作品有許多層意義，文字裏的，文字外的，由聲音演出的（語姿、語調、態度、情緒、意圖、意向），與讀者無聲的對話所引起的，讀者因時代不同、教育不同、興味不同而引發出來的……「意義」是變動不居，餘緒不絕的一個生長體，在傳達理論研究裏最具哲學的深奧性。

⒟讀者（包括觀眾）既然間接的牽制著作者的構思、選詞、語態，所以讀者對象的確立是很重要的，但作者只有一個往往都很難確立，讀者何止千萬，我們如何去範定作者意屬的讀者羣（假定有這樣一個可以辨定的讀者羣的話）？作者在虛實之間如何找出他語言應有的指標？反過來說，如果作者有一定的讀者對象作準（譬如「普羅」、「工農兵」、「婦解女性」、「教徒」……）其選擇語言的結果又如何？讀者對象在作者創作上的美學意義是什麼？他觀、感世界的視限（歷史差距）和作者的主觀意識間有著何種相應的變化？因爲這個差距，於是亦有人企圖發掘讀者心理的組織，試著將它看作與作者心理結構互通的據點，所謂「主觀共通性」的假設。這裏頭問題重重。這個領域在我國甚少作理論上的探討，而在外國亦缺乏充分的發展。顯而易見，這個領域的理論雖未充分發展，但俱發生在創作與閱讀兩個過程裏。事實上，從來沒有人能夠實際的「自說自話」。

⒠一篇作品完成出版後，是一個存在。它可以不依賴作者而不斷的與讀者交往、交談；它不但能對現在的讀者，還可以跨時空的對將來的讀者傳達交談。所以有人認爲它一旦寫成，便自身具有一個完整的傳達系統，自成一個有一定律動自身具足的世界，可以脫離它源生的文化歷史環境而獨立存在。持這個觀點的理論家，正如我前面說過的，一反一般根植於文化歷史的批評，而專注於作品內在世界的組織。（俄國形式主義、新批評、英格登的現象主義批評。）接近這個想法，而把重點放在語言上的是結構主義，把語言視爲一獨立自主超脫時空的傳達系統，而把語言

的歷史性和讀者的歷史性一同視爲次要的、甚至無關重要的東西。這是作品或語言自主論最大的危機。

(F)由以上五種導向可能產生的理論，不管是在觀、感程式、表達程式、傳達與接受系統的研究，作者和讀者對象的把握，甚至連「作品自主論」，無一可以離開它們文化歷史環境的基源。所謂文化歷史環境，指的是最廣的社會文化，包括「物質資源」、「民族或個人生理、心理的特色」、「工業技術的發展」、「社會的型範」、「文化的因素」、「宗教信仰」、「道德價值」、「意識型態」、「美學理論與品味的導向」、「歷史推勢（包括經濟推勢）」、「科學知識與發展」、「語言的指義程式的衍化」……等。作者觀、感世界和表達他既得心象所採取的方式，是決定於這些條件下構成的「美學文化傳統與社羣」；一個作品的形成及傳達的潛能，是決定於這些條件下產生的「作品體系」所提供的角度與挑戰；一個作品被接受的程度，是決定於這些條件所造成的「讀者大眾」。

但導向文化歷史的理論，很容易把討論完全走出作品之外，背棄作品之爲作品的美學屬性，而集中在社會文化現象的縷述。尤有進者，因爲只著眼在社會文化素材作爲批評的對象，往往會爲一種意識服役而走上實用論，走上機械論。如庸俗的馬列主義所提出的社會主義現實主義。但考慮到歷史整體性的理論家，則會在社會文化素材中企圖找出「宇宙秩序」（道之文——天象、地形）、（社會秩序」（人文——社會組織、人際關係）及「美學秩序」（美文——文學肌理的構織）三面同體互通共照，彷彿三種不同的意符（自然現象事物、社會現象事物、語言符號）同享一個脈絡。關於這一個理想的批評領域仍待發展。一般導向文化歷史的理論的例子有(a)作者私生活的發掘，包括心理傳記的研寫；(b)作者本職的研究，包括出版與流傳的考證；(c)社會形象的分析；(d)某些社會態度、道德規範的探索，包括精神分析影響下的行爲型範（如把虐待狂和被虐待狂視作一切行爲活動的指標）；(e)大眾「品味」流變的歷史；(f)文學運動與政治或意識形態的關係；(g)經濟結構帶動意識形態的成長；比較注重「藝術性」，但仍未達致上述理想的批評領域的有(h)文類與經濟變遷的關係；(i)音律、形式與歷史的需求，或(j)既成文類和因襲形式本身內在衍化的歷史與社會動力的關係。一般說來歷史與美學、意識型態與形式的溶合還未得到適切的發展。

我們在中西比較文學的研究中，要尋求共同的文學規律、共同的美學據點，首要的，就是就每一個批評導向裏的理論，找出他們各個在東方西方兩個文化美學傳統裏生成演化的「同」與「異」，在它們互照互對互比互識的過程中，找出一些發自共同美學據點的問題，然後才用其相同或近似的表現程序來印證跨文化美學匯通的可能。但正如我前面說的，我們不要只找同而消除異（所謂得淡如水的「普通」而消滅濃如蜜的「特殊」），我們還要藉異而識同，藉無而得有。在我們計劃的比較論文叢書中，我們不敢說已經把上面簡列的理論完全弄得通透，同異全識，歷史與美學全然匯通；但這確然是我們的理想與胸懷。這裏的文章只能說是朝著這個理想與胸懷所踏出的第一步。在第二系列的書裏，我們將再試探上列批評架構裏其他的層面，也許那時，更多「同異全識」的先進不嫌而拔刀相助，由互照推進到互識，那，我們的第一步便沒有虛踏了。

一九八二年十月於聖地雅谷

整性」「統一性」，在多種文化的印證下，將顯示出，它們只是符合某種特定歷史時空與意識型態主宰下的法則，並不能涵蓋其他歷史時空、其他文化體系的全部經驗。在他們的研究裏，已經發現了不少以甲文化體系的美學假定和價值判斷來衡量乙文化體系的作品所引起的減縮和歪曲的現象。因此他們發現到㊂要打破將某單一文化的理論假定視作唯一永恒的文學權威，他們對不同文化體系理論作哲學上的反省並要從根地了解它們整個的生變過程，進而認知每一種理論「圈定」的行爲與範圍。㊃在這種探究裏，一種文化與文化之間完全開放的對話裏，不同的美學立場可以坦誠相見，互相映照，互相認識，互相了解到匯通與分歧的潛在領域，而在此同時，㊄我們便可以達致一個更大圓周的圓，並可了解到：甲文化認爲是邊緣性的東西，很可能是乙文化裏很中心的東西；中心與邊緣，「此」與「彼」不是相對立，而是相輔相成的層面，同時可以包融在更大的圓裏。是這種「互照互識」下的交參，才可以成爲眞正的不同境界的融匯。㊅也就是在這個更大圓周的圓裏，我們才可以了解近年解構批評者和結構主義後起思想者力圖不斷折除圈線不斷作偏離的語言的遊戲，才可以明白他們力圖從西方僵死的圈定行爲中掙脫出來的困境，可以從另一個文化很快的找到抒困的方法，而不必穿越他們迂迴曲折、迷宮式、不斷抹除式的移位策略，而可以重現被某一種圈定行爲排斥的層面。㊆也同時明白，同樣地，甲文化（譬如中國古典）可以因乙文化的「困境」與「問題」而能自省而重現它被「抹除」的另一些動力。

以上所說明的局面，或者說以上所提供的共識，正好是西方經過數度思維危機後摸索追尋的方向。我覺得此時此刻也是我們共同移向一個更大圓周的圓的時機。

歐美近十餘年來的文學理論，有一個共同的特色，那便是「科際交參整合」，幾乎每一個結構主義後起思想理論家，都把美學、哲學、歷史、語言揉合在一起或貫穿在一起。這裏面幾乎找不到一個純粹在文學之爲文學單面的研究，他們幾乎都是文化理論者。這一個現象對中國傳統有深厚認識的學者、讀者應該是很熟識的，這就是中國原來有的文、史、哲不分家。換言之，西方已經體悟到專門化所帶來的知識的解體，而力圖找回減縮性(尤其是實證主義下的減縮性)以前的較全面的「人」和他的「知識」。這一點省悟雖然才開始，其結果將如何雖然仍未知，但在更大圓周的圓的追尋上來說，這是人文新識重要的起點。而這個追尋也必須在多種文化「互照互識」的方式始可以完成。

如何去「知」而「識」是近年不管那一派的批評都不可避免的「傳釋學的傾向」。我個人正在這方面努力，要從中國古典文學、哲學、語言、歷史裏找出中國「傳釋學」的基礎，作爲「如何去知而識」全面探討的補述。在此，我只想借蓋德瑪提出的三種對話方式來反映一下我們目前研究所處的位置與應有的取向。

我們關心的問題是：傳統（中國的、西方的）傳達了什麼。傳達是通過語言而發聲，所以形同一個對話的伴侶。

第一種認知這個伴侶的方式是：找出他之爲一個人行爲的典型性，卽他在其他人中所可以預見的行爲，按照某些濫見的「類別」去進行。這種方式往往是對方法論和客觀性有一種幼稚的崇信，把傳統從它與過去的關係和與現在詮釋者所處的歷史場合割離，然後按既定的方法去找出其所載爲何物，結果是把傳統簡縮爲幾個圈死的概念。

第二種方式是：把對方看成一個人，但強調「彼此」的對立，認爲「彼」與「此」有絕對相異之處。肯定過去之不同於現在，肯定過去的獨一無二性。詮釋者彷彿可以超越其本身的歷史性而不受制於過去，並把過去視作一個封閉的、固定的對象來處理，這實在是一種專横的態度，彷彿現在（此）是主人，過去（彼）是奴隸，可以由現在完全掌握。但這種把自己和傳統關係切斷來思索的方式，實在已經把傳統之爲傳統的眞義破壞無遺。

第三種方式是：同時認知自己的歷史性，保持一種有效歷史意識的開放性。只有這種開放性裏眞正的人的關係才可發生。所謂互屬是「互相聆聽」的意思。「向對方開放」必需包括一些我不同意的意見和拒絕另一些。傳統和現在對話，並說出一些有關現在的話。只有這種完全開放的對話方式才可以達致兩者不同的「境界的融匯」。

我們可以看到，中西比較文學，就是這樣一種「坦誠相見」的對話，傳統的歷史的生變，現在的歷史的生變，傳統在歷史中呈現的「中心」與「邊緣」，是屬於歷史生變中的「中心」與「邊緣」，我們從我們現代的歷史場合去看，二者未必不能「換位」而成理。東方與西方，在這完全開放的對話裏，在中心擴散爲更大圓周的圓，可以由散點的中心，互換交參而發明，可以互照互識而重現我們已經失去的力量。

歷史、傳釋與美學　目次

批評理論架構的再思

一個眞知灼見的理論家應該心裏明白他理論正反的兩面：當他肯定他理論的中心性的同時，他已暴露了他理論的負面性。他的理論，不過滄海一粟，是永遠不能稱爲絕對的、權威的或最終的。它最後終將被視爲一種討論上的方便而設的、暫行的理念，甚至只是一種假設，是源自全面美感活動中的一種（只是一種）取向而已。否則，多少世紀以來這許多反覆的闡釋、反覆的再構想、反覆的再界義，如果它們不是代表由一個示意的中心轉移到另一個示意中心，如果不是代表那一度被視爲邊緣的體式取代了某些壟斷的、主宰性的體式，我們還能有什麼別樣的解釋呢？

我們只要稍微想一想，就可以進一步看到，現象世界裏和我們人際間的存在經驗，是無盡的、是萬變萬化的。這些經驗排拒了任何用界義分明形式的囿定。在表達的過程中，它們常被語言過濾，通過先定的規程而定形，譬如艾徒沙（Althusser）兩個用語所代表的：其一，機械因果律，一種由此物到彼物、屬於分析性的成效規律；其二，表現因果律，從許多元素中獨鍾其一來取得所謂統一感❶。要這些規程有效，便偏向於某些無可避免的選擇、區分、封限的程序，將所謂相關的事物與所謂不相關的事物加以辨別，然後依循一些預設預定的關係把它們聯繫成界定的形狀，並稱這些界定的形狀爲「絕對的」、「完整的」，但果眞是如此嗎？

我們只要略爲退出來一想便知道：這些秩序、體系、或批評的架構，其實只不過是部分的眞理、部分的顯現而已。其全面意義猶待其他被歷史有意無意間排斥了的秩序和體系同時出現始可完成。說得直率些，所有的理論都是暫時的，因爲事實上，沒有一個理論敢斷然說它眞確地涵蓋了那川流不息、萬變萬化的存在經驗。所有的理論都受到特有文化、歷史一定的限制。說它們「放諸四海而皆準」是大可懷疑的。

這樣一來，我們馬上會想到下面這些問題：在不同文化的文學作品之間有沒有一些「共同的文學規律」(Common Poetics) 呢？如果有，我們又應如何建立共同美學的據點，以便能夠有相當把握地對不同文化體系的文學進行討論？這些，無疑是比較文學，尤其是東西比較文學、書寫和口頭文學比較研究的核心問題；事實上，這些也應該是，所有批評理論立論者的核心問題，因爲批評理論是作者與讀者有意無意間都會受到牽制或指導的思想模子。

---

❶ Louis Althusser 著 *Reading Capital*, Ben Brewster 譯 (London, 1970), pp. 186–189.

由是，爲了尋求建立可行的共同文學規律的基礎，首要的，是要認識到：如果我們只局限於一種文化的模子中，是絕對無法達到共同基礎的。正如我在一九七四年「東西比較文學中模子的應用」一文裏所說的，我們必須避免獨鍾單一文化的角度。那種以爲一個文化系統裏美學假定可以放諸四海而皆準、可以不分皂白地應用到別的文化文學裏的想法，所得的結果往往如我那篇論文用到的寓言裏的魚——在這個寓言裏，當青蛙向魚敍述其在陸地上所見到的人、鳥和車時，魚的腦子裏出現的是身穿衣服、頭戴帽子、翅挾手杖的魚，是展翼而飛的魚，是帶著四個輪子而滾動的魚❷。數十年來，在文學研究或文化研究的領域裏，不少批評家和學者都往往以一個體系所得的文化、美學的假定和價值判斷硬加在另一個體系的文學作品上，而不明白，如此做法，他們已經極大地改變了、甚至歪曲了另一個文化的觀物境界。

我們今天回顧東西方文學之間、口頭與書寫傳統之間的翻譯和比較研究時，嚴重歪曲的例證俯拾皆是。我已經在另一些論文裏指出西方研究中國文學、中國研究西方文學文化時一連串無可饒恕、鴛鴦錯配的現象❸。在此，讓我另外提出書寫文學理論對口頭作品專橫的處理，讓我們反省。

---

❷「東西比較文學中模子的應用」，見作者的「飲之太和」（臺北，一九八〇）。

❸見作者的「中國古典詩與英美現代詩——語言、美學的匯通」（收入比較詩學）及「歷史整體性與中國現代文學研究的一些省思」，*Tamkang Review*, X.1-2 (1979), pp. 35-55.（見本冊頁二五一——二七七）

非西方的文化體系裏，像印第安人、非洲人、大洋洲人的文化裏，大部分還保留著它們口頭的形式和魅力。這些文化，在早期考古人類學學者和詩人記錄和翻譯成文字形式的過程中，遭受了不少的損失。這些人類學者和詩人無不抱著與他們研究的民族固有的世界觀和美學活動大相逕庭的成見與偏見來對待這些文化。早期的人類學者時常忽略了口頭創作事件的全部過程，他們把其中特有的表達策略和重點統統拋棄，而僅僅從中抽離出一個「要旨」來。口頭創作的策略，一如祭儀事件裏相輔相成、融渾和諧的歌唱、擊掌、啞劇動作、舞蹈、擊鼓、吟哦（包括語字高低長短變調的發音和魔咒的成分），不應僅僅視爲書寫文學封閉系統中所重視的「要旨」之「裝飾物」；它們本身是主要的形式與內容，是所有上述元素互相滲透、互爲表裏、不可分割的一體。詩人和作家常常帶著建立在書寫文學理論基礎的創作意圖來處理這些祭儀活動或記錄，因此，他們無法正確地認識到發聲的效果，即興的功用，和超越文辭（言外）的開放性等等，而往往把它們視爲外圍的、邊緣的、甚至是無關的。這個態度反映在翻譯的情形是：一個包括了種種合唱的安排和魔咒而長達兩天的祭儀活動，時常被粗暴地減縮爲一首僅僅數行的短詩，所有覆唱的部分都被刪略了；保留下來的只有寥寥無幾的所謂重要的母題，然後又依據西方文學理論典型的機械因果律和表現因果律的直線邏輯將這些母題串連起來[4]。

因此，爲了避免這種減縮和歪曲本源文化美學觀念的錯誤，說得更正確些，爲了打破將某單一文化的理論假定視作唯一永恒的文學權威這個做法，我們必須對不同文化體系理論的基源作哲學上的質疑：問它們源於何處，它們作了何種衍變、並努力去了解它們在單一文化系統裏和多種文化範圍裏的潛能、限制及派生變化。如此，我們才能夠尋出一些方法的指標，導向共同文學規律建立的可能。

這種探究——必須包括了幾種文化模子從根認識的比較和對比的探究，是要達致一種「互照」「互識」的領域，來取代目下許多跨文化比較文學學者和單一文化理論家所採取的壟斷原則。它可以使到西方的讀者了解到，世界上還有無數文學作品的成形，並不以柏拉圖和亞里士多德體系的美學假定為出發點的。它也可以使東方的讀者明白，在儒、道、佛的架構之外，還有別的觀物、感物程式和價值判斷，在其各自的體系內自成其理。文化交流的眞義是、而且應該是，一種互相發展、互相調整、互相兼容的活動，是把我們認識的範圍推向更大圓周的努力。

那麼，我們是不是要提出一種不同的「整體性」的看法呢？答案不能用「是」「不是」或「非此即彼」來解決。所謂「整體性」這個意念，在西方是屬於一種「權力的辯詞」，用以永固某一種表達的重點，某一類意識型態的中心，來排斥其他的思維活動。在我們看來，「整體性」是

---

❹ 例如，可以比較 *The Magic World* (New York, 1971) 中 William Brandon 翻譯的 Pawnee 部落聖儀部分，頁六八〇和 *The Hako: A Pawnee Ceremony, 27th Annual Report of the Bureau of American Ethnology* (Smithsonian Institute, 1902) 中 Alice C. Fletcher 關於這一儀式的完整記錄，尤其是頁一一三，以及 Fletcher 本人的翻譯，頁一一三。Fletcher 的翻譯和 Brandon 的大量刪減的譯文都忽視了口頭表達的策略並嚴重歪曲了原有的美感領域。

一個無法涵蓋的概念。我們截住具體歷史之流中的某些事物，把它們從其不斷繼續變化的環境中抽出來加以審視分析，但此時，歷史之流繼續不停息地推向其「整體性」的進程，使到任何「整體性」的論點都失效。所謂「整體性」，常常是從眞實經驗中千萬種互不關聯、擴散、零亂、未經調整的層面裏抽析出來的一些序次性的秩序（例如歷史分期、文學運動等等）。所以，其所謂「整體性」的意念在我們接受到時已經「預先箱定的」。既是如此，則每一個「整體性」的論點就必須是「一家」之言而已，不完全，而且往往是片面的；因爲在論定「整體性」的過程中，往往會把一些被視爲重要的事實挑出來加以強調，彷彿這些事實眞的可以代表歷史與文化的全部。這樣構成的「整體性」是局限的，因爲它不但沒有實際的涵蓋實在經驗「所有的」層面，而且它被「箱定」在一種、只一種、壟斷的意識型態中。

我們提出同時以兩種、三種文化模子出發，立刻便可以打破這種神話，同時揭示並證實，如上所述的，我們用以探討知識的許多顯現形式和批評模子，從根本上講，都是暫行的，非蓋棺定論的、完全開放而等待繼起不斷的修正。唯有這種視一切論證爲暫行的態度，才可以讓我們和不斷增變的整體性保持經常的聯繫。對我們來說，整體性是一個沒有圓周的圓。也只有這種開放的心懷，才使我們更能了解近年西方試圖推翻根深蒂固的圈定範圍和確定中心的思維活動。挑戰來自創作和理論研究兩方面。百年來，從這個角度去批評圈定論和中心論的例子很多，舉不勝舉。對我們本文的主旨來說，兩段話便可以反映出這個趨向。首先，我們可以舉尙・杜布菲（Jean

Dubuffet）的一段話：

> 假如鄉野中有一棵樹，我不要把它砍下來拿到實驗室裏在顯微鏡下觀察，因爲吹過樹葉中的風是我們要了解樹的存在很重要的一部分……同樣，枝間的鳥和鳥鳴亦然。我的思境中是要把環繞著樹以外所有環繞著的事物全然納入❺。

像他許多的同代人一樣，杜布非對經驗呈現的過程中人們所獨鍾的邏輯推理與分析提出了挑戰。他主張無干預（non-intervention），以便宇宙各元素能以解說前的狀態直接「印跡」在我們的感受裏❻。這一態度來自他對西方圈定範圍、規定中心的思維傾向的懷疑，所以才有他不界定圓周和擴散中心的試探。

同樣地，美國現代派後起詩人羅伯特・鄧肯（Robert Duncan），在號召「全體的研討會」來重新納入那些被壟斷意識型態所排拒於外的其他秩序和系統時，也訴諸不界定圓周和擴散圓心

---

❺ "Anticultural Positions" 見 Wylie Sypher 著 *Loss of the Self in Modern Literature and Art* (New York, 1962) 附錄，頁一七二——三。

❻ "Empreintes" 見 Herschel B. Chipp 編 *Theories of Modern Art* (Berkeley and Los Angeles, 1968) p. 615.

的比喻。他在「參與的祭儀」一文中說，西方人已經失去了

> 宇宙萬物與我們自由交談的境界……柏拉圖不但把詩人逐出其理想國，他把父親和母親都一並逐出去。在其理性主義極端的發展下，已經不是一個永恒孩童的育院，而是一個成人，一個極其理性化的成年人的育院。常識與理性存駐在一個武裝的城堡中，把幻想、稚心、瘋狂、非理性、無責任感——一種放逐受貶的人性趕出城堡以外。理性從整體的「我」中退出來，駐守在城堡裏，孩子們不准玩想像的事物，更不可以作詩人的誑言，只可以玩家政、政治、商業、哲學等戰爭❼。

鄧肯號召重新恢復口頭文化和非西方文化裏猶甚昭著的美學活動的特色，那些未被理性中心主義摒棄的藝術策略。

不從一個先定的中心出發，而將其擴散數處，循著不斷伸展的圓周運行，偶爾遠遠瞥見不很確然的圓心，依著這一個導向，重新發掘猶待解說的神秘狀態和使讀者（觀者）在意義邊緣顫抖欲言而未言的 **aporia**（含蓄地帶。）❽這就是現代派和現代派後起詩人們所試探的一些策略，如

---

❼ 見 Clayton Eshleman 編 Caterpillar Anthology (New York, 1971) p. 29.

❽ Aporia 語根是 apo（來自）horos（邊緣）。見作者另文「秘響旁通：文意的派生與交相引發」，中外文學第十三卷、第二期（臺北，一九八四、七、一），頁四——二二。

麗德（Pound）、威廉斯（Williams）、包赫時（Borges）、歸岸（Jorge Guillèn）等的作法便是（在此僅舉數人作代表）。那些被視爲邊緣性的或附加性的文化與觀點不應被視爲一個「彼」；所謂「彼」，其實是自稱爲「正統」的「此」之不可或缺的合作者。

在哲學和批評的探討裏，解構主義者（deconstructionists）和結構主義後起思想論者（post-structuralists），跟隨著克依克果（Kierkegaard）、尼采（Nietsche）、海德格（Heidegger）、馬盧龐蒂（Merleau-Ponty）之後，試圖推翻和轉移現行的中心和顯現系統。這一個運動在歐美已經傳遍學術界，而從事這種論證者還大有人在。在此我們不打算評論。然而，我們雖然不一定要亦步亦趨的支持他們的做法，有一點必需要指出的是：解構主義者和結構主義後起思想論者思維的起點，正是對圈定思境過程的體系和模子作哲學上的質疑。這一個起點正合乎我們尋求不同文化、文學裏共同規律所提出的途徑。但在西方，傳統體系的擺脫，一如現代派後期詩歌分娩時的陣痛，必須經過一連串迷宮式的「移位」（displacements）過程，往往是迂迴曲折、甚至極其糾纏不清的，而在這個過程中，多形多變的交織所流露的「印跡」（traces）往往淹蓋了解構主義者欲「擦除」（erase）執著語意之努力⑨。

⑨ 關於「擦除」觀念請參看 Gayatri Spivak 序她所譯德希達的 *Of Grammatology* (Baltimore, 1976)。有關解構主義一般的介紹可參看 Jonathan Culler *On Deconstruction* 和 Vincent B. Leitch 的 *Deconstructive Criticism*。國內可參看廖炳惠在中外文學上所發表的文章。關於「破」的觀念，中國空宗有之，可參看馮友蘭的「新知言」一書。

我們對批評理論模子基礎的探討，如果能像前述那樣從兩個或三個文化體系的比較和對比著手，便可以避免他們那陣痛的、迷宮式的程序。試舉解構主義和結構主義後起思想熱衷討論的 text（本文，文辭、文依、作品）爲例。解構主義以來的討論，認爲一個 text 永遠不是一個意義明確、自身具足、自現自明的封閉的單元，而是一個不斷變化的活動，其間滲透著彷似海市蜃樓般帶著無盡「印跡」的別的 texts，別的文辭、作品的廻響⑩。但 text 以外這種複音複旨的活動在中國古典美學的理論裏早有論及，如劉勰由易經發展出來的「秘響旁通」論（見拙著「秘響旁通——文意的派生與交相引發」，見本册頁八九—一一三，又如口頭創作裏，text 只是其他不同層次美感活動的一個起點而已⑪。

但是，我們必須聲明，我們這樣說，並無意把解構主義或結構主義後起思想與東方的詩學和口頭文學的美學的一切內容對等來看，因爲這樣劃等號也是一種強制與壟斷的行爲，是我們必須廻避的。事實上，從根來看，二者之間的歧異頗多；這些歧異，則必須通過各自體系的基源作一番比較考察才可以闡明。把東方的或口頭創作的美學傳統和西方傳統的美學體系並列，通過一種

---

⑩ 關於 text 問題的簡介，可參看 Culler, *The Pursuit of Signs* 關於 "Presupposition and Intertextuality" 一章。另見作者的「秘響旁通」一文。

⑪ 有關口頭美學的探討，請參看 Jerome and Diane Rothenberg 所編的 *Symposium of the Whole: A Range of Discourse Toward an Ethnopaetics* (Berkeley-Los Angeles, 1983)；中文可參考作者的「飲之太和」一文（收在「飲之太和」一書裏）。

互照、互指、互識的方法，我們會獲致一個更廣濶的領域，以便看得更清楚解構主義和結構主義後起思想的實際貢獻與限制。

「互相映照」的確是解決某些重大批評理論問題的關鍵。互照互對互比互識可以使我們提出單元文化裏不大易提出的問題。

試以西方悲劇這一文類爲例。許多用以界定悲劇的特徵，如主角（英雄人物）對難以克服的巨大災難必須有面對的勇氣、主角因某種內在的驕傲（hybris）而招致無可避免的挫敗（這是亞里士多德指定的許多特徵中之兩種）——這些特徵在中國戲劇裏要麼不存在、要麼被忽視。我們不禁要問：中國有沒有亞里士多德式的悲劇？如果沒有，爲什麼沒有？會不會因爲中國人強調物我合一、強調渾然不分的時間觀，而無意之間使到他們避開了西方悲劇英雄構成中所採取的直線因果觀和人與自然對敵的關係？英雄主義在中國可以成立嗎？或者應該問：如果中國有英雄主義，中國的英雄主義是怎樣的？⑫中國文學不以史詩開始，而戲劇作爲中國的一個重要文學形式卻要在詩（基本上是短的抒情體）已經燦爛了許多世紀以後在十三世紀才出現，這一個歷史現象，和西方一開始便以戲劇爲主導的文學形式，在詩方面又以史詩領綱這兩種發展迥異的情形的對比之下，我們會有什麼發現呢？既然在中國古代的文獻裏，如甲骨文，也顯示古代中國也有過和西

⑫ 楊牧：「論一種英雄主義」，見作者編「中國古典文學比較研究」（臺北，一九七七），頁二一五——四六。

方一樣的祭儀活動，如此，我們便要問：是何種文化或哲學上的生變阻碍了祭儀在中國演化爲成熟的戲劇？是何種社會文化的因素造成了歌頌爭雄逞強的英雄主義之史詩或敍事長詩的空缺呢？古代希臘的戲劇給亞里士多德提供了他「詩學」的理論架構；古代中國缺乏了戲劇和史詩作爲理論架構的引發，結果集中在詩（基本上是短的 Lyric 抒情體）的理論上發展。我們繼續可以問：這一個歷史現象如何制約了中國人的批評氣質？譬如說，當他們轉過來批評後起的小說和戲劇的時候，他們用了怎樣的批評工具與策略？（在小說的眉批裏，我們看到不少借自詩評及畫評的用語和觀念，而未見大幅的屬於敍述體系的討論。）我們反過來也可以這樣問：亞里士多德的「詩學」，因爲是建築在敍述體的戲劇——基本上是縱時式、直線因果的結構，這種結構所得的美學觀念又如何對短詩、抒情體暗設了某些束縛，使得後來的詩論者一直力圖爭脫？

或再舉語言與觀物形態互爲表裏的關係。在印歐語系裏，一個句子常是一個定向的組織，依著嚴謹的語法規條（如主詞引向動詞至賓詞；某些名詞一定要用某些冠詞；過去動作必須用過去時態來表達；詞性界分明確等——這些都是爲了明示、指定各種關係）；但在中國，許多文言的句子，尤其是在詩中，是完全不受限於這種語法的束縛——無需冠詞、人稱代名詞、時態變化，不一定要連接元素，如前置詞、連接詞等，而詞性又能模稜、甚至一詞兼數詞性。這些特色往往使到讀者與文字之間，保持著一種靈活自由的關係，讀者彷彿處於一種「若卽若離」的中間地帶。這種語法的靈活性促成了一種指義前的狀態，那些字，彷如實際生活中的事物一樣，在未被預定的關係和意義的封閉的情況下，爲我們提供了一個可以自由活動、可以從不同角度進出開濶的空間，讓我們獲得同一美感瞬間裏不同的層次，讓近乎電影般視覺性極強的事物、事件在我們眼前演出，而我們則彷彿在許多意義的邊緣前顫抖欲言⑬。這一種呈現方式，對印歐語系的作者來說，暗示了怎樣的一種美學呢？我曾在一篇文章裏說過：

> 中國詩人能使具體事象的活動存眞，能以「不決定、不細分」保持物象之多面暗示性及多元關係，乃係依賴文言之超脫語法及詞性的自由，而此自由可以讓詩人加強物象的獨立性、視覺性及空間的玩味。而顯然，作爲詩的媒介之文言，其能如此，復是來自中國千年來所推表的「無我」和欲求得的「溶入渾然不分的自然現象」之美感意識……媒介與詩學、語言與宇宙觀是息息相關不可分的。如此，注重細分、語法嚴謹的語言（如印歐語言）如何能表達一種要依賴超脫語法才能完成的境界呢？或者，我們也可以這樣問：由柏拉圖及亞里士多德所發展出來的認識論和宇宙觀，其強調自我追索非我世界的知識程序，其用概念與命題及人爲秩序的結構形式去類分存在這個作法，這整個態度，如何能回過頭去認可一種與認識論的演繹作用及程序相違的媒介呢？⑭

---

⑬ 作者另有「中國古典詩中的傳釋活動」一文，對這個問題有進一步的討論。相關的論文，見③。

⑭ 見③，頁一五。

對話還不應在此結束。比如，我們應該繼續問：是何種哲學或文化的情境使到古希臘的思想家採行了他們那種方式？古代的中國人在觀物和表達形態上提供了什麼特別的導向？我們應該以同等的關注對兩者同時作深入的探討。但這兩者美學軌跡的全盤探討不是本文的範圍⑮。我們在此不妨拈出觀物重點的一個關鍵性問題來觀察。

我們張目四看。我們看到萬物、或萬物呈現於我們眼前，透明、具體、眞實、自然自足。它們自然如此，無需我們解釋而能自生自化。然而，有人不斷提出下列的問題來：我們（觀物者）是誰？觀（觀物到認知）是什麼？萬物（所觀對象）是什麼？這些問題的提出，正意味著詢問者（困於辯解的思想者）已經不能信賴他們對萬物之爲萬物的最初直覺（那自然的、未受辯解所困的反應。）事實上，當他們如此問的時候，他們實在是提出下面這個問題來：在何種情況下可以產生可靠的眞知？從柏拉圖到黑格爾以後的許多思想家，都試圖對這個問題提出種種答案，對原是透明無礙的事物加諸種種的審視、重新審視、界定、重新界定、闡說、重新闡說；這樣，他們每個人都創造了新的語言的替身來取代具體的事物。繼之而來的，這個做法還肯定了㈠觀物者是秩序的賦給者，眞理的認定者；㈡理性和邏輯是認知眞理可靠的工具；㈢主體（觀者）是擁有了

⑮ 這些問題詳盡的討論見❸，以及作者兩篇討論道家美學和語言的論文：「無言獨化——道家美學論要」（「飲之太和」，頁二三五——二六二）和「語言與眞實世界」（見作者的「比較詩學」，臺北，一九八三，頁八七——一三三）。

先驗的綜合知識的理力（柏拉圖所認定的知智；康德的超驗自我）；㈣序次性的秩序和由下層轉向高層的辨證運動，和㈤抽象體系比具體存在重要。

古代的中國人，尤其是道家，接受萬物之爲萬物自然的印認，物各自然而然。他們反而對質疑本身質疑，同時否認人爲的假定可以成爲宇宙的必然，否認語言（概念與語言的表式）能完全地表呈現實，否認人是宇宙萬物最高的典範。這一個立場所提供的，是要重獲事物指義前的原眞狀態，利用「非言之言」，使讀者與事物之間處於一種「若卽若離」的關係，讓觀物者（作者）把讀者帶到顫泛著意義事物的邊緣而立刻隱退，好讓讀者能直接目睹物象的運作並參與完成這一瞬的美感經驗。

我們現在可以看到，這兩種哲學和美學的立場都出自同一的目標而採用了不同的取向。我們一旦了解到這一事實，西方便不難認可一度被視爲屬於「彼」的立場。而事實上，這正是海德格等人後期的導向。但，我們再次要提醒的，我們並不是說，現象哲學和道家思想完全一致；但，無可否認的，互照的方法可以使我們至少認定了一個重要的滙通，卽是，他們對先人不信賴眞實世界事物自現自足的作法表示質疑。

互照互省爲我們提供了文化與文化之間完全開放的對話。如此，不同的批評與美學的立場就可以坦誠相見，互相認識到滙通與分歧的潛在領域，同時了解到各自作爲孤立系統的理論潛能及限制，以及作爲文化系統合作後互相擴展的潛能與限制。由是，當我們轉向無數現行的理論角度與導向時（如附圖所示〔見總序第十一頁〕，附圖只作討論上方便的藍圖，理論的界定當然不是那樣黑白分明的），我們將面臨不少類似前述的問題，迫使我們重新審視每一個美學立場歷史生變的過程，重新確定它們適應性的界域和方向。

無論是圖中觀、感程式的理論（各種可能的細分見附圖說明，見總序十——十七頁），或是表達程式的理論，或是傳達與接受系統的理論，或是作者、讀者對象的建立，甚至「作品自主論」，在我們互照互識的構思中，便必須把雙線文化或多線文化的探討導歸語言、歷史、文化三者不可分割的複合基源（即附圖中心部分。）因爲作者所需要用以運思和表達、作品所需要以之成形體現、讀者所依賴來建構、解構、再構一篇作品的，正是這包含了歷史、文化的語言領域。

當我們回顧不同文化系統中文學史的發展時，我們常常會發現，存在事物與觀、感所得的心象之間、心象與表達之間、表達與接受（即讀者觀、感的心象）之間存在著許多差距。這種差距在單一文化的系統裏已經很顯著；這是因爲作者與讀者都各自被封閉在根源於特有社會文化各自殊異的詮釋中心所在。在單一文化的系統裏，差錯已經如此；在幾個不同的文化之間，差錯便更加大了。所以，每一種歷史文化語言提供了根源性不同的觀、感和表達的特色，這一個互相的認可，正應該作爲重新考慮批評理論的解構和再構的主要途徑。只有這樣，我們才能期望獲得一個更加開放的論壇，來重新構築批評理論的基礎。

一九八四年五月

與作品對話

——傳釋學的諸貌

說　明

我們不用「詮釋」二字而用「傳釋」，是因爲「詮釋」往往只從讀者的角度出發去了解一篇作品，而未兼顧到作者通過作品傳意、讀者通過作品釋意（詮釋）這兩軸之間所存在著的種種微妙的問題，如兩軸所引起的活動之間無可避免的差距，如所謂「作者原意」、「標準詮釋」之難以確立，如讀者對象的虛虛實實，如意義由體制化到解體到重組到複音複旨的交錯離合生長等等。我們要探討的，即是作者傳意、讀者釋意這既合且分、既分且合的整體活動，可以簡稱爲「傳釋學」。

爲了使一般讀者能慢慢進入其間所必需牽涉的哲學思考，我們打算先從幾個易於了解的具體個案入手。

一、傳釋行爲的幾個個案

個案一：「盲人摸象」

五十年代末、六十年代初，在臺灣現代詩的論爭裏，攻擊者認爲現代詩「語無倫次、晦澀難明」，維護者則以「摸象派批評家」譏之，意謂盲人摸象，不見其全：有人摸到象腿，就說象是柱子；有人摸到象身，就說象是牆壁；有人摸到象牙，就說象是一把彎刀……。在此，我們不談攻擊者維護者各自的得失。這一個事件顯著的呈示出，作者傳意與讀者詮釋之間有了差距。而「盲人摸象」這個比喻復又代表了觀察與閱讀行爲裏的一些無可避免的問題。

作者傳意、讀者詮釋之間有差距，不只發生在現代詩的場合裏，也發生在一般作品的解讀過程，因爲作者的語言教育背景和讀者的語言教育背景是必然有差距的，世界上沒有兩個思想與表達的運作完全相同的人。這些差距是怎樣構成的？我們如何、或能不能夠消除這些差距？這是傳釋學所必需面臨的問題。作者與讀者雖然有差距，但仍有匯通之處，甚至有人說「心領神會」、說「知音」，彷彿作者傳意的圓和讀者會意的圓已經重疊。但，這果眞會發生嗎？讀者（包括訓練有素的批評家）果眞可以深入作者原來的意向而重建他作品中的全面意義嗎？我們都知道，完全重疊是不可能的，所重疊的只是經驗中較重要的一部分，所謂「觸及精要」的部分而已。這個所謂「精要」的部分在整個傳釋經驗裏代表了什麼？是作者、讀者之間主觀的共通性嗎？這個主觀的共通性可以確立嗎？在各種嘗試中，當一個理論（譬如精神分析的批評）確立了某些思維、心理的典範作爲意義架構建立的中心時（如精神分析批評曾把人類一切的欲望減縮爲兩種本能——虐待本能與被虐待本能），這又如何損害到那被摒棄在外、那被認爲作者、讀者無法共通的美感經驗？這是傳釋學所必需處理的另一些問題。

我們笑盲人摸象，是因爲他們無法看到全象，是因爲他們以部份看作全體。（我們用「斷章取義」來批評人，其含義多多少少和「盲人摸象」有著相當的廻響。）我們不盲，我們聲稱眼睛可以看到全象。但所謂全象，不是張眼一看便得。

第一，如果我們只死守一個角度，沒有換角度去看，我們所得到的印象還是片面的；所謂全象（在此只指純粹視覺所得）還有待換角度去看所得經驗面的重疊始可完成。所以在我們聲稱看見全象之時，已經是經過不同瞬間遞次所得印象的疊合、統合印象。第二，這個視覺印象所得的全象，也不一定等於認知。對一個從未看過象這個動物的人來說，仍然無法認知象之爲象。我們之能認知象之爲象，還依賴我們事先有了關於象的知識，如看過圖片或讀過有關象的資料。即對第一個發現象而將之認定爲象的人，他還要依賴先有非象或似象的其他動物的認識。所以說，我們看一件事物，目雖不盲，但並非沒有盲點；而我們傳釋的能力是由經驗印認的重疊產生，由文化歷史激發，也由文化歷史設限。第三，我們視覺印象疊合所得的全象，是否可以稱爲「全象」呢？一般人所得的統合印象是一隻龐然的動物、笨重、滑稽……有長拔、大耳朶……等等，但這個一般人有的「全象」，終究無法與動物學家、生物學家、獸醫的理解所比擬。事實上，不只是一般人的認知是片面的，藝術家看象有藝術家的選擇，科學家看象有科學家的選擇，無一能說：已得全象。全象是一個不易確立的東西。

「盲人摸象」這個故事還給我們提示了部份與整體的微妙關係。盲人只摸到部分的象，他們因爲看不見全象（卽沒有整體的觀念），所以無法了解象腿、象身、象牙所屬的位置及其與整體的關係。我們有了全象的印認，所以可以把細節納入整體的關係裏。我們雖然有全象的印認，可是，也要像盲人一樣，必需由部分的細節開始，卽繼次注意象的各部分，然後納入整體的關係裏。部分沒有整體不知所屬，整體則必需依賴部分逐步的認識才可完成。我們看一篇文學作品，也必需由字句開始；但如果讀者事先沒有某種整體的觀念，則這些字句便無法串成意義。我們的理解究竟以何者爲先呢？我們如果已有整體的觀念，爲什麼又要說必須依賴細節逐步的認識才可以達到整體的意義呢？這個矛盾的現象，傳釋學上稱爲「傳釋的循環」[1]。

[1] 見第六節討論。

「傳釋的循環」乍看之下，好像有「惡性循環」的意思。我們如何去了解這部分與整體互爲依賴（彷彿是互推責任）的關係呢？但，知識的生長是很微妙，很複雜的。我在這裏先作簡略的說明：所謂必有全象部分始知所屬的「整體觀念」和我們進行詮釋後達到的「整體印象」不一定是一個相同的東西。我們在開始看一篇作品時，在進行字句的釋讀時所具有的整體觀念，往往是以前經驗或教育累積下來某種結論下的「整體」「統一」的觀念。我們在對眼前作品進行字句的釋讀時，會發現有些可以配合這預有或預設的整體、統一觀念，有些則無法配合。在這個關鍵的時刻，讀者可以有兩條路走：其一，便是否定眼前的作品，認爲它不合乎因襲；這個讀者的胸懷大致上是保守的，封閉的，下意識裏他希望那些字句很容易配合他所具有的整體、統一的框框。其二，由於作品中有無法配合讀者所具有的整體、統一的意念，他便不得不把原有的整體觀念有所修改，並進而擴大它，使它可以納入字句新的表現策略；這個讀者大致上是開放的，儘量力求換位，換角度來衝破既定的整體觀念的樊籬。

這個閱讀的情況也可以在觀察動物時發生。譬如有人看見某動物，看來有斑馬的線紋，頭則不似馬；頸卻似長頸鹿，但它的頸又不長。有人面對著這隻非斑馬非長頸鹿的動物，覺得無法納入他預知的既定的動物的形象，便稱之爲「四不像」（一如有人說現代詩是「胡言亂語」，說「現代畫」是「瘋子亂塗」）。但所謂「四不像」，只是觀者以前未見過的動物而已；這隻非斑馬非長頸鹿的動物另有其名曰：Okapi。我們知識的生長，一面要依賴一些預知，一面必需洞識這些預知必具的限制。

個案二：誰是「够資格」的詮釋者？

「盲人摸象」這個比喻是利用視覺上的全象來對執悟著部分以爲是全體的觀者的嘲諷。故事中的「象」本身並不具有什麼象徵意義。但在「香象過河」這一個詞語裏，香象就不是純然視覺上的動物外象，而是載滿佛家特有的象徵意義的詞語。我們接觸文詞，接觸作品，如「盲人摸象」這個故事本身，如一篇小說，一首詩，是一種文字事件、一種語言事件。作品有所示意，讀者需要解讀會意。我們用眼睛看一隻不帶任何象徵意義的動物已經有不得其全的危機，則接觸泛溢著示義作用的語言事件，更容易犯片面、甚至與原意完全相違的錯誤。我們現在來看第二個個案。

批評家呂恰慈（I. A. Richards）在英國劍橋大學教詩的時候，曾經做過一個實驗，把一些有名的詩人中不大有名的詩，把詩人的名字去掉，交給學生們去分析。換言之，學生只能憑藉他們語言的訓練和各自讀詩累積的經驗去作分析與判斷。呂氏把學生的詮釋結果收回來一看，眞是啼笑皆非，眞是五花八門。有人把一首大詩人相當好的詩說成是三四流人物的壞作；有人把一首壞詩說成最偉大的作品。而意義的分析，更是各有「貢獻」，其間相去十萬八千里，有完全違反「原意」的，有兩者、三者完全不同、甚至完全相反的意見。其情況比「盲人摸象」之令人不安，有過之而無不及。此事被記載在呂氏的「實用批評」（*Practical Criticism*）一書裏[2]。

呂氏在審查這些有種種缺憾的解讀結果時，一面指出每篇的偏差所在，一面提供一個「比較正確」的詮釋，最後提出「够資格的讀者」(adequate or competent reader) 這個觀念，「够資格的讀者」是與山姆爾·約翰生（Dr. Samuel Johnson）所提出的「理想的讀者」(Ideal reader）是有著相當的呼應的，雖然約翰生在十八世紀的文學觀念下和二十世紀初的呂恰慈在實證哲學的浪潮下各自所訂的標準還是有所不同。誰是「够資格的讀者」？誰是「理想的讀者」？所謂「比較正確」的詮釋，甚至所謂「客觀的詮釋」應該如何建立？

在我們所舉的個案裏，呂氏所扮演的角色當然是「够資格的讀者」了。呂氏究竟有沒有資格做個「够資格的讀者」，我們往深一層去想，一定會發現：未必。但就這個個案的情況看來，無疑他的表現證實了他比他的學生較能接近作品的原意。但他之能如此，其中最重要的原因之一是：他有了歷史的意識，即㈠他掌握了詩人生存與創作空間某程度的歷史的認識，他的學生則被剝削了這方面的知識。這就是孟子所說的：「頌其詩，讀其書，不知其人，可乎？是以論其世也，是尚友也。❸」㈡他掌握了語言的歷史面貌，如看出來某些字句是十八世紀的，某些是十九世紀的，某些形式與風格只能因怎樣一個詩人在怎樣一種歷史環境下才可以出現。所謂「够資格的讀者」，起碼應該具有以上兩個條件，更重要的，他還應對傳釋行為整個活動裏的種種問題有

❷ I.A. Richards, *Practical Criticism* (London, 1929).

❸ 「萬章」下。

所認知。

我們在第一個個案裏說：作者的語言教育背景和讀者的語言教育背景有必然的差距。這個差距事實上更因讀者而異。劍橋大學文學系的學生已經不是所謂「零度的讀者」(zero reader，指有語言的訓練而沒有文學知識的讀者)❹，而仍然有這樣驚人的分歧。在「零度的讀者」與「理想的讀者」之間，不知有多少背景分歧的讀者，如此一篇作品又如何可以達到所有的讀者呢，孔子曰：「辭達而已矣」❺。文辭如何可以傳達無誤呢？讓我們再進一步探討。

舉例三：翻譯中詮釋的問題

在翻譯的場合裏，可以呈現詮釋問題的複雜性。

翻譯，我曾稱之爲兩個文化系統之間的 Pass·port，我把 Passport（護照，由一個文化通到另一文化的護照）用標點拆爲 Pass（通過）與 Port（港）兩個字，轉意爲「通驛港」❻。翻譯是兩個文化互通的港口，在通驛的過程中，必然牽涉到兩個文化系統與語規的協商調整，必然牽涉

---

❹ Gerald Prince, "Introduction to the Study of the Narrative." *Reader Response Criticism*, ed. Jane P. Tompkins (Baltimore, 1980) p. 9.

❺ 論語，「衛靈公」。

❻ 「比較詩學」（臺北：三民，一九八三）序，頁四。

到雙重的意識狀態，亦即是，一面要認知甲文化數千年來民族的意識、默契、聯想構成的傳統力量下所產生的原作者的思維狀態與境界，一面要認知和掌握乙文化數千年來民族的意識、默契、聯想構成的傳統力量下所產生的語言表達的潛能與限制。翻譯者在這二者的相遇裏作出種種的協調。翻譯者因此同時是讀者（最好是够資格的讀者）、批評家（最好是靈通八面的客觀批評家）和詩人（最好是能掌握語言潛能的創作者。）這樣一個翻譯者我們可以稱之爲理想的翻譯者，是不易得或者不可得的。我曾在論龐德的翻譯文字裏借用了他一個詞語「神遇的意外」（divine accident）來自嘲嘲人。全象的翻譯是不可能的，因爲我們所假設可以達致的「標準」「客觀」的詮釋是不可能的。我們在翻譯能做到的是所謂「最大程度的匯通」的傳達而已；如果把整個問題從底翻出來看，我們的所謂「翻譯」往往只是一種「譯述」，牽涉到譯者有意無意間的主觀意願或觀點。換言之，完全受限於譯者在詮釋時（詮釋是下筆成文前的第一梯次翻譯，所以亦叫傳譯）所採取的角度及其對作品含義、結構、語規認知的程度。事實上有不少翻譯者對文辭可以全懂，但對文辭中所發放出來的「詩」則毫無所感，其原因最後還是歸結到他們對傳釋行爲本身沒有作過任何內省的認知。

現在我們不妨就翻譯這個行爲先問些常識性的問題。理想的翻譯最好能提供與原著相同的「世界」和「效果」。所以翻譯論者不分中西都有「忠於原著」的說法，即所謂「信達雅」（這與「辭達而已矣」是同源的。）但所謂「信」與「達」，所謂忠於原著，忠於原著的那一個層面呢？是忠於主題和主題的衍進嗎？是忠於韻律的結構嗎？是忠於一首詩的外在物理存在嗎（譬如一首圖象詩）？是忠於一篇作品「形而上」的含義嗎？是忠於字面的意義（包括語法特色的模倣）嗎？是忠於超字義的詩意（包括放棄字句的忠實性而作即興改變詩句和模擬詩質）嗎？…。你可以說，全都要做到。但這種理想主義者是空而不實的。在實際的情況裏，有太多限制使到這種理想不能發生。不但譯者對一篇作品中何者爲「美感客體」、對何者爲一篇作品中的「意義」有所爭論（因而引起不同的詮釋與翻譯），而且在實際的翻譯過程中，假定你「眞」能對「原意」全知，但在乙語言裏未必具有相同的語言表達力可以配合；幾乎所有的譯者多多少少都要逆原意而作了某程度的修改。（孟子的「以意逆志」❼的意思，是包括了迎與逆的雙重意義，我們在後面對傳釋理論架構的討論中會作再一步的發揮。）

我們要對傳釋行爲作內省的認知，通過了翻譯中所呈現的一些猶待解決的問題，我們可以分爲三個方向去考慮，亦卽是作者，作品，讀者這三極：作者的原意（西方理論中所說的intention意圖，intentionality 意向性，和「詩言志」及「以意逆志」的志）能否確立，或如何確立？作品中所呈現的世界是不是「志」所能概括的？如果不能，作品所呈現的世界，它的「美感客體」如何確立？讀者如何進入作品或作者的世界，他可以用「滅絕個人主觀」的方式認知作品或作者在

❼「萬章」上，見第五節討論。

其時代下獨特的意義嗎？或者，他可以撥開一切分歧的詮釋而讓作者原志意義活動的領域超越歷史而以客觀的方式佔有我們嗎？

二、文學作品中的「意義」是什麼？

「近代的詮釋者常常設法」向作品的「背後」發掘，要掘出一個「代作品」來，認爲那「代作品」才是眞正的作品本身……去理解就是去詮釋，而詮釋便是去重立現象，去找出它的對等體。

—Susan Sontag：反詮釋論❽

渥夫岡・伊薩（Wolfgang Iser）在其「閱讀的行爲」(*The Act of Reading*)一書中，借亨利・詹姆士「地毯中的人物」中的佛力刻（Vereker）的口，說出西方詮釋行爲的歷史問題來：

佛力刻同時否定了考古學式的方法（「掘出意義」）和把意義看成一件「東西」這種假設……說作品裏包藏了一件寶貝，只要我們詮釋便可以挖掘出來。……批評家辯解說，

---

❽ Susan Sontag, *Against Interpretation* (New York, 1966) p. 6.

他說他要找的是眞理，而眞理在文辭（作品）中是一件「東西」……是獨立存在於文辭（作品）之外的。他又問佛力刻，問他的小說裏是不是含有某種奧祕的信息（他認爲所有文學作品都必具的東西），某種特有的哲理，某種對人生基本的看法，某種異乎尋常的一般性的意圖，起碼有某種充滿意義的比喻，這些是十九世紀文學觀一些典型文學指標。對這樣一個批評家來說，所謂「意義」就等於上述所指。既然這些「東西」是要從文辭（作品）中抽出來的，那麼意義一定不是由文辭產生出來的東西……對這樣一個批評家來說，把「意義」看成是一個埋藏著的祕密，找得到，並且可以用分析的工具縮減說明的祕密，是很自然的事[9]。

中國「詩言志」的「志」，雖然在近人諸多的探源中，儘量把「志」字的含義擴充到可以含有「意圖」以外種種可能性，但在儒家實用思想「層面」的影響下，往往是與「文以載道」、「載志」、「言之有『物』」、「有德而後有言」（朱熹）、「玩物喪志」、甚至和「學詩妨事、作文害道」（二程）這種極端的立場一並看。所以「言志」所影響下的詮釋偏向，和伊薩所批判的極其相似，都是抹煞了詮釋者閱讀一首詩、一篇作品時所應該顧及的其他層面。「言志」在晚清到民國以來影響深遠，幾乎每一個批評家有意無意間都是要「發掘」言之有「物」的意義，爲詮

⑨ Wolfgang Iser, *The Act of Reading* (Baltimore, 1978) p. 5.

釋和評價最後的依歸。但事實上，讀一首詩、一篇小說所得的整體美感經驗，正如我早年一篇文章所指出的，並非手——餅——手的過程，不是作者的手用一個盛器(作品)把餅(內容、信息、志、道)交到讀者的手上⑩。許多作品眞正能感染激盪讀者的有時其盛載的思想並不深刻；這裏並不是說思想不重要，只是說思想只是整個美感經驗的一部份而已。再者，就是偉大的思想，如果沒有經過藝術其他層面的氣脈化，根本不能發揮出來。(敎堂裏牧師傳的道我們往往不願稱之爲文學，便是這個原因。)

因此在傳統中國美學的發展裏，雖然攝於儒家的力量不敢強烈的批判「言志」「載志」的偏狹性，但都分別提出其他層面的重要性來。事實上，這些其他的層面才是、或者應該說「一向是」中國詮釋與閱讀的主流。由道家提出的「神」與「意」，由孟子提出的「氣」，由謝赫提出的「氣韻」，由陸機提出的「情」等，發展下來對美感經驗的觀注，都集中在「韻外之致」(司空圖)，「神似」「意攝」(蘇東坡)，「意、味、韵、氣」(張戒)，「餘意、餘味」(羌夔)，「不涉理路……惟在興趣……無跡可求」(嚴羽)、神韻派、格調派，「興、趣、意、理；體、志、氣、韵；情景；虛實；奇正」(謝榛)等等，這些都可以看作對實用派儒家「言志」「載志」的偏狹性的排拒。

---

⑩ 「秩序的生長」(臺北：志文，一九七〇)，頁二〇七。

我們現在回過頭來看近代西方對意義問題思索，更能明白所謂作者傳意與讀者釋意間活動的情況。呂恰慈和鄂登後來有一本很厚的著作叫做「意義的意義」(*The Meaning of Meaning*)⓫，可見決定意義的範圍是如何困難的一件事。歐陽修批評易經說易經中的「書不盡言、言不盡意」是「非深明之論」，此話實在值得再思。

皮爾斯（C. S. Peirce）曾經統計過意義的種類近五萬之數，後來減縮爲六十餘種⓬。這簡直眼花撩亂。但這個統計反過來說明了把意義看成一種信息，一種可以減縮說明的東西是如何的粗陋。中國的「意」字不等於「意義」，而且無法說明（所謂「只可以意會，而不可以言傳」），也就是從根地反對純理性的、分析性、減縮性的圈定範圍。下面我們列舉西方幾家對於「意義」或「美感經驗」的試論：

㈠呂恰慈認爲一首詩中起碼可以分出下列四種意義，亦即是文義（sense）、情感（feeling）、音調或口氣（tone）和意圖（intention）⓭。（所提出的與中國的興、趣、意、理這類說明雖然層次不盡相同，但其反對「唯載義說」的用意則一。）

⓫ Charles Ogden and I. A. Richards, *The Meaning of Meaning* (New York, 1923)

⓬ C. S. Peirce, *The Collected Papers of Charles S. Peirce*, (Cambridge, Mass, 1932) II, “Elements of Logic”, p. 330.

⓭ I. A. Richards, *Practical Criticism*, pp. 179-188.

㈡龐德認爲一首詩有三個層次：melopoeia，卽音樂的層次，phoenopoeia，卽意象的層次，logopoeia，是「思理的舞躍」(dance of the intellect)⓮（錢鍾書在其「談藝錄」裏將之比擬「文心雕龍」中的「聲文、形文、情文」，可以參看。）

㈢白萊克繆（R. P. Blackmur）把一首詩中的意義活動用 gestures of language（語言的姿式）來說明⓯。意義不是一件封閉的、死的物體。（陳世驤認爲這裏的 gesture 與陸機文賦中的「其爲物也多姿」相似。郭紹虞注文賦也特別提出：物指的是文言，非指物象。情隨物遷，文因情異，隨物萬變，故文亦多姿。）⓰

㈣象徵派詩人馬拉梅說：「理想應說是一組適當的字引伸到超越我們眼睛的掌握……如果一首詩要純粹，詩人的聲音必須要寂止……一本詩的內在結構必須從內生長出來，如此，便可以完全消滅機遇，詩人便可以缺席……一切將都是躊躇不前，部分與部分各自的性向，互換，互交——一切合組成整體的旋律，這旋律卽是詩的寂靜，在它的空白空間裏……」⓱（詩之致而入神成天籟。中國的美學立場和馬拉梅的歷史根源雖

⓮ Ezra Pound, "How to Read" in *Literary Essays of Ezro Pound* ed. T. S. Eliot, (New York, 1929) p. 25.

⓯ R. P. Blackmur, *Language as Gesture* (New York, 1952).

⓰ 陳世驤，「姿與 Gesture」，見其「陳世驤文存」（志文一九七二）。

⓱ Stephane Mullarmé, *Oeunres Caupheles* (Pleinee Edition) ed. Henri Mondor of Jean-Anbrey (Paris, 1945) pp. 363-4.

然有異——見我的「語言與眞實世界」一文⑱，但在詩的「意趣」的討論上，不無近似處。）

(五)黑山詩派詩人奧遜和克爾里（Charles Olson & Robert Creeley）在其論詩的力學時把「氣的運行」作爲他們詩學的主位對象：「一首詩是由詩人感觸到的『氣』，通過了詩，一口氣轉送到讀者。好。因此詩本身必然是，每一分鐘每一點都是，一個高度「氣的建構」，而在每一分鐘每一點都同時是「氣的放射」。（蘇東坡描寫自己的文章：如萬斛泉源……滔滔汩汩……及其與山石曲折，隨物賦形。水無碍而瀉千里，遇轉折而成萬姿。氣之勢，自然之勢也。蘇氏與奧氏克氏理論據點有異，但在「詩意的活動」上的認知有相當的匯通。）⑲

以上六項對詩意義活動與範圍的討論，都可以說明西方十九世紀實證論和實用論影響下詮釋的偏狹性，而他們所提出來的層次，正應和了傳統中國提出來與實用派儒家的唯載志論抗衡的層次。而近年西方對文辭（作品）的重新檢定，更能顯示他們對「掘寶」「圈定意義」之不滿。

⑱「比較詩學」，頁八七——一三四。

⑲ Charles Olson, Selected Essays (New York, 1966) p. 17, "Projective Poetry"；與蘇東坡異同見「出位之思」，「比較詩學」，頁二一四——六。

文辭（作品），英文是 text，在近年解構主義和結構主義後起思想的影響下，被認爲永遠不是意義明確、自身具足、自現自明的封閉的單元，而是一個不斷變化的活動，其間滲透著彷似海市蜃樓般帶著無盡「印跡」的別的文辭（作品）的廻響。但正如我在另一篇文章所指出，文辭（作品）裏這些複音複旨的活動在中國古典美學裏早有論及，譬如劉勰由易經發展出來的「秘響旁通」論。文辭（作品）text 所引發出來的兩個相關字：textuality（文辭指涉）和 intertextuality（文辭互爲指涉），它們所欲擴展出來的用意，細心的想，是近似我們的「意」和「複意」的（見拙著「秘響旁通」論。）⑳

三、標準的、客觀的詮釋可以確立嗎？

欣賞詩的讀者……不只『一』個，而是有『無數』個。我以爲批評理論常犯的錯誤之一，便是假想在一面只有『一』個作者，在另一面只有『一』個讀者。

——T・S・艾略特㉑

⑳「秘響旁通——文義的派生與交相引發」，見本冊頁八九——一一三。

㉑ "Poetry and Propagauda", *Bookman*, 70 (Feb. 1930) 595-602, reprinted in *Literary Opinion in America*, ed. Tabel (New York, 1951) p. 103.

這段一般人很易知曉的話，卻不是人人認清的。眞的，我們發現太多的文學判斷的事例，其所宣稱的所謂「標準」，所謂「典範」，往往是建立在上述那種錯誤的假設上。譬如批評中常見的所謂「正確的文飾」、「正確的品味」、「理想的讀者」、「普遍性的讀者」等等。常識告訴我們，事實剛剛相反，正如我們先前提到的，詩（或一篇作品）的讀法有多種，而相互之間甚且會互相分歧衝突，而又似乎都說得通。理想讀者之不能成立，正如「不變」的品味和文飾之不能成立一樣，因爲維持一個社會的契約一旦改變，語言的契約也會受到辯證的影響；所謂普遍性的或共通性的讀者，也只能在受限於歷史的某一種批評傾向始可以成立，而這種傾向是由於某種壟斷的意識型態爲鞏固某種有利的價值結構而產生的。

a、作者與讀者的關係

作者在創作時心中存著怎樣一個讀者羣呢？他完全清楚嗎？如果完全清楚，對他的創作時的語言策略會有怎樣的影響？我現在來舉一個實例。譬如我明天要到一個學術會議去講傳釋的問題。我知道我演講時會面對一個眞實的讀者羣（聽眾），我大略會知道裏面有些專家，也有些學生。但在我執筆寫我的演講稿時，甚至當我面對他們演講時，我該怎樣去決定我的聽眾（讀者羣）呢？或者說，我有沒有刻意地去針對這一個聽眾（讀者羣）呢？要決定有沒有可能呢？我應該有怎樣一種假定？當我面對我的觀眾正在演講時，我是不是完全確知裏面的成分呢？我的聽眾裏一定有些專家，在我寫稿時，在我演講時，有多少程度遷就他們，避免些他們聽來是常識的話，講些深奧的，雖然我明明知道在座會有些人聽不懂？還是，我會因爲座中有些初入學術圈的大學生而用些顯淺的語言？在座中，可能會有些持相反論的專家，我是否會準備向他們挑戰，而使得會議更加熱烈？

但在實際的情況下，當我寫講稿時，我無法針對這樣明確的觀眾（讀者羣）；這個觀眾的成份是很難確定的。事實上，我寫講稿的時候和我演講的時候，我是向著一個比現場更大的觀眾（讀者羣），向著能讀和能寫中文的（也包括了現場觀眾的）團體。一開始，我是針對一個範圍與重心都彷彿已經劃清的觀眾（讀者羣）。首先，我會設法包括一組、語言的理解力、表達力與我相近、甚至比我好些的羣眾，一組、文學知識、創作經驗與我相近、甚至比我好些的羣眾；指向這一個讀者羣是要賺取他們的同感與首肯。第二，（這是經常有的現象，）我會設法觸及一組、語言的理解力、表達力與我相近，甚至比我更好，但文學的知識比較缺乏的羣眾；指向這一個讀者羣，是要喚起他們新的認知，或者說服他們走向我的看法。第三，我或者會挑出某些權威人士來質疑，這倒不一定要整人，而是要改正某些誤導的觀念。第四，我在寫講稿時，我直接的關切是如何和我的同代人交談，所以修辭和語態都包含了某些現行的問題與危機；雖則如此，我的話語同時也默默地對著別的地域、別的年代而發，以待建立其他的交談與接觸，其結果可以與我眼前預設的目的完全不同，因爲不同的時空會投入不同的意義與關係。既是如此，第五，我會努力訴諸某種共同可以了解的據點，所謂共同性或共通性，只是說，在我個人特定歷史時空的思域裏可以確立的共同、共通性。

從這個實例中，我們起碼可以作出兩種觀察。其一，是有關讀者羣存在的虛實。我們留在後面討論。其二，作者心中「明確讀者對象」的有與無所引起的相對的語言策略之複雜關係。關於第二點，我們只舉幾個簡單的例子。

語言的策略（選字、修辭、詭奧度、傳達方式與因襲形式等等）絕對受「明確讀者羣」的意念影響。譬如：

㈠翻譯的情況：古典作品（如荷馬）經常被一譯再譯，原因是要使作品能與當代的讀者的語言和感受取得迴響。

㈡戲劇的改編，以譯莎士比亞爲例，莎士的劇可以譯爲⑴純閱讀、研讀的本子，⑵譯作在城市中以知識份子爲主要觀眾的劇本，⑶譯作在鄉村街頭演出的劇本，或⑷譯作用地方語言（如數年前香港用廣東話譯漢姆萊特）演出的劇本。在每一個情況中，選字、遣詞、風格雅俗都要調整。

㈢宋話本因產生於「說書」，聽眾的成份對敍述技巧有一定的影響。因爲當時的聽眾中多半是半文盲的中產階級（有大量的商人），所以故事中常以「賞善罰惡」那類固定反應的道德觀和才子佳人的固定人物，作者儘量消除他個人的靈視而去接近聽眾的要求，（但其中出色的說書人則會利用羣眾道德的要求與個人理想的探索間的矛盾，微妙地偷偷引發出超社會桎梏的個人靈視），所以用語很多是老生常談的語調，由於最初是有貞觀眾在眼前，說書人常常顧及觀眾當時心理的反應，而在語態中加上了戲劇性的語調：「諸君有所不知……」這類建立心理連繫的語調。

㈣歧視讀者的企圖，我們可以在某些修辭論、風格論中看出來。西方風格論分成高（high）中（middle）下（low）原是出自階級的高低。一種高的風格原是訴諸貴族階級的知識份子的，所以後來才有人呼籲放棄詩語而從平民的用語（如華滋華斯所論，如五四運動要求白話取代文言），其指標是要擴大讀者羣和擴大傳達的功能。

㈤指定讀者對象的影響，如中共「工農兵文學」，要爲某一階級說話，結果是語調一面倒、結論公式化、人物劃一化。

作者語言策略的協商，是從兩面出發的，其一，如何用已有文字表達方式配合他觀、感所得心象；其二，便是如何調整語言以傳達到他心中的讀者。過去討論前者多，討論後者少。我們需要了解到讀者對作者用語有一定的牽制。但讀者在作者心中虛實情況的複雜性則猶待討論。

讀者在我們的心中是虛的(事實上無從圈定)，但卻又有某個程度的實。每一個作家寫作時，都必需假設一羣要接受他語字的讀者。這個假設應該怎樣去了解，一時也不好說，因爲這都是因作者而異的。但有兩種假設是必需的。其一是，作者假設作品外面有一羣「悟性程度相等、思想習慣、聯想作用互相可以溝通、文字的作用和應用有相同認識」的讀者。但這個讀者羣是虛幻的，首先，往往不是輪到作者選擇讀者，而是讀者選擇作品，而讀者千萬，變化萬千；其次，就是我們可以決定一組讀者，我們亦無法希求他們有相同程度的悟性，因爲他們各自受制於他們各人社會文化的背景、教育，受制於他們特有時代壟斷意識型態下的宇宙觀。

第二個假設則視語言爲一獨立自主超脫時空的傳達系統，其間有一組十成不變的基本表達方式，如果處理適當，便可以抵達所有用該語言的讀者，（在西方，從這個假設發展成影響甚鉅的理論，是形式主義和結構主義）。但這個假設也是虛幻的，不但語言隨著歷史不斷變化，讀者的歷史差異與語言往往會有距離。近年的符號學指出，語言的作用裏有兩種不同的因襲，第一種是語言最基本的示意作用（如文法關係）；第二種則是在作品中不同的表達方式。符號，語規，在第一層因襲上可以完全相同，但在第二層的因襲上，則往往很不相同（如同一詞句在不同的美學處理下有不同的效果和示意作用。）把語言系統看作具有十成不變的基本示意方式，是等於無視第二層因襲的重要性。

b、重建作者的原意？

赫爾殊（E. D. Hirsch）在其「詮釋的確當性」（*Validity in Interpretation*）一書中和韋力克（René Wellek）爭辯有關詮釋的客觀性的問題㉒。韋力克認爲一首詩的意義因不同時空的

㉒ "Objective Interpretation" in his *Validity in Interpretation* (New Haven, 1967).

讀者而有變遷。赫氏稱韋氏所說的「意義」並非詩中眞正的意義，而是一些觸及讀者主觀因素的「歷史關聯」；不過，他也承認同一首詩確會產生不同、甚至完全相反的解讀；赫氏的主要目的卻是要證明一首詩的眞正意向性（卽一首詩客觀的詮釋）是可以建立的。赫氏的出發點，來自十九世紀施萊厄馬克（F. Schleiermacher）和狄爾泰（W. Dilthey）所提供的「心理重建論」[23]；這個理論認爲文辭作品是作者思想與意圖的表達，所以詮釋者必需把自己設身處地，進入作者的思境裏去重新經歷創作的過程。作者與讀者，無論有多大差異的看法，都因某種共同的人性、某種共通的心理結構，而得以聯繫。赫氏所追求的「客觀性」，一方面指向一般讀者共同可以接受的某些意念與價值，另一面則必需假定「意義的不變性」。（「除非意義不變，否則沒有客觀性可言」。[24]）所謂「不變性」還包括了「可複製性」(reproducibility) 和「界定性」(determinancy)。一旦我們能設身處地地進入了作者的思境和視界（通過有關作者文化、歷史、教育的種種背景的掌握），我們便可以重建一種可以兼容相反解讀的客觀意義領域。

有兩點必須要先說明的。韋氏企圖說明一個實際的情況，卽一篇作品被接受的實際情況。作品離開了作者而獨立存在著，沒有作者在旁隨時解釋疑難。在口頭交談的情況裏，說話者不但在場，而且他的語調、手勢、說話時的頓挫、他的態度都有助於整個傳達行爲。一篇作品離開了作

---

[23] 可參閱 Roy J. Howard, *Three Faces of Hermeneutics* (Los Angeles, 1982), "Introduction".

[24] *Validity in Interpretation*, p. 214.

者，卽缺少了這些有助於傳達的層次，獨立地直接與讀者（們）交談。讀者要再重演對方的傳達行爲時，自然因人異而異，因悟性分歧而分歧，因主觀意願的差距而有差距。赫氏描述的，則是柏拉圖式的情況，由一個幾乎是全知的讀者去重新捕捉有關作者的一切，包括他的語調。顯然地，赫氏把注意力全放在詩的作者，韋氏則放在那首詩通過接受者的種種蛻變。有趣的是：韋氏在他其他的詩論文字中肯定一首詩超歷史的存在（如他鼓吹新批評的文字），而在這裏強調的卻是一首詩的歷史性（也可以說讀者的歷史性！）；赫氏要重建作者的心理，必須要做大量的歷史研究，而在這裏強調的卻是一首詩的超歷史性（也可以說詩人的超歷史的存在！）

問題一直是：作者的思境和讀者的思境能不能融爲一體？要把兩者的差距縮短至無，是近年文學理論的一種迷惑。

作者與讀者之間，極易發生「年代錯亂」的差距，譬如

㈠一個當代的讀者讀一篇古代的作品，常常會看不見語言中歷史的脈絡、表達的手段、修辭的因襲、風格、聯想等等、結果呢，爲了弄出個條理，他可能會把現行的一些結構意念、因襲形式、標準投射入作品裏，也可能把當代有關的一些意義讀進去。

㈡一個現代的作家，受了嶄新經驗的刺激，設法創出新的表達方式來推向意識的新疆域。但他的同代人卻可能仍然沉醉在前一代的傳達模式與習慣裏，所以讀來格格不入。（譬如不少沉醉在舊詩的世界裏的讀者無法忍受任何白話寫的新詩。）

㈢也有這樣的情況，作者本人很可能沉淪在上一個時代的語言和感受裏，而要向現代的讀者抒發已經無關現代生活的經驗。下意識裏，他訴諸一羣和他有相似語言和感受的讀者。這些讀者，在品味上，和作者一樣，沉淪在過去詩文的「鏗鏘」裏，沉淪在「精緻的眼淚」和迴響著古代詩人某些傷感的老調裏。一般說來，這一個讀者羣應該不太大；但事實有時適得其反，在富裕的中產階級社團裏，這樣品味的讀者竟是驚人的偏高。

作者與讀者的差距在㈠的情況下，時間距離越遠其隔膜更加複雜，所謂「遠古幽邈」，我們現代人如何可以得知？所以在我們詮釋的過程中（在翻譯的過程中尤其如此），我們必須經過一種「解神話」和「破年代」的努力。譬如現代西方的讀者已經無法眞心的崇信並參與聖經所載創世紀以來的種種，他們在詮釋過程中必然要做「解神話」、「破年代」的努力；譬如現代中國的讀者已經無法崇信並參與「九歌」中的祭儀意義，他們必會設法解除、解開其神秘性並破開年代的阻礙而使之與現代銜接。

至此，所謂「客觀性的詮釋」之無法確立，已經無需再說明。費殊（Stanley Fish）提供了一個有趣的角度去看詮釋分歧性的現象。兩個批評家蘭尼與赫爾殊（Kathleen Ruine & E. D. Hirsch）對勃萊克（William Blake）那首「老虎」詩中「樹林」的意象提出了兩種完全相反的看法，但費殊不能够、其實也不願意說誰對誰錯，因爲根據他的了解，他們各自按照他們所選擇的批評模子——一個是示範體，一個是說服體——來看作品。從他們選擇的體制來看，所說皆合乎該體制的理則。這並不是說我們沒有規條、準則、或閱讀共同的出發點。

> 這些我們一直都有——文辭、準則、典範、判斷依據、批評歷史等等。我們要說服對方他們錯了，說一個詮釋比另一個詮釋好，援例支持我們的論點等等。只是我們都是按照某種體制中的假設而進行，這體制中的假定有一天也可能被質疑[25]。

我曾在「比較詩學」一書中數度指出我們的觀、感、思、構、用字、傳意、閱讀、解讀都是受制於歷史語言文化在我們意識中成形的模子。在此，我們更加覺得我們觀、感、思、構的「已經體制化」。孟子的「知人論世」所暗示的歷史意識，還需要進一步去了解「怎樣去知」才可以不落入「重建心理論」的陷阱。

四、五個傳釋活動的範圍：要旨覆述

㈠作者觀、感外物所得心象（意義一）：在這個表達前的觀、感活動裏，作者不是外象有什

---

[25] "Demonstration and Persuasion: Two Models of Critical Activity", in *What is Criticism?* ed Paul Hernadi (Bloomington, 1981) p. 34.

麼他全都看到、感到和得到。不但生理上的限制使得他無法「全面網取」——他要利用許多繼起的印象併合成一個所謂「全象」；而且他已經事先帶有「體制化的」眼睛和腦子在觀、在感，而做了選擇。所謂「用無知的眼睛去看」幾乎是不可能的事。如果可能，我們需要一種極其開放的視覺。（道家在這個層次上有特別的貢獻、見拙著「語言與眞實世界」）可見，在文字前作者與外物的接觸已經是牽涉到一種詮釋行爲。

㈡作者所得的心象（假設作者本人完全認知，但也不一定，詩人在寫一首詩之初，有時只有一團強烈而意義不甚明確的印象而已，往往在創作時才撥雲見日，秩序逐漸生長。）這個心象在表達後（意義二）與原來的心象（意義一）已經不同，因爲所認知的心象不一定可以找到適當的語言表達出來（所謂「無以名狀」），作者往往會遷就（體制化的）語言而把原來的心象有所增減修改，而有時語言本身會激發新的意象、新的構成的可能性而改變初衷，另闢新徑。在表達過程中，他一面與帶有關閉潛在性、制度化的語言掙扎（包括傳統的因襲形式等等）來配合原來的心象，一面與既虛且實多樣多變的讀者羣協商他表達的策略。在作品「秩序的生長」過程中，作者與語言和讀者的協商本身也是一種詮釋的行爲。

㈢作品誕生以後，是一個存在。它可以不依賴作者而不斷與讀者交往、交談；它不但能對現在的讀者，還可以跨時空對將來的讀者傳達交談。作者在作品完成之初，可能有某種可以界定、圈定的意向性，但作品中文辭、意象原是依賴過去另一些作品另一些文辭意象來發聲，作者在選字、遣詞、用象時或有一定的企圖，但在作品中，文辭、意象會引發出更大更廣的意義網。我們讀的已經不是一篇作品，而是無數其他作品的廻響、穿挿、融匯、變化（見拙著「秘響旁通」）。如此，作品中文義的派生（意義三）又與意義一、意義二有相當的出入。文辭作品獨立的傳意潛能和讀者的接觸也可以說構成了另一種詮釋活動。

㈣讀者接受作品時，常有不了解原來的觀、感、思、構活動的情況，而把他自己的觀點加在作品之上，或只尋出與他主觀因素有關的「歷史關聯」（見前節「作者與讀者的關係」），所以讀者從作品所得的心象與前面三種意義層次都可能有差距（意義四）。

㈤假定作者和讀者看到的是同一物象，（假定是同一個山），他們從外物所得的心象還是不同的（意義五），因為除了因人而異的主觀因素之外，教育、品味、語言訓練、氣質都不同。更何況讀者通常不易看到作者所看到的原來的物象；他是通過文辭作品來推揣的。讀者不管看外物或看作品都受制於他自己歷史場合的體制化的觀、感、思、構模式，所以才會產生「年代錯亂」的問題。

這裏我們本來還應標出作者必需用以運思表達、作品必需要以之成形體現、讀者必需依賴來了解作品之社會（語言、歷史、文化的依存體）。但事實上，以上六個範圍無一不回歸到社會文化的討論，在此便不必另行標出。

由這個要旨覆述來看，「意義」不是一個封閉、圈定、可「載」、可「掘」不變的單元，而是通過文辭這一個美學空間開放交談、參化、衍變、生長的活動。

五、「以意逆志」：傳釋乃交談

孟子「萬章」上說：「故說詩者，不以文害辭，不以辭害志；以意逆志，是爲得之。」這裏幾乎每一個重要的字和我們現在的用法都有差距。郭紹虞的注釋如下：「以文害辭」，謂斷章取義地割裂個別字眼，曲解其辭句。「以辭害志」，就辭句的表面作解釋，因而曲解了作品的原意。「以意逆志」，「說文」說，「逆，迎也」。「周禮：地官鄉師」鄭玄注：「逆，猶鉤考也。」這句是說「以己之意迎受詩人之志而加以鉤考。」（亦見朱自清「詩言志辨」。）在這個注釋的過程中，我們已經用了「以意逆志」。

這段話裏含有兩個傳釋活動的題旨。㈠「以文害辭，以辭害志」，是關及「部分與整體」相互的關係，雖然沒有深入到「傳釋的循環」的複雜性，但卻是相關的。我們留待下節再討論。㈡「以意逆志」是關及讀者與作者之間在作品上相遇所必需有的「調協」、「調整」（英文即是所謂 Mediation）。

調協、調整是傳意、釋意活動中無法避免的行爲。詮釋是一種調協。翻譯也是一種調協。假如我們說作者把心象表達於作品（傳意）是一種「寫作」，那麼讀者去了解作品（詮釋、釋意）

便是一種「重寫」。在我們閱讀的過程中，我們在心中因有不同的「己意」而會對眼前的作品（一個不斷向我們「說話」的存在）作出種種的「鉤考」。作者與作品的相遇是一種「對話」，是一種「交談」。

在我們進一步探討所謂與作品交談活動的實質時，我們不妨就蓋德瑪（Hans-Georg Gadamer）在他的「眞理與方法」（*Wahrheit und Method*, 1965）一書中提出說話者和受話者所經常採取的三種方式，來審視傳釋行爲中所牽涉的調協問題㉖。

傳釋經驗過程中關心的是傳統傳達了什麼。傳統的傳達卻是通過語言而發聲，所以形同一個對話的伴侶。這個伴侶不是一個物象，而是與我們發生著一定的關係的。蓋氏首先提出對這個伴侶認知的第一種常見的方式。這方式便是找出他之爲一個人的行爲的典型性，即他在其他人中所可以預見、預測的行爲。這就是所謂人性的發掘，按著某些濫見的類別去進行。這個態度證諸詮釋行爲裏，便是對方法論和客觀性幼稚的崇信，把傳統從它與過去的關係和它與詮釋者所處歷史場合活生生的關係割離，然後按著方法一步步去找出其所載爲何物。這個方式把對方完全簡縮爲幾個分類的概念。

第二種方式把對方看成一個人，但強調「此彼」的對立關係，亦即是，以反省的方式，認定

㉖ 見英譯本 *Truth and Method* ed. by Ganelt Barden and John Cumming (Laton, 1975) pp. 322-325.

其之爲「彼」，與「此」有一定的相異處。「彼」之爲「彼」，其實是受制於「此」之反省活動——「彼」仍是由「此」主宰。證諸詮釋行爲裏，便是所謂「歷史意識」，肯定過去之不同於現在，肯定過去之爲過去的獨一無二性。生存於現在的詮釋者彷彿可以超越其半身的歷史性，他彷佛可以不必受制於過去而能完全掌握過去之爲過去。這種把過去視爲一個可以封閉、固定的對象來處理，實在是一種專橫的態度，彷彿現在（此）是主人，過去（彼）是奴隸，可以由現在完全掌握。

但如果一個人可以把自己和傳統活生生的關係以切斷的方式去思索，如此，他便已把傳統之爲傳統的眞義完全破壞無遺。

我們在這裏應該重提孟子的「知人論世」，要使孟子的歷史意識有效，必須避免落入上述兩種認知的方式。

所以詮釋者必須同時認知他自己的歷史性，也就是蓋氏所說的第三種方式：保持著具有有效歷史意識的開放性。只有這種開放性裏眞正的人的關係才可發生。所謂互屬的意思是「互相聆聽」。「向對方開放」必需包括一些我不同意的意見和拒絕另一些。傳統和現在對話，並說出一些有關現在的話。一篇作品是一個語言事件用對話的方式完成、用對話的方式達致兩者不同「意境的融匯」。

「以意逆志」，在這第三種傳釋觀念的印照下，也許可以視爲讀者（帶著自己的歷史性）對作品中傳達的志（「志」應可視爲部分的傳統）作出「迎」與「逆」的調協。（我認爲「逆」字的本意應該同時保留），是一種與傳統活躍的作品的對話。

在此，我們必需對「對話」的實質作進一步的考察。把讀一篇作品比擬作實生活的對話，總覺有些欠妥。

對話，是兩個人一來一往、來來往往的對答。在實際的對話裏，沒有一定等待完成的單元，不一定有信息要傳達。傳達的方式包括不斷即興式的調整修改，譬如甲說得深奧些時，乙因爲眉頭略皺，甲馬上再重覆他的話，延伸、修改、闡明。語調及神情有時也有助於一些語意原是不清的話。在這個對話裏，有許多暫行的意念，等待對方的首肯，一切慢慢的在多次來來往往的磋商後才成爲一個意向脈絡清楚的單元。如果這裏面有統一性，這統一性不是理則和線路，而是氣氛，和精神的廻響。說話者知道他只是經驗製造者之一而已，經驗的完成還待對方的合作（或者反對）來完成。對話不講求起、中、結。眞正的對話有時永遠不完結，永遠等待修改和挑戰。

所以後期的蓋德瑪在對話的實質問題上有了更正的考慮。一九七二年在一篇討論柏拉圖對話中有關名與實的一文中，他說：

> 如果我們在柏拉圖的對話和蘇格拉底的論證中發現它們經常的違反邏輯，例如用假的推理，應有步驟的省略，模稜兩可的遁辭，概念的替換等，唯一合理的解釋是，我們正在

處理的傳釋的假定是建立在「討論」的情況上，而我們討論卻不是幾何式的進程，而是在活潑潑的遊戲、戲劇的活動，包括發出冒險的論點，收回已發出的話，作出種種的假定，作出種種的否定，這些互玩都是要慢慢的邁向一種了解……㉗

在這一段話裏，蓋氏重新肯定詮釋絕對不可以只求語句內的所謂論點，而應該顧及反語句的或超語句其他的意義。在這些對話裏，蘇格拉底的受話者或者對手都各自帶有他們自己的主觀關心的事物，這些事物牽制了蘇格拉底的用語，他採取的手段（包括有時有意違反他自定的邏輯），和爲求達到某種效果所呈現的模稜性。蓋氏已經觸及口頭對話實質和與書寫而成文辭對話實質的差異。

和文辭對話，在實質上，當然無法與眞正的對話比擬。第一，文辭雖然代表一種對話，但語調、神情則猶待讀者換位去扮演，扮演得近不近原來的意向，沒有什麼把握。第二，你有疑難時，文辭無法作即興式的調整、修改和再闡明。但文辭和讀者可以構成一種對話，卻也是顯然的，只是文辭的對話是有計劃的、是控制的。正如劉勰「隱秀篇」中的「秘響旁通」論裏所顯露

㉗ "Logos und Ergon in platonisehen 'Lysis'", *Kleine Sehriften* III [Tübingen, 1972]，英文見 Hans-Georg Gadamer, *Dialogue and Dialectic, Eight Hermeneutical Studies on Plato*, tr. Christopher Smith (New Haven: Yale Univ, Press, 1980) p. 5.

的：一首詩中的文、句，不是圈定的死義，而是一種意義的活動，新音舊響交織疊變。正如巴克丁（M. M. Bakhtin）在他「對話的想像」（*Dialogic Imagination*）所說的，每一種言辭都是複音的（Polyphonic）。

蓋德瑪把傳釋的經驗比作對話，一面可以說是改正了圈定的死義的傾向，一面指出作者在創作時必會發出的聲音，和必會和別的時空的聲音交響的活生生的情況，而進而肯定讀者接觸文辭時也有類似的活動，雖然在後者的意識中，由於不同的歷史性，有了不完全相同的廻響。傳釋經驗中的所謂意義應該是活動的，不是固定的。（所以我們才有「意義的活動」和「秩序的生長」的說法。）

六、傳釋的循環和預知

在「盲人摸象」這個個案中，我們已經討論過「部分沒有整體不知所屬，整體則必需依賴部分逐步的認識才可完成」這個互相依賴的認知過程上的矛盾。「傳釋的循環」最早討論的是海德格（Martin Heidegger），他說：

> 任何要增加我們理解的詮釋，從一開始便已理解詮釋之所指……但如果詮釋一定要在已

> 知中運作，又一定要從其中取得滋養，我們又如何能夠不依著圓圈循環的走，又如何能取得任何成熟的科學的結果呢……然而，就用最顯淺的邏輯來看，這個循環不能不說是「惡性的循環」……但如果我們把這個循環看成是惡性的，然後設法避開它……那麼我們的理解與認知從最基層開始便已誤解……最重要的不是逃出循環，而是用適當的方法進入其中！在循環中隱藏著最原型的知識可以達致的可能性㉘。

海德格認為沒有所謂「沒有假設」的知識。所有的理解都被假設先有了某種掌握，一種對整體的預知。既然某些先入觀念經常牽制我們的知識，我們無法完全消除決定知識的每一絲主觀因素。

決定知識的預知，尤其是所謂先有的整體觀念，我們在平日觀察事物的過程中便可以明白，我在「盲人摸象」這個個案中曾說：在進行解讀時所預有的整體觀念和解讀完後的整體觀念是不一樣的東西；我們用以前經驗累積下來的某種「整體」「統一」的觀念來量度眼前新的經驗，在這過程中，往往有無法配合之處，我們便不得不把原有的整體觀念修改擴大。

這裏我們必需注意到，傳釋經驗裏的預知，不是一種，而是許多種——今天依賴昨天、昨天依賴前天、前天依賴大前天那樣往過去依靠。因此，我們無法超越我們的歷史性，我們可以再度

㉘ Martin Heidegger, *Being and Time*, trans J. Maeguarie and E. Robinson (New York, 1962) pp. 194-195.

肯定一個事實：我們的觀、感、思、構、用字、解讀都受制於歷史、語言、文化在我們意識中體制化的模子；這些語言、思維的模子不斷的圈定意義的範圍。語言和思想都是一個牢房，不斷的在一個「封閉的」思維系統裏、語規系統裏反覆成規、解規；但另一方面，傳釋中對話的活動，又使思想和語言完成爲一個「開放的」系統，在不同歷史和時間的相遇與交談下，不斷生長、不斷變化。

傳釋行爲的研究，尤其是當我們作跨文化的研究時，必需了解不同文化系統下這些各自的「預知」形成的根源，了解其圈定意義的活動形態，及其成爲一種「預知」所必具的限制。

中國「預知」的形成和西方「預知」的形成之異同在那裏，是東西方美學家應該共同探討的逼切問題。海德格所追踪的「最原型的認知」，正如有人對「純粹語言」或「原型語言」的探求一樣，都必需在跨文化的傳釋系統中「交談」出來。我隨後一系列的文章便是往這個方向去努力。

海德格在「傳釋的循環」裏對「預知」的說明，預知前的預知前的預知……推到最後是無法消除每一絲主觀因素。這個動向卻激起我們一個更深的問題，亦卽是：預知最早的發源地及產生狀態我們能不能找出來？這個看來彷似問：「是雞生蛋還是蛋生雞」的困惑，並沒有阻止哲學家去作種種的試探與追尋。「探原」可以說是推動海德格現象哲學最大的力量。「探原」當然更是中國哲學最普遍的力量。但「探原」的方式，以前的哲學家都犯了蓋德瑪所說的前兩項方式——專橫縮減經驗。要明白「操斧伐柯，雖取則不遠」，模子雖然近在眼前，但用語言論語言，用體制化的思維模子追踪原模，我們恐怕無法跳出樊籬。眞正的「探原」還待我們首先對我們應用的工具——思想模子及語言——質疑，而破解它們的神話。海德格說：「語言是最珍貴的也是最危險的。」它幫我們發現事物，但也蒙蔽了事物。道家說：知者不言，言之不知。對語言質疑後，我們或許可以有一個新的傳釋的起點。東方或許可以爲西方的傳釋系統作某一個程度的解困。

中國古典詩中的一種傳釋活動

這裏，我打算用近人周策縱先生的一首舊詩作起點，來提出文言文用字、用詞和語法所構成的傳意特色，然後進而觀察一般中國古典詩裏（作者）傳意和（讀者）應有的解讀、詮釋的活動（以下簡稱爲「傳釋活動」）。

這篇文章，一面是我的「語法與表現」一文❶的延伸，一面是打開中國古典傳釋學❷哲學基礎的探討。這個探討包括我們對物象、事象的初識，即所謂「指義前」的印認和我們因人際、物

---

❶ 原題「中國古典詩與英美現代詩——語言與美學的匯通」（一九七三年）見「飲之太和」（臺北，一九八〇）頁二五——八四；另題「語法與表現」，見「比較詩學」（臺北，一九八三）頁二七——八六。

❷ 一般稱「詮釋學」「解釋學」，在西方，因係由解釋聖經發展出來，又有「解經學」之稱。這裏決定用傳釋學，是要兼及作者的傳意方式與讀者解釋之間互爲表裏又互爲歧異的複雜關係。

際、時空的離合等等因素而從物象、事象本身而引伸出一連串意義的架構，以及這些架構篡奪了物象、事象而另成一種我們解讀、詮釋依據的體系❸。在這個探討中，在一些關鍵地方，我們將用適度的比較方法，譬如與印歐語系語法的比較，或白話與文言的比較，其目的是要使傳統傳意、表達的策略更徹底的呈現。

我用的例子，是周策縱先生的一首「妙絕世界」（周策縱語）之「字字廻文詩」。在我討論之前，我必須先聲明：廻文詩當然是打破語法限制的極端例子，並不能代表一般中國古典詩所見的語法；但我並無意把一般古典詩的語法和廻文詩的語法對等，而是以廻文詩中語法所呈現的「完全靈活性」作爲一種衡量的指標，來看詩的字句能自語法解放的程度，及其求解放的哲學、美學的含義與依據。讓我先把詩「呈」「現」❹（參見次頁）：

要一首詩不管從那一個字開始那一個方向讀去都能夠成句成詩，屬於印歐語系的英文辦不到，白話往往也不易辦到。印歐語系的語言缺乏文言所具有的靈活語法。以上這首詩，英文只能逐字的註釋，但無法連成句；要連成句，中間要增加不少細分的元素，如各詞前的冠詞(a, the)，如定位定關係的前置詞、連接詞(**On** the bank; **when** the sun..., the sand **becomes**.....)，如主詞決定動詞的變化 (we **do**; he **does**)，如單數複數決定動詞字尾變化 (This **man says**; these **men say**)，如現在、過去、將來的行動由代表現在、過去、將來時態的動詞去表達如（

---

❸ 一九六七年十二月十八日作，原刊於「當代文藝」。

He dees; he did; he will do）……〔以上都是英文語法中最基本的常識〕，都是非常嚴謹、細分的，有時到僵硬的地步。沒有了這些元素便不能成句，有了它們句子便因著詞性的定位而定向、定義；英文中的法則，其任務是要把人、物，物、物之間的關係指定、澄清、說明。但有了這些元素，要像周詩那樣「迴文」便完全不可能。反過來看，周詩之能如此，正是因爲文言中不一定要冠詞（事實上文言詩中極少用），不需要代名詞作爲主詞，甚至不需要連結元素如前置詞、

白岸晴芳樹幽島曙華月淡星荒渡斜舟繞亂沙

可從任何一字起，向任一方向讀。

❹ 本篇只處理前半部，後半部將另文處理。

連接詞而自然成句。另外英文的主詞——動詞——受詞的結構，中文裏也用，但並非必需；沒有動詞也可以成句。動詞因爲沒有時態的語尾變化，所以在用的時候，不會把行動限死在特定的時空裏，不似英文那樣。更重要的是，文言中很多字可以兼含數種詞性，如「日落江湖白」的「白」，既可以是形容詞（白色的狀態）也可以是動詞（轉成白色的活動），是一而二、二而一的現象，如果用英文來講就要分成"are white"和"whiten"，只能「限指」其一。中文因爲詞性的多元性或模稜性，所以換了一個位置字樣不變詞性的作用可以改，如「晴岸白沙亂」的「亂」字，近似「日落江湖白」的「白」字，既含「狀態」亦含「活動」二義；但廻文到「岸白沙亂繞」或「白沙亂繞舟」時，便成爲副詞，是對動詞而發，如果用英文來講，便要用Confusedly，當然便無法廻文了。

以上所拈出的差異，是一看便知的。我們之不厭其煩的縷述，是要提出一個更重要的問題：爲什麼文言可以超脫英文那類定詞性、定物位、定動向、屬於分析性的指義元素而成句，而英文就不可以？這種靈活語法下的傳意方式與我們解讀、詮釋應取的態度和僵硬語法下的傳意方式和所要求的解讀、詮釋有什麼根本的差別？如果有，其哲學美學依據是什麼？

我一開頭便說這首廻文詩是打破語法限制很極端的例子，並不能代表一般中國古典詩所見的語法，但我們不能否認，文言詩中很多句子中的語法有近似的高度的靈活性。在我們分別討論之前，讓我再進一步看看這種靈活性在這首詩所做成的效果。

首先，這種靈活性讓字與讀者之間建立一種自由的關係，讀者在字與字之間保持著一種「若即若離」的解讀活動，在「指義」與「不指義」的中間地帶，而造成一種類似「指義前」物象自現的狀態。我們在這首詩的前面，那些字，彷彿是一個開闊的空間裏的一些物象，由於事先沒有預設的意義與關係的「圈定」，我們可以自由進出其間，可以從不同的角度進出，而每進可以獲致不同層次的美感。我們彷彿面對近似水銀燈下事物、事件的活躍和演出，在意義的邊緣上微顫。這種觀、感過程和眞實世界所經歷的有相當的近似。我們在眞實世界的事物裏，也可以自由進出，可以從不同的角度進出，且獲致事物不同空間的關係和感受。在我們進入一個境之前，事物與事物之間是無所謂「關係」的。在眞實世界裏，一所茅屋，一個月亮，如果你從遠處平地看，月可以在茅屋的旁邊；如果你從高山看下去，月可以在茅屋下方；如果從山谷看上去，月可以在茅屋頂上……。但在我們進入景物定位觀看之前，這些「上」、「下」、「旁邊」的空間關係是不存在的；事實上，景物的關係會因著我們的移動而變化。文言文常常可以保留未定位、未定關係的情況，英文不可以；白話文也可以，但傾向於定位與定關係的活動。「鷄聲茅店月，人跡板橋霜」就是沒有決定「茅店」與「月」的空間關係；「板橋」與「霜」也絕不只是「板橋上的霜」。沒有定位，作者彷彿站在一邊，任讀者直現事物之間，進出和參與完成該一瞬間的印象。

定位定關係的思維活動與習慣，可以拿西洋傳統畫中的透視來說明。所謂透視，即畫面前面的房子大，後面的房子愈來愈小，最後沒入所謂「視滅點」；這個結果，就是定位看的關係。其次，透視也講光源，所以也講明暗法。反觀中國畫，如郭熙所說：「山近看如此，遠數里看又如此。每遠每異。所謂山形步步移也。山正面如此。側面又如此。背面又如此。每看每異。所謂山形面面看也。如此是一山兼數十百山之形狀，可得不悉乎。山，春夏看如此，秋冬看又如此，所謂四時之景不同也。山朝看如此。暮看又如此。陰晴看又如此。所謂朝暮之變態不同。如此是一山而兼數十百山之意態。可得不究乎。」中國畫家，在山中遨遊數月，甚至數載，對欲呈現的山有親如摯友的印證，然後把全面感受重造在一張畫面上，在結構上避開單一的視軸，而設法同時提供多重視軸來構成一個整體的環境，觀者可以移入遨遊。換言之，觀者並未被畫家任意選擇的角度所左右；觀者彷彿可以跟著畫中所提供的多重透視廻環遊視。爲了保持這種廻環或多重透視，畫家有時用留白（但不是人爲的，而利用自然的景物如雲霧）來造成距離的幻覺，或利用山形曲線所具有的幻覺性，微妙地由一個景所含有的透視傾向轉移到另一個透視傾向。由於畫家要交還給觀者他應有的活動性，除了幻化了透視傾向以外，還避免了光源和明暗法，到了倪瓚，甚至完全透明無礙。

中國古典詩裏，利用未定位、未定關係，或關係模稜的詞法語法，使讀者獲致一種自由觀、感、解讀的空間，在物象與物象之間作若即若離的指義活動。我在「語法與表現」裏，曾經提出「松風」「雲山」等中國古典詩中常見的詞語，並說英文大多譯作 winds in the pines（松中之風）或 winds through the pines（穿過松樹的風），這種解讀把「松風」所提供的「置身其間」、物象併發（既見松亦感風）的全部環境縮改爲單線的說明。又如「雲山」常被解讀爲 clouded mountain（雲蓋的山），cloud-like mountains（像雲中的山）或 mountains in the clouds（在雲中的山），但事實上，就是因爲「雲」與「山」的空間關係模稜，所以能夠同時兼容了三種情況。像這樣我們習以爲常的詞語，呈現在我們感受心鏡中的，是玲瓏明徹的兩件物象，我們活躍在其間，若即若離地，欲定關係而又不欲定關係。類似的詞語，在中國詩中甚多，現在列舉一些：

「岸花」飛送客，「檣燕」語留人（杜甫）

「樓雪」融城溼，「宮雲」去殿低（杜甫）

「樓雲」籠樹小，「湖日」落船明（杜甫）

「風林」纖月落（杜甫）

「澗戶」寂無人（王維）

「溪午」不聞鐘（李白）

前五例的情況和「松風」「雲山」類同，其中「宮雲」與「澗戶」的空間關係最難決定。前者不知應否解讀爲「繞著宮的雲」還是「托著宮的雲」，後者不知「戶在澗邊」還是「戶在澗的上方」還是「戶俯視溪澗」。李白的句例最突出，「溪」是空間，「午」是時間，我們應該解讀作「在溪邊，正午時，聽不見鐘聲」嗎？我們定位、定時以後的損失是什麼？在原詩裏，如果順著對仗來看，又使我們有另一種考慮，前句是「樹深時見鹿」，照對仗的習慣，既然樹（名詞——物象）深（形容詞——狀態），那麼「溪」對「樹」是名詞——物象，但「午」對「深」可以是形容詞或代表狀態的字嗎？「溪」「午」都是現象中並置的二態，定了位定了時，便限指一種觀點，如是便破壞了近似置身其間的可能。我們再看兩句詩被如此解讀後的損失，便可以明白我為什麼要在詞語的模稜上做文章。

落花人獨立　微雨燕雙飛

如果解讀成「落花裏有一個人獨立著，微雨裏有成雙的燕子在飛」，或再簡化些如「有人獨立在落花裏，有燕子雙飛在微雨中。」這樣的解讀我們總覺得不妥，好像損失了很多東西。原因是：在文言的句法裏，景物自現，在我們眼前演出，清澈、玲瓏、活躍、簡潔、合乎真實世界裏我們可以進出的空間。白話式的解讀裏，（英譯亦多如此），戲劇演出沒有了，景物的自主獨立性和客觀性受到侵擾，因為多了個突出的解說者在那裏指點、說明（落花「裏」，「有」人……。）

但偏偏，我們年輕人的入門書「千家詩」和「唐詩三百首」，部部都採取了這種解讀方法，而把原有的傳意活動，中國詩獨特的觀物、感物、表物的精華一掃而光，如：

「雲霞出海曙」被　解讀爲

雲霞**從**海**上映**出**一片**曙**光**

從視覺活動很強的「雲霞出海」到「曙」（兼含「狀態」與「時間」）的印認，是很直接的感受，爲了解決「曙」的詞性（註釋人決定它只能作「曙光」解）而歪曲了「出」的意義，然後硬把其他的物象的空間關係「定」下來，而破壞了作者「傳意」的目的和讀者應有的「感受」的活動程序。又如：

「潮平兩岸闊」　被解讀爲

潮**水漲起與**兩岸**相**平，**顯得更加開闊了**

原是讀者（也是觀者）可以直觀直感「潮平」與「兩岸闊」的兩個景象的，偏偏多了個解人，生怕讀者不知道「潮平」與「兩岸闊」的關係。這種關係應是讀者先「感」而後「思」的，不應先「思」而後「感」。同理：

「青天無片雲」　不可以或不必要解讀成
天上沒有一片浮雲

「風林纖月落」　不可以或不必要解讀為
在風吹的樹林裏纖細的月緩緩落下

或者有人說，坊間「唐詩三百首」的語譯都是由不正統的人為了讀者的方便而做的，眞正讀詩的人不需要這種解讀。事實上，以上的句例確實沒有語譯的需要，讀者也自然可以直觀而感的；但為什麼又有這麼多人提倡語譯語解，而把原是「若即若離的、定位與不定位、指義與不指義之間」的自由空間改為單線、限指、定位的活動呢。這可以說是受了西方思想壓迫後的一種矯枉過正的現象。

民初以來，五四左右，就有不少人開始指責中國語言缺乏邏輯，說中國畫缺乏透視，彷彿西方的語言的邏輯和透視才是表達的正途似的。不少語言學家便著著想把中國語言「削足適履」地要配合西方的文法來說明，除了襲用了西方「關係決定性」很強的標點符號以外，還處處使到活潑潑而不必盡合文法的口語變為字字合文法的語言（畫透視的一節這裏暫不討論）。影響所及，便是「中國詩句西方文法化」，如王力先生的「漢語詩律學」（一九六二、一九七九）。王力先生的學問我極其景仰，他在「漢語詩律學」所提出的句形與文法關係，對後學者啟發的地方仍然是很豐富的；但在語法的解釋上，我覺得有商榷的必要。

在該書的第十六、十七、十八、十九節裏，用的基本上就是西方文法的架構去分析中國詩的句法。

FN-V-FN　（F＝形容詞　N＝名詞　V＝動詞）。

圓荷浮小葉　細麥落輕花

像這樣的句法，中英文一般是共通的，問題不大。但像我前面討論的例子，卻不是這些文法架構可以解決的。由於王氏急於使句子合乎因果關係的邏輯，有很多句子的解讀便無意中落入了「唐詩三百首」語解的窠臼，如：

「高鳥長淮水　平蕪故郢城」　便註爲

高鳥**百尋**，**羣渡**長淮之水；平蕪**數里**，**環攢**故郢之城（頁二六二）

「春浪櫂聲急　夕陽花影殘」　便註爲

春浪方生，櫂聲遂急；夕陽轉淡，花影漸殘（頁二六一）

都是以「思」代「感」（或先「思」後「感」）的解讀方式，與原句的視覺活動有違。最不妥當的是杜甫這兩句：

「綠垂風折筍　紅綻雨肥梅」　被讀爲

風折之筍垂綠，雨肥之梅綻紅（頁二五六）

在詩人的經驗裏，情形應該是這樣的：詩人在行程中突然看見綠色垂著，一時還弄不清是什麼東西，驚覺後一看，原來是風折的竹子。這是經驗過程的先後。如果我們說語言有一定的文法，在表現上，它還應配合經驗的文法。「綠——垂——風折筍」正是語言的文法配合經驗的文法，不可以反過來。「風折之筍垂綠」，是經驗過後的結論，不是經驗當時的實際過程。當王力把該句看爲倒裝句法的時候，是從純知性、純理性的邏輯出發（從這個角度看我們當然可以稱它爲倒裝句法），如此便把經驗的眞質解體。

所謂經驗的眞質當然是很複雜的，其中哲學、心理、文化的因素可以大做文章，決非一言兩語可以交代清楚的，但就我們接觸外物的一些基本情況（卽一般普通常識可以了解的），起碼可以注意到下列一些層次。

首先，我們和外物的接觸是一個「事件」，是具體事物從整體現象中的湧現，是活動的，不是靜止的，是一種「發生」，在「發生」之「際」，不是概念和意義可以包孕的。

因爲，在我們和外物接觸之初，在接觸之際，感知網絕對不是只有知性的活動，而應該同時包括了視覺的、聽覺的、觸覺的、味覺的、嗅覺的，和無以名之的所謂超覺（或第六感）的活動，感而後思。有人或者要說，視覺是畫家的事，聽覺是音樂家的事，觸覺是雕刻家的事……，而「思」是文學家的事。這種說法好像「思」（卽如解釋人與物、物與物的關係和繼起的意義，如物如何影響人，或物態如何反映了人情）才是文學表現的主旨。事實上，「思」固可以成爲作品其中一個終點，但絕不是全部。要呈現的應該是接觸時的實況，事件發生的全面感受。視覺、聽覺……等，絕非畫家、音樂家獨有的敏感，詩人（其實一般人）在接觸外物時都必然全面都感受到。

差別是在媒介的選擇上，顏色與線條、音符可以做的，語言確是不能依樣做到；但就是不能做定，作爲一個表現者，我們就應該放棄其他感覺給我們的印象嗎？語言，在適當的安排下，可以提供我們「類似」視覺過程的經驗，其中的一個方法，便是不要讓「思」的痕跡阻礙了物象湧現的直接性。「綠垂風折筍」是湧現的直接，是視覺過程的把捉。是先「感」而後「思」。「風折之筍垂綠」的意思有沒有？有。但是，是事件發生之後的結論，是思「含」在感內。有了這樣的認識，我們必須排拒王力的一些解讀的說明，如：

「空外一鷙鳥　河間雙白鷗」只讀作

空外有一鷙鳥　河間有雙白鷗（頁二六〇）

「大漠孤煙直」只讀作

大漠的孤煙（是）直（的）（頁二六一）

兩個句例都是視覺性極強烈的意象，而且近似電影鏡頭水銀燈的活動。例一：「空外」（鏡頭向上）「一鷙鳥」（鏡頭拉近鳥），「河間」（鏡頭向下）「雙白鷗」（鏡頭拉近白鷗）。一個「有」字，便把一個解人插在觀者與景物之間指點、說明。打個比喻，向一個外國人描寫高粱酒如何好，說它是洋酒A加洋酒B的味道，終不如你把一瓶打開讓他聞聞試試，然後他可說「似洋酒A加洋酒B」。原句是作者站開一邊請你直嚐，王解是酒味的描寫。例二：「大漠」（橫闊開展的鏡頭）「孤煙」（集中在無垠中一點一線）「直」（雕塑意味）。一個「的」字便把這繪畫性，和水銀燈的活動化爲平平無奇單線的敍述與描寫。

在事件發生之際，時間空間是一體的，正如我說話的時候，我動手勢的時候，既是空間的也是時間的。在實際的經驗裏，所謂時間、空間、因果原是不存在的，我們把一個原是渾一不分的整體現象打破，然後將一些片面的事物選出，再又把它們利用人爲的分類觀念——時間、空間、因果——串連起來，定位、定義。中國古典詩人，因爲了解到思維中這些元素會減縮我們原有的較全面的感覺，所以在表物的過程中，「盡量」保持語法中的自由——所謂「若即若離」的指義行爲。中國詩中視覺活動強烈的例子特多，自有其哲學、美學的因由。現在再列一些句子，不打算詳論，只加一些簡短的說明。

1. 日落江湖白　潮來天地青（王維）
2. 星臨萬戶動（杜甫）
3. 野曠天低樹（孟浩然）
4. 岸花飛送客（杜甫）
5. 國破山河在（杜甫）

都不應該、事實上也無需只解作「日落**時**」、「潮來**時**」、「**當**星臨」、「**因**野曠」、「岸花飛**中**」或「國**雖**破」，這樣解讀就是把原是時空未分的直現視覺事物或改爲時間的標記，或改爲因果式的主屬關係，或改爲狀態、條件的說明。

上面的第五例「國破山河在」，我曾在「龐德的『國泰集』」(*Ezra Pound's Cathay*, Princeton, 1969)一書中首先提出這裏面兩個視覺事象的並置與羅列，卽是艾森斯坦所提出的「蒙太奇」。電影中的「蒙太奇」技巧，在西方現代文學、藝術中影響至鉅，而「蒙太奇」技巧的發明，卻是從中國六書中的「會意」而來❺。

在艾氏的「電影拍攝原理與象形文字」(一九二九)一文裏，他說「會意」是一種交合或組合活動，「兩個象形元素的交合不應視爲一加一的總和，而是一個新的成品，卽是說，它具有另一個層面、另一個程度的價值；每一象形元素各自應合一件事物；但組合起來，則應合一個意念……但這就是『蒙太奇』，是的，這正是我們在電影裏所要做的，把意義單一、內容中立的畫面(鏡頭)組合成意念性的脈絡與系列」(頁二九)。以柏克曼的「野草莓」中的一個鏡頭爲例：電影中的老人在赴京城的途中，經過他誕生的故居，正當他從坡上向下看他的故居時，他孩提時的形象和他現在的形象同時出現在同一鏡頭上，互相對峙著，這是兩個不同時間的經驗並置在同一的舞臺上，中間，**無需通過說明與解釋**，便呈現了其間所潛孕著的張力與衝突，而時間與人事的變遷與變幻都盡在「不言」中。

❺ 見 Sergei Eiseustein, *Film Form and Film Sense*, trans Jay Leyda (New York, 1942) p. 29。事實上，比他更早提出的是影響英美現代詩最深的梵諾羅莎(Fenollosa)「作爲詩的傳達媒體的中國字」一文。見我的 ***Ezra Pound's Cathay*** (Princeton, 1969)。

中國古典詩中這種傳意方式最豐富，所以我們才有「只可意會、不可言傳」、「意在言外」、「辭不盡意」的說法，而「意」字，在中國批評中界說了又界說，還是沒有一個「定」論；但，我們以爲不應該有定論，尤其不可像有些論者那樣把「意」直解爲「義」，直解爲「某字代表某義」；這樣單一的觀點，是邏輯思維的後遺症。顯然，在形象與形象之間，可以引發許多層面的思緒。所謂「意」，實在是兼容了多重暗示性的紋緒；也許，我們可以參照「愁緒」、「思緒」的用法，引伸爲「意緒」，都是指可感而不可盡言的情況與狀態。「意」是指作者用以發散出多重思緒或情緒、讀者得進以體驗這些思緒或情緒的美感活動領域。這個領域，要用語言去「存眞」，必須在活動上「近似」詩人觀、感事物時未加概念前的實際狀況，因而中國傳統批評中亦強調「如在目前」。以下的句例，像前面討論的例子一樣，都具有水銀燈活動的明澈視覺性：

① 野渡無人舟自橫
② 月落烏啼霜滿天
③ 孤帆遠影碧空盡
④ 殘月曉風楊柳岸
⑤ 星垂平野闊　月湧大江流

試作語譯，原有的視覺性、水銀燈活動的趣味或繪畫性便完全失去；當然，對中國人來說，這些詩句根本沒有語譯的需要，但是，用這種方法去解讀的人很多，而呈現在白語詩裏，類似語譯後的句式也自是不少，都是太涉理路：

①空無一人的野渡上一條小舟獨自橫放著

②月落時烏鴉在滿天的霜中啼叫

③一片孤帆遠遠的影子向碧空裏盡沒

④根本不能譯

⑤星垂下頓覺平野開闊，月湧出做似隨大江流動

所謂繪畫意味、電影的視覺性，其實還包括了雕塑意味，尤其是我們觀看雕塑的活動程序。看一件雕塑，我們要環走不斷的換角度來看，才可以得到雕塑的全面感受，而電影鏡頭的移轉，在活動上當然可以給我們類似的感受。事實上，繪畫中的這種感受，中國畫中做得最多，做得最好，完全超越了西方直線式的時間觀念和透視。一般山水畫中的多重視軸，我在上面已論及；另外中國的長的手卷如「溪山淸遠」（夏圭）或「淸明上河圖」，我們用手一段一段的打開來看，「透視」不知不覺的變換，正似電影環走或移行，不黏於定時定位，比多視軸的掛卷更爲自由。

比照於詩，由於文字原來便是屬於時間的媒體，由一形象移到另一形象，是輕而易舉的事；但由於文言文可以超脫語法的限制，使到形象獨立並置；這樣便還給了讀者（觀者）應有的活動性。簡單的句例如「澗戶寂無人」（「澗」與「戶」之間的空間關係由讀者參與決定，如見前論）；如「雞聲茅店月」（「店」與「月」的空間位置亦是由讀者參與決定），如「燈影秋江寺」（其理類同）。整首詩的，如：

枯藤老樹昏鴉
小橋流水人家
古道西風瘦馬
夕陽西下
斷腸人在天涯

——馬致遠「天淨沙」

在讀者（觀者）的想像空間中，有待空間位置實際的安排，或者應該說，有待讀者想像的「眼睛」重新「排演」。如果我們仔細的「分析」（記著，這是後發的，先「感」的後「思」），可以分為近景慢慢的推向遠景至天涯。但這樣，正好證明中國詩，在許多重要的關鍵時，不是訴諸「抽思」的解讀，而是訴諸我們全面的感受。在這一個例子裏，就是繪畫式、電影式的傳意方式。另如柳宗元的「江雪」，先來個鳥瞰全景（千山鳥飛絕、萬徑人踪滅），然後移向萬象中的一個單獨的物象（孤舟簑笠翁，獨釣寒江雪），在讀者的心間所引起的活動亦類似。

把語法中定位、定義解放到完全靈活的極端例子，是迴文詩。再回到周策縱那首，可以有四十種解讀的可能性，亦即是說，這首詩的二十個字，彷如一個「領域」裏的二十件事物，我們可以進出二十次，向不同的方向，而得四十種印象：

。①。②。③。④。⑤　。⑥。⑦。⑧。⑨。⑩　。⑪。⑫。⑬。⑭。⑮　。⑯。⑰。⑱。⑲。⑳

① 星淡月華豔，鳥幽椰樹芳，晴岸白沙亂，繞舟斜渡荒。

② 淡月華豔鳥，幽椰樹芳晴，岸白沙亂繞，舟斜渡荒星。

③ 月華豔鳥幽，椰樹芳晴岸，白沙亂繞舟，斜渡荒星淡。

④ 華豔鳥幽椰，樹芳晴岸白，沙亂繞舟斜，渡荒星淡月。

⑤ 豔鳥幽椰樹，芳晴岸白沙，亂繞舟斜渡，荒星淡月華。

，，，，，　，，，，，　，，，，，　，，，，，

⑥ 鳥幽椰樹芳，晴岸白沙亂，繞舟斜渡荒，星淡月華豔。

⑦ 幽椰樹芳晴，岸白沙亂繞，舟斜渡荒星，淡月華豔鳥。

⑧ 椰樹芳晴岸，白沙亂繞舟，斜渡荒星淡，月華豔島幽。

⑨ 樹芳晴岸白，沙亂繞舟斜，渡荒星淡月，華豔島幽椰。

⑩ 芳晴岸白沙，亂繞舟斜渡，荒星淡月華，豔島幽椰樹。

，，，，，，，，，，，，，，，，，，，，

⑪ 晴岸白沙亂，繞舟斜渡荒，星淡月華豔，島幽椰樹芳。

⑫ 岸白沙亂繞，舟斜渡荒星，淡月華豔島，幽椰樹芳晴。

⑬ 白沙亂繞舟，斜渡荒星淡，月華豔島幽，椰樹芳晴岸。

⑭ 沙亂繞舟斜，渡荒星淡月，華豔島幽椰，樹芳晴岸白。

⑮ 亂繞舟斜渡，荒星淡月華，豔島幽椰樹，芳晴岸白沙。

，，，，，，，，，，，，，，，，，，，，

⑯ 繞舟斜渡荒，星淡月華豔，島幽椰樹芳，晴岸白沙亂。

⑰ 舟斜渡荒星，淡月華豔島，幽椰樹芳晴，岸白沙亂繞。

⑱ 斜渡荒星淡，月華豔島幽，椰樹芳晴岸，白沙亂繞舟。

⑲ 渡荒星淡月，華豔島幽椰，樹芳晴岸白，沙亂繞舟斜。

⑳ 荒星淡月華，豔島幽椰樹，芳晴岸白沙，亂繞舟斜渡。

㉑㉒㉓㉔㉕ ㉖㉗㉘㉙㉚ ㉛㉜㉝㉞㉟ ㊱㊲㊳㊴㊵

在這首詩裏（或應該說在這四十首詩裏），我們已經不能用「一字含一義」那種「抽思」的方式來讀（或者看）這首詩；每一個字，像實際空間中的每一個事物，都與其附近的環境保持著若卽若離、可以說明而猶未說明的線索與關係，這一個「意緒」之網，才是我們接受的全面印象。

我們開頭便說過，迴文詩中的語法是極端的例子，不可與一般古典詩中的語法對等。但我們不能否認，在適度解放的情況下，中國古典詩的語法，利用「若卽若離、可以說明而猶未說明的線索與關係」，而向讀者提供了一個由他們直接參與和感受的「如在目前」的意境，這也是一個不移的事實。

這時，我們應該提出一個更重要的美學問題來。文字作爲一種表義的媒體，眞的可以完全做到「不涉理路」嗎？完全可以做到不定位、不定時、不定義嗎？

在許多「機要」的層面上，我們的答案是肯定的。如詩中不必用人稱代名詞，不說「我」「做什麼」，而直書「做什麼」，像李白這首：

玉階生白露
夜久侵羅襪
卻下水晶簾

是「誰」卻下水晶簾？是「誰」望秋月？詩中的環境提供了一個線索：是一個深夜不能眠的宮女。但沒有用「她」或「我」這類的字，有一個特色，那便是讓讀者保持一種客觀與主觀同時互對互換的模稜性；一面我們是個觀眾，看著一個命運情境的演出在我們的眼前，一面又化作宮女本身，扮演她並進入她的境況裏，從她的角度去感受這玉階的怨情。一者是景、一者是情，一時不知何者統領著我們的意識。我們可以說，「情景交融」的來源之一，便是主客既合且分、既分且合的狀態。

事件之前不加人稱代名詞的另一個意義，還可以用西方畫的透視作反面的說明。透視的產生是：畫家定位定向的看。畫家「領」著觀者透過他所選擇的觀點方向去看。加上人稱代名詞，便是「以我觀物」，也是定觀點定方向的作法，如「我輕輕的來，我輕輕的去」便是（西洋詩、早期的白話詩這類句法最常見）；不定透視（如中國山水畫）、不定人稱代名詞（如許多中國詩）便是畫家、詩人安排好景物以後，站在一旁，讓讀者（觀者）進入遨遊、感受。

另一個「機要」的層面，便是中文中動詞裏超脫了時態的變化。這一點，仍然可以用西方語言很重視的時態變化來作反面的說明，像英文中的現在式、過去式、將來式，是刻意的要我們意識到「時態」，I walked——我（過去）走過。這便是定時——昨日「如此」，今日「不同」或者「仍如此」？是激發讀者分析性思維、是指導、領導讀者思維方向的元素。中文沒有時態的變化，是因爲在詩人的意識中，經驗，或應該說，所呈示的經驗是常新的，是大家都可以參與的。則在明顯的「事過境遷」的情況之下，在文字的層面上，仍不流露分析性的痕跡：

鳳去臺空江自流

用英文來說，便有下列的趨勢：The phoenix *is gone*(過去完成式)；The terrace *is* empty (現在式)；The river *still flows* on alone (現在及展向將來的含義)。用白話來說明這英文的句子是：「鳳去了，臺現在是空的，江仍然繼續流著。」文言原句中當然也含有這個意思，但卻著重其「演出性」，彷彿是一個繼起的「現在」在眼前作戲劇性的演出，所謂「事過境遷」的意義是後發的，是在觀者直接接觸經驗之後。這個經驗過程可以用電影中的時間來說明，電影用的是活動的形象，文字中所用的「過去」「現在」「將來」的標誌（如「他來了之後」，「在他來之前」在電影語言裏是不存在的；我們只有一連串不斷繼起的「現在」。所謂時間的變化，不在電影語言本身，而在觀者「感」後的「抽思」。

「不決定人稱代名詞」，使我們主客自由換位，使情境開放，任我們參與創造；「沒有時態變化」，使原是作者過去的經驗得以常新的面貌直接演出在我們目前。這是語言中不定位、不定時的一些重要的美感效果。

回到前面的問題來：文字作爲一種表義的媒體，眞的可以完全做到「不涉理路」嗎？完全可以做到不定位、不定時、不定義嗎？

答案是：不能。雖然我們說：文言的語法有高度的靈活性，作爲一種語言，自然無法「完全」超脫「理路」。就以周策縱這首（妙絕世界的）「字字迴文詩」來看，有很多句子還是呈現著「勉強」和「生硬」，這不是詩才的問題，而是語言本身必有的限制。

一般來說，一首詩中還是脫離不了「說明」（情或理）與「演出」兩面。說明物我關係的如孟浩然的「春眠」：「春眠不覺曉，處處聞啼鳥，夜來風雨聲，花落知多少？」最後一句是所謂「抒情、抒懷」句，把感受點出、說明。高友工與梅祖麟先在他們合著的一篇「唐詩中的語法、用字與意象」一文中⑥，提出「意象」與「命題」兩極，但如果我們權衡這兩極在中國詩中的比重，我們會發現「意象」部分（或景物、事件演出的部分）佔我們感受網的主位，而屬於「命題」的部分一般來說只佔次要的位置，有時甚至被景物演出所吸收。以王維的「山居秋暝」爲例：

空山新雨後

---

⑥ Kao Yu-Kung and Mei Tsu-lin, "Syntax, Diction, and Imagery in T'ang Poetry", *Harvard Journal of Asian Studies*, Vol. 31 (1971) p. 58.

天氣晚來秋
明月松間照
清泉石上流
竹喧歸浣女
蓮動下漁舟
隨意春芳歇
王孫自可留

最後一句來自楚辭招隱士：「王孫今歸來，山中兮不可久留」。是說情句，但在我們的感受中，仍以前面六句景物事件的演出爲中心，是這首詩美感活動的主要觀注。至於一反「王孫……不可久留」的「王孫自可留」。只是前面六句呈現的「清逸」境界再進一步的肯定而已。

則以慣於說情的杜甫，亦有大幅度的景物、事件的演出：

風林纖月落
衣露淨琴張
暗水流花徑

春星帶草堂
檢書燒燭短
看劍引盃長
詩罷聞吳詠
扁舟意不忘

——「夜宴左氏莊」

最後的「說情」或「命題」，是含在另一個事件裏。事實上，杜甫有不少詩，是把「說情」完全含在景物演出之中的，如「初月」：

光細弦欲上
影斜輪未安
微升古塞外
已隱暮雲端
河漢不改色
關山空自寒

庭前有白露
暗滿菊花園

杜甫利用了觀察時空間的移動帶來經驗的飛躍，先有天上的初月（上），由光引至古塞（下），跟著「河漢不改色」（天），轉到「關山空自寒」（地）（以上是遠景），然後突然一轉「庭前有白霧，暗滿菊花園」（拉近眼前）。注意：「輪未安」，「古塞」、「關山空自寒」是「實景實寫」，但也暗含了邊塞寒苦不安之情，在我們讀者的經驗過程裏，完全是感受爲先，抽思在後。在這首詩中，讀者甚至不願意作抽思的活動。因爲這抽思的活動會破壞和減縮了實際的美感狀況。

類似「初月」這種空間移動的飛躍，任景物在眼前演出的詩，如李白的「黃鶴樓送孟浩然之廣陵」、柳宗元的「江雪」都是利用空間的移動、景物的遞次出現來包含物我的關係與意義。至於利用景物純然的出現來構成「靜境」、「逸境」、「清境」……者，在王維的詩中更是比比皆是，在此不另錄。

則在「敍事」的詩中，中國古典詩人也「偏愛」戲劇意味的活動。我們試舉杜甫的「聞官軍收河南河北」爲例：

劍外忽傳收薊北
初聞涕淚滿衣裳
卻看妻子愁何在
漫卷詩書喜欲狂
白日放歌須縱酒
青春作伴好還鄉
卽從巴峽穿巫峽
便下襄陽向洛陽

八句詩，其疾如風，層層快速轉折，如音樂中的快板，幾乎無暇抽思，雖然在文字的層面上有說明性的元素。

認識了中國古典詩人對「演出性」的偏愛和「先感後思」的需求，我們才可以了解被王力列爲「申說式」、「原因式」的句法（二七一頁）傳意的眞質。

沙明連浦月　帆白滿霜船（申說式）——白居易

草枯鷹眼疾　雪盡馬蹄輕（原因式）——王維

日落江湖白　潮來天地青（原因式）——王維

照王力所偏重的解讀，以下的句例自然也是「原因式」或「因果式」了：

天晴一雁遠　海闊孤帆遲——李白

鳥歸花影動　魚潑浪痕圓——悟清

花濃春寺靜　竹細野池幽——杜甫

潮平兩岸闊　風正一帆懸——王灣

星垂平野闊　月湧大江流——杜甫

但事實上，在我們初讀之時，只有景物繼起的出現和演出，所謂「原因」、「因果」是後發的結論。這點是重要的，就是說，我們和外物接觸，是無法避免「關係的建立或說明」，但要爲該瞬接觸「思發前」的狀態存眞，中國古典詩人「常常」利用「若卽若離、可以說明而猶未說明」的語法，還給讀者「初次印認」的機會，把「說明」含孕在「景物繼起的出現和演出」裏。假如我們說「意在言外」是作者傳意的方式，那麼「言在意中」便是讀者接受的狀況。這是中國古典詩中與眾不同的說明方式。我們絕對不可以用「因如何所以如何」的思維方式去解讀這些句子。

現在讓我們看一首「說明性」很顯著的詩——杜甫的「旅夜書懷」：

細草微風岸
危檣獨夜舟
星垂平野闊
月湧大江流
名豈文章著
官應老病休
飄飄何所似
天地一沙鷗

有不少讀者有這樣的傾向，由後面四句的「命題」出發去解釋前面的景，而集中在「危檣獨夜舟」一句，作爲作者「沙鷗飄飄」的自況。這樣的解讀過程雖不能說錯，但有顯著的不足。我們以爲，認識了中國古典詩傳意特有的偏愛，可以有另一種較活潑的解讀（印認）方式。這首詩，像其他的中國古典詩一樣，是依從一種近似電影鏡頭活動的方式向我們呈示，在我們接觸之初，「危檣獨夜舟」是一種氣氛，有許多可能意義的暗示。獨，在我們初觸之際，只是一種狀態的直描，是獨一，但不馬上就提供「孤零零」的含義。到「星垂平野闊」「月湧大江流」，使到原是狹窄的夜，和夜中的一點（獨舟），突然開放與光明起來，使原來較凝滯的狀態，突然活躍起來。而在這空間活潑的展開裏，我們彷彿被鏡頭引帶著朝向開闊明亮的夜之際，一個聲音響起：「名豈文章著，官應老病休，飄飄何所似」，一個帶感情，活潑潑的戲劇的聲音（不是一個人平白的向你說教），而此際，鏡頭一轉，「天地一沙鷗」，由於前面有開闊的空間和自然活潑的活動，這隻沙鷗，一面承著「飄飄何所似」，有了「孤零飄泊」的暗示，但也兼含了廣闊空間自然活動的狀態——休官後的自由。由此可見，景物演出可以把枯燥的說理提昇爲戲劇性的聲音。

●

中國古典詩的傳釋活動，很多時候，不是由我，通過說明性的策略，去分解、串連、剖析原是物物關係未定、渾然不分的自然現象，不是通過說明性的指標，引領及控制讀者的觀、感活動，而是設法保持詩人接觸物象、事象時未加概念前物象、事象興現的實際狀況，使讀者能够，在詩人引退的情況下，重新「印認」詩人初識這些物象、事象的戲劇過程。爲了達成這一瞬實際活動狀況的存眞，詩人利用了文言特有的「若即若離」、「若定向、定時、定義而猶未定向、定時、定義」的高度的語法靈活性，提供一個開放的領域，使物象、事象作「不涉理路」、「玲瓏透徹」、「如在目前」、近似電影水銀燈的活動與演出，一面直接佔有讀者（觀者），美感觀注的主位，一面讓讀者（觀者）移入，去感受這些活動所同時提供的多重暗示與意緒。所以我們的解讀活動，應該避免「以思代感」來簡化、單一化讀者應有的感印權利，而設法重建作者由印認到傳意的策略，好讓讀者得以作較全面的意緒的感印。

一九八五年一月

秘響旁通

——文意的派生與交相引發

(一)閱讀示例

打開一本書，接觸一篇文，其他的書的另一些篇章，古代的、近代的、甚至異國的、都同時被打開，同時呈現在腦海裏，在那裏顫然欲語。一個聲音從黑字白紙間躍出，向我們說話，其他的聲音，或遠遠的迴響，或細語提醒，或高聲抗議，或由應和而向更廣的空間伸張，或重疊而遞變，像一個龐大的交響樂隊，在我們肉耳無法聽見的演奏裏，交匯成洶湧而綿密的音樂。

這是我們閱讀的經驗，也是創作者在創作時同時必須成爲一個讀者作反覆外聲內聽的過程。

試讀司空圖二十四品第一首「雄渾」：

大用外腓
眞體內充
返虛入渾
積健爲雄
具備萬物
橫絕太空
荒荒油雲
寥寥長風
超以象外
得其環中
持之非強
來之無窮

「大用」，馬上，莊子自遙遠的古代搶先借某大樹發聲：「夫柤梨橘柚，果蓏之屬，實熟則剝，剝則辱；大枝折，小枝泄。此以其能苦其生者也，故不終其天年而中道夭，自掊畫於世俗也。物莫不若是。且予求无所可用久矣，幾死，乃今得之，爲予大用；使予也而有用，且得有此大也邪。」（「人間世」）。對一個現代讀者而言，我們應該如何去了解？「無所可用」而能「大用」，而「大用」形於外而「腓」又是什麼意思？

莊子的每一個字、每一個詞，在用的時候，已是其他體驗（包括通過別的文字的體驗）後的呈現，每一個字已載有另一些境、物、篇章所流露的「意」。譬如「無所可用」而能「大用」，與「無爲」與「爲」，「無知」與「大知」等有什麼關係？這時我們同時又記起，「大用」所來自的篇章「人間世」裏，原是討論「虛以待物」、「心齋」、「虛室生白」、「坐馳」等由一念引發出來交相映照的諸相。而司空圖此章就有「返虛入渾」的句子，如此說來，則「無所可用」與「虛」顯然是有關係的。事實上，「無所可用」而能「大用」是不可以一般道德、一般價值來解釋的，是超乎一般現成概念的一種意向。在此，尤其不能解釋爲「詩主張無用」，這種黑白分明、是非界線劃清的方式正是一切解體之始，無法得物之全面。然而，事實上，這一個反面的聲音也必然在旁邊響起。此時，「莊子」裏的另一篇章彷彿預設了一個答案：

> 莊子行於山中，見大木，枝葉盛茂，伐木者止其旁而不取也。問其故，曰：「無所可用」。莊子曰：「此木以不材得終其天年。」夫子出於山，舍於故人之家。故人喜，命豎子殺雁而亨之。豎子請曰：「其一能鳴，請奚殺？」主人曰：「殺不能鳴者。」明日。弟子問於莊子曰：「昨日山中之木，以不材得終其天年，今主人之雁，以不

材死；先生將何處？」莊子笑曰：「周將處乎材於不材之間。材與不材之間，似之而非也，故免乎累。若夫乘道、德而浮遊則不然，无譽无訾，一龍一蛇，與時俱化，而無肯專爲；一上一下，以和爲量，浮遊乎萬物之祖，物物而不物於物，則胡可得而累邪！

（「山木」）

「處乎材與不材之間」，「无譽无訾」，「物物而不物於物」，是既分（物各得其分）而仍渾然不分（物物而不物於物，不定主客，不黏是非。）所謂「大用」「小用」「有用」「無用」，事實上不可以一既定原則來決定。惠子得一大瓠，以盛水漿，其堅不能自舉，剖之以爲瓢，則瓠落無所容，惠子認爲其無用而將之打破。莊子反問之：「何不慮以爲大樽而浮乎江湖，而憂其瓠無所容？則夫子猶有蓬（非直達之意）之心也夫？」（「逍遙遊」）物各有宜，苟得其宜，自然逍遙，大用小用，是未能還物其自身之宜，能得其宜，則物物無礙。所以莊子說：

物无非彼，物无非是……是亦彼也，彼亦是也。彼亦一是非，此亦一是非。果且有彼是乎哉？果且无彼是乎哉？彼是莫得其偶，謂之道樞。樞始得其環中，以應無窮。（「齊物論」）

司空圖文中的「環中」「萬物」「來之無窮」就不是自立單獨的詞語。它們無法孤立而自顯自存，它們一開始便帶著其他的廻響。同樣地，「渾」字必須在「虛」「彼是莫得其偶」……等角度下去了解。這個字的出現，幾乎已經完全被許多其他的文句篇章所滲透。是這些文句、篇章，包括指述這些文句、觀念的「故事」「寓言」的互爲照應、互通消息、織現了一個仍在不斷演繹的「渾」的「意」。

廻響，當然不只來自莊子。譬如「虛」字的出現，我們在聽到莊子的同時，也聽到陸機的「佇中區（環中）以玄覽……收視反聽，耽思傍訊，精騖八極，心遊萬仞」，及「課虛無以責有，叩寂寞而求音」；也自然聽到劉勰：「寂然凝慮，思接千載……視通萬里……神與物遊……貴在虛靜。」如是，文中的「具備萬物，橫絕太空」便有了更多的層變疊變的交響。事實上，還不只這些聲音，類似陸機、劉勰的話，凡是在司空氏之前的詩論、畫論中的話都可能會響起，這是假定讀者從司空氏創作時心中出現的前人句、意這個織紋來感受；但讀者心中所響起的，有時還包括司空氏以後的句、意，譬如楊廷芝的解詩品，顧翰的補詩品，曾紀澤的演詩品……等；這些聲音的響起，不是說司空氏心中有這些聲音，而是作爲一種印證。但如果那些並列開啟了一度新的門，使我們看（聽）見文中以前沒有聽見的，如此，我們又不敢說那些聲音在不同的煙幕下不曾在司空氏的意識裏出現過。可見，文有（亦可以說無）定義，反覆出入於句中。

幾乎每一個字的出現，都不是全新獨立的；它的出現必然是覆疊而多義的。就在最平常的日用語裏，我說「這是黑色的。」你自然也想到白色，雖然目標是黑色。如果目標的黑不是絕對的黑，你還想到其他的色澤，甚至由於這一刻鐘的遲疑，「這是黑色嗎？」的響起，內心裏可能還引起許多來來回回的「臨時的爭議」。

在文學的領域裏，每一個字的出現的覆疊情況便更複雜，其迴響所穿行的時空更廣闊無涯。我們在這篇文章裏重演的，其實只是迴響的一小部份而已。

讓我們先涉完文中其他的字句。「雄渾」的「雄」，自然會引向易經。司空氏自己說：「積健爲雄」。這裏第一個聲音無疑是乾卦中的象辭：「天行健，君子自強不息。」如此，「橫絕太空」的內在迴響便很顯著。當我們第一次讀到「眞體」二字的時候，我們很容易想起佛語的含義，如梁昭明太子解二諦義：「不離眞體」；但由於「天行健」，則另一個較明確的聲音便湧出：「江志筆力勁健，風神頓爽，模山擬水，得其眞體。」（唐釋彥悰後畫錄）。此段正好應和著司空氏的「勁健」品的描述：「行神如空，行氣如虹。巫峽千尋，走雲連風，飲眞茹強，蓄素守中，喻彼行健，是謂存雄……」如是，「眞」，由於「素」與「中」，又引向老子。「行健」既應著易經，復沾及莊子的「天地其壯乎？（惠）施存雄而無術。」則「存雄」之賴乎「守雌」，我們又回應到前面所響起的「環中」和與「環中」同時出現的「天均」。層疊的應和成文。

「雄渾」是第一品，又有易經乾卦的迴響。如此，乾卦統領其他六十三卦，「雄渾」統領其他二十三品，自也有一定的道理。「二十四品」在結構活動上也類似易經的卦。在這裏，我們先談剛剛提到的「內在的迴響」。迴響之所謂外在，指文句外其他的聲音；不過，我們特別指作者以外其他人的文句，把「內在的廻響」保留爲作者本人創作活動裏其他篇章的文句。如「眞體」二字在「勁健」品中所得到的應和。「雄渾」品中的「象外」，同時有外在與內在的回應。首先，我們無法不想到它與易經用「象」之意，其次，我們也想到梁武帝的「啟瑞迹於天中，爍靈義於象外。」（「捨道事佛疏文」），但更有關的是司空氏自己的散文「與極浦談詩書」裏的話：

戴容州云：「詩家之景，如藍田日暖，良玉生煙，可望而不可置於眉睫之前也。」象外之象，景外之景，豈容易可談哉。

這段亦需與他的「與李生論詩書」參證：

文之難而詩尤難。古今之喻多矣。愚以爲辨於味而後可以言詩也。江嶺之南，凡足資於適口者，若醯，非不酸也，止於酸而已；若鹺，非不鹹也，止於鹹而已。

司空氏進而要求「味外之味」，而指出王維、韋蘇州等人的「澄澹精緻」「近而不浮，遠而不盡，然後可以言韻外之致」。

「內在的廻響」可以說是一而二、二而三的派生，是一個觀念的反覆通話，是旁白，是引伸。乾卦之同時演澤到其他的卦（這個派生活動的理論層次在第二部分將有較詳細的申述），在

「二十四品」中亦有相當相似的活動。譬如「返虛」，馬上由第二品「冲淡」接上，「恃之非強」，在「自然」品裏有迴響與申述……等。關於這個派生的過程，楊廷芝說得最透明：

> 首以雄渾起，統冒諸品，是無極而太極也。雄渾有從物之未生處說，冲淡是也；有從物之已生處說者，纖穠是也。第冲淡難於沉著，纖穠難於高古，惟典雅見根柢，於洗鍊見工夫，進以勁健，而沈著高古不待言矣；見以倚麗，而冲淡纖穠又不必言矣。故以自然二字總束之。又從自然申足一筆，一言其萬殊而一本，一言其左宜而右有，含蓄豪放，中上卽起下，但此非毛邊事，故以精神提起。精神周到則縝密，精神活潑則疎野，而縝密恐失之板重，疎野恐失之徑直，故又轉出清奇委曲二筆，而以實境束之。境何往不實，指出悲慨形容，正見品無時不然，亦無物不有。中上實境，卽綰上精神，斯亦完密之至矣。後用推原之筆，寫出超詣飄逸曠達三項，品直造於化境；而悲慨不足以介意，形容非値形似，收本段亦收上段，蓋至此變動不居，周流六虛，流動之妙，與天地同悠久，太極本無極也。詩品所爲以雄渾起以流動結也。

這段文字固然可以視作我們傳統的修辭學之一例，但修辭學所依傍的「歷程」——所謂「派生」的「理路」（我不用「邏輯」二字，是因爲中國求的是「活法」不是「死法」，語見後）——

是取自自然現象的化變與凝流。易經以「乾」卦起以「未濟」卦結，與「二十四品」之以「雄渾」起以「流動」結，在精神上是與自然演化生長相呼應的。

我提出閱讀（創作亦然）時的「秘響旁通」的活動經驗，文意在字、句間的交相派生與迴響，是說明中國文學理論與批評間所重視的文、句外的整體活動。我們讀的不是一首詩，而是許多詩或聲音的合奏與交響。中國書中的「箋註」，所提供的正是箋註者所聽到的許多聲音的交響，是他認爲詩人在創作該詩時整個心靈空間裏曾經進進出出的聲音、意象、和詩式……。我試以箋註者的方式爲李白的「送友人」列出該詩一些母題的交響：

青山橫北郭，白水繞東城

「臨水送別」這母題最早可能是楚辭中的「登山臨水兮將送歸」和「超北梁兮永辭，送美人兮南浦」。漢至六朝的別詩多以臨水送別爲旨，如李陵送蘇武詩曰：「携手上河梁」；應瑒別詩曰：「浩浩長河水，九折東北流……遠適萬里道，歸來未有由」；陸機贈馮文羆詩：「夙駕出東城，送子臨河曲」；殷仲文送東陽太守詩：「昔人深誠歎，臨水送將離」；虞羲送友人上湘詩：「濡足送征人，褰裳臨水路」；沈約別謝文學詩：「漢池水如帶……」；王褒別裴儀：「河橋望行旅，長亭送故人。」

此地一爲別，孤蓬萬里征

古詩曰：「轉蓬離本根，飄之畏長風」；曹植詩：「轉蓬離本根，飄颻隨長風」；司馬彪詩：「秋蓬獨何辜，飄颻隨風轉……邈然無由返」；鮑照蕪城賦：「孤蓬自振，驚砂生飛」。吳均別王謙詩：「嚴光不遂世，流轉任飛蓬」；王褒別裴儀詩：「沙飛似軍幕，蓬卷若車輪。」

浮雲遊子意　落日故人情

古詩：「行行重行行，與君生別離，相去萬餘里，各在天一涯，道路阻且長，會面安可知……浮雲蔽白日，遊子不顧返，思君令人老，歲月忽已晚……」；李陵贈蘇武詩：「願言所相思，日暮不垂帷……褰裳路踟躕，彷徨不能歸，浮雲日千里，安知我心悲」，又詩：「仰視浮雲馳，奄忽交相踰，風波一失所，各在天一隅」；劉鑠代收淚就長路詩：「悲風起浮雲，蕭條萬里別」；沈約送友人：「浮雲一南北……參差不相見」江淹擬古雜體詩：「黃雲蔽千里，遊子何時返」；蕭琛別詩：「落日總行轡，薄別在江干。」

揮手自玆去，蕭蕭班馬鳴

詩小雅：蕭蕭馬鳴。杜預註左傳「班馬」班，別也，主客之馬將分道而蕭蕭長鳴。
以上爲詩之母題與意象。詩式韻律請參證庾信別周弘正詩

扶風石橋北，函谷故關前
此中一分手，相逢知幾年
黃鵠一返顧，徘徊戀愴然
自知悲不已，徒勞減瑟弦

箋註者當然也只能擇其認爲詩人意識中最可能湧發的聲音，但事實上還有千萬首類似的詩；但就以上還不甚全面的列例，便可以說明一點：詩人在寫這首詩的時候，是要藉著這些聲音的同時呈現在受詩者的意識裏（受詩者是李白的友人，必然也是一個熟識這些詩的詩人），和他同時躍入古代這些空間，和其中各個獨例的「別情」裏，來聽說他們之間做似總合前人的別情。一首詩，不是留一個簡單的字條：「你走了，別忘記我啊」那樣單一的傳意。文、句是一些躍入龐大的時空中去活動的階梯。詩不是鎖在文、句之內，而是進出歷史空間裏的一種交談。

也許有些讀者已經注意到，我的箋註還借助了類書的提示。類書和箋註在意圖上，都是要爲讀者重現某種「人的情況」在整個歷史過程與空間呈現的諸貌與演出、變化的種種關聯與組合。

詩人在寫下一句詩，他已經活動在這個空間裏；我們說一句話，已經呈現出我們歷史的根源。但我們也知道，一首詩的文、句不是一個可以圈定的死義，而是開向由許多既有的聲音交響、編織、疊變的意義的活動。

(二)劉勰的隱秀篇與易經

「秘響旁通」。第一個提出這個美感活動的理論家，是劉勰；他的取模是易經。他在「隱秀篇」裏說：

> 夫心術之動遠矣，文情之變深矣，源奧而派生，根盛而穎峻，是以文之英蕤，有秀有隱。隱也者，文外之重旨（按：複意之意）者也；秀也者，篇中之獨拔者也。隱以複意爲工，秀以卓絕爲巧，斯乃舊章之懿績，才情之嘉會也。夫隱之爲體，義生文外，祕響旁通，伏采潛發，譬爻象之變互體，川瀆之韞珠玉也。故互體變爻，而化成四象。

該篇的贊曰：

深文隱蔚，餘味曲包。辭生互體，有似變爻。言之秀矣，萬慮一交。動心驚耳，逸響笙匏。

「隱秀篇」這段話，作為中國美學意念「含蓄」的說明，是極其清楚的。而「義生文外」「秘響旁通」，經過了前面的析例，也顯而易見。這段話最應使我們細思索源的無疑是「旁通」「互體變爻」「四象」這三個牽源於易經的名目。前二者是漢易的主要名目。「四象」最早見於繫辭上。劉勰寫作在六朝時代，承接漢易的名目是很自然的事。我們要注意和說明的是：劉勰既然借了這些名目所包含的活動和動變來解釋文意派生的情況，我們必須要索源這些名目在整個易經體系裏所呈示的結構活動和它所發射出來的美學含義。在我們進入易經體系的討論之前，我們不妨先就這幾個名目的初步意義列出：

一、「旁通」始於虞翻易。指每卦中陰陽爻的互異而喚起或得另一個卦。虞氏易中曾列出二十卦。現只舉出二例：「比」䷇與「大有」䷍旁通（同理「大有」與「比」旁通）；「復」䷗與「姤」䷫旁通。陽爻變陰或陰爻變陽而旁通另一卦。這個名目，就在這個粗略的說明裏，便可見每一個事物的出現都不是全然獨立的，它的出現自然地引起或喚起相對或共通的事物；同理，一個字的出現的情況亦如是。

二、「互體變爻」。「互體」一詞始於京房。是指一卦中除上下二體外，如「无妄」䷘，上爲乾☰，下爲震☳，還有內互體與外互體，內互體指二至四爻，在此卽☶，是艮；外互體指三至五爻，在此卽☴，是巽。有時又稱互卦，內互體有時又稱下互卦，外互體有時又稱上互卦。後來到虞翻滲與他實行的卦變，突破二至四、三至五爻的互體，連初爻、上爻都可以用，最後還加以半象，則一卦可以衍化爲無數之卦體。由「變爻」而到所謂「變卦」再到後來系統化的「卦變」，歷史是相當複雜的，而每每猜測甚多。但不管是左傳裏所說的「遇『觀』䷓之（變的意思）『否』䷋」（按：「觀」卦倒數第四爻是陰爻變爲陽爻而得『否』，原是從占卜的揲蓍而來，通常是稱「變卦」），還是虞翻的卦自爲變的「卦變」（這裏包括「旁通」與「變卦」兩線。「旁通」已如前述，「變卦」原稱「之卦」，由兩爻交易而得另一卦，詳見後），指的都是一卦中含有變爲另一卦之可能，其變化則一時數之不盡。從這個簡單的敍述裏，便可以看出，「互體變爻」指的是，在一個卦中早已含有互體和卦變。同樣地，秘響旁通，指的是文辭裏早就含有類同互體與卦變的交相呼應、相對、旁通、變化。試以「泰」卦爲例：

䷊泰	旁通、相對	䷋否
上體爲坤☷		上體爲乾☰
下體爲乾☰		下體爲坤☷
內互體爲兌☱		內互體爲艮☶

外互體爲震 ☳
內外互體合而爲歸妹 ䷵

卦變情況：

䷭（升卦，初爻變）
䷣（明夷卦，二爻變）
䷒（臨卦，三爻變）
䷡（大壯卦，四爻變）
䷄（需卦，五爻變）
䷙（大畜卦，上爻變）

外互體爲巽 ☴
內外互體合而爲漸 ䷴

卦變情況：

旁通 ䷘（无妄卦，初爻變）
旁通 ䷅（訟卦，二爻變）
旁通 ䷠（遯卦，三爻變）
旁通 ䷓（觀卦，四爻變）
旁通 ䷢（晉卦，五爻變）
旁通 ䷬（萃卦，上爻變）

從這個表可以看出來，一個卦中已同時指引到（或者可以說「已含有」）其他的卦，互體爻變與旁通的情況在每一個引發出來的卦以後仍然繼續有一定的旁通互體的活動而無盡衍化。這種「交相呼應，互爲指涉」的結構活動，無疑是前述司空圖二十四品結構的意向，他在創作的時候，我們在閱讀的時候都有跡可尋。

三、四象。據繫辭上：「易有太極，是生兩儀，兩儀生四象，四象生八卦。」指的是以陰陽的變化而成四象，「⚊」「⚋」合而組合「⚌」，「⚍」，「⚎」，「⚏」；再變化而生八卦，即「乾☰」，「兌☱」，「離☲」，「震☳」，「巽☴」，「坎☵」，「艮☶」，「坤☷」，這是由一派生爲二，再派生爲四，再派生爲八，而八卦重卦而派生爲六十四卦。是中國象數的開始，另有一番精妙的衍化。劉勰用「化四象」一詞，主旨還是指文辭派生文意的活動情況。至於「四象」其他的疏解，如四象疏爲金木水火、或陰陽剛柔、或後期的老陽，少陽、老陰、少陰；在中國文學哲學中的結構行爲上，當然有一定的作用。其次，四象又疏爲實象、假象、義象、用象，如乾卦的實象是天；引申爲父是假象；乾爲健，是義象；乾有四德：元亨利貞，是用象。這個疏解對中國的象徵學或符號學也有一定的啟示。在此暫不細論。

由上面有關「旁通」「互體爻變」及「四象」的初步探討，我們便可以了解，一篇文辭中秘響旁通、交相引發的活動在形態上與易經中這些由爻變而引起的互爲指證極其相似。但我們光從這些近乎數理的抽象公式去解釋劉勰的理論是不夠的，而且會引起人誤解，彷彿中國人先有一個率意建立的符號系統和數理變化的程序，完全是人爲的，然後套在我們的經驗上。事實上不然，剛巧相反，易經的整套象變，最先還是取模於自然。

㈢易經的卦象與自然的組合

在這裏我們不打算用大量所謂權威的易學用語來說明易經卦象是取模於自然的實象。讀過易經的人不必我說明，沒有讀過易經的人，往往覺得它深玄不可觸摸，又遇到不能解的文辭太多，加上專家們動不動作驚人之語，古代聖人都讀不懂（這包括孔老先生），那輪到我們！所以每每易經之言，如遠古的神諭，令人只有敬畏，不敢翻閱。因爲啊，這不是常人所能懂的！易經確是遠古遺留下來的智慧，不能解的地方是很多的，那是必然的事。但這並不是說，我們要字字都能掌握才可以看易經（事實上，有人眞的字字都懂的嗎？連一首平凡的詩，專家都不敢言全懂，誰敢誇口說全懂易經！）我這樣說，也並非爲我的不全懂辯護和解嘲，而是說易經實在還有「易」處，有可以從平凡處入手的特色。易，變易也平易。讓我們從平易的經驗去看它。

從我們平常的經驗裏，可以看到一些自然現象的變化。譬如說這邊是強風嗖嗖的海洋，海洋邊有一挺拔的高山，我們會注意到靠海這邊的山坡海岸，可能經常有雨，樹木葱翠濃密，靠海的地方，由於海風強勁，樹木皆作斜飛狀，是因爲被一種強力所壓倒，我們彷彿可以看見一種力的拔河。但另一方面，在高山的另一面，由於雨水被山所阻，則變成長年不毛之地的沙漠，偶因氣流的變化而起風雨，沙漠上那些沒有草木的山便被雕剝成種種異形。假如有了地下水，在萬里荒蕪的沙漠上，會突然出現綠洲。如果生活在綠洲的人取水過急而把水用竭，或某種別的因素（譬如地裂，譬如開礦而把環境炸破）而把地下水切斷，則綠洲將回復到不毛的沙漠……像這樣，自然界的元素的匯合或分離而形成數之不盡的自然景象，而每一個自然景象的形成必有賴於一定的機遇，但我們也知道，每一個景象都在變易，因爲總是有一些新的元素參匯或分離，而使景象不得不變。我們還會注意到一些情況，物象的位置是固定的（譬如某樹、某山），變化的元素是活動的（譬如氣候的變幻），變幻有常（譬如四季），也無常（譬如天變）；沒有一件事物可以獨成，它必須依賴其他事物的刺激或援助（譬如樹之需陽光、泥土、水）；物之生長不但位置重要（水草不能長於陸地），時間（合時）可能更重要（有許多蔬菜冬天就是不能種，土地肥沃一點幫助都沒有。）；我們還會注意到，整個自然界的生長，是動靜的推移，是不同元素交錯的變化，有常，有不常，常是律，不常是機。這些都是一般觀察所易得之變易之道。

我們轉過來看易經，我們可以說古人經過長久的觀察，在這些不同的元素之間的合作、呼應、對立所產生的情境，理出六十四種，這六十四種是由八種「主要」元素的離合而引發出來的：這就是易經中八卦所代表的天（乾）地（坤）水（坎）火（離）山（艮）澤（兌）風（巽）雷（震）。這些元素各各包含的特質之間的匯合與分離而引出六十四種自然的情況（由於這自然的情況的紋理與人間生化的紋理相近而亦指涉到人之文）。在我們進一步說明古人由簡至繁而構成一個體系的可能過程之前，我們應先了解六十四卦（每卦是八卦的重疊而成，如☷☰，是坤乾合而爲泰）這個卦字所代表一些結構的含義。我們在這裏想利用兩個英文字來說明，重卦所成的卦，不是 combination（結合）而是 permutation（組合），combination 是定形的，是固定、關閉式的，permutation，由動變（而且繼續的變）而呈現的組合形象。要明白天文、地理、人情當然是不止於六十四種，這六十四種中還含有繼續變化的情形，每一分鐘在每一種情境下都在變化，上面的爻變或可以從這個角度去了解。用「在動變中的組合」這個意念去看卦象是很重要的，假如我們要找出一個中國式的結構活動的原理，它不純是二分法；陰陽的觀念雖曾被視爲電腦的 binary system 的始祖，西方結構主義的二分法常是對立式的，而且是減縮式的，陰陽卻是相對而相應的；它不是定型關閉，而是開向動變與繼續動變的，因而它同時容納了常（律）與不常（機）。

至於八卦的形成與決定，因爲產生於遠古，我們只有傳說與推測。一般都認爲伏羲氏仰觀俯察，始創八卦。八卦則是由陰陽變化而來，即前面關於「四象」所引：太極（渾一不分的太初）生兩儀（即陽「⚊」和陰「⚋」）。兩儀生四象（即「⚌」，「⚍」，「⚎」和「⚏」），四象生八卦（即「乾☰」，「兌☱」，「離☲」，「震☳」，「巽☴」，「坎☵」，「艮」☶，「坤☷」。）關於爲何決定陽是「⚊」，陰是「⚋」這兩個符號，作實際經驗的表徵，歷來推測頗多，現舉兩種。一說是古人在觀察萬物有單有雙，而決定陽爲奇陰爲偶。一說是觀察萬物時，發現有雄有雌，而雄性最顯著的性徵是「⚊」，雌性最顯著的性徵爲「⚋」。持此論者，往往以陰陽互合而生萬物作論證（所以乾爲父，坤爲母。）我們的意見是，這些線條符號的決定，來源是錯綜複雜的，尤其是易經的雛型來自占卜，有些符號是來占卜人時的龜裂紋，也是很可能的。但我們也相信，這些符號的決定很可能仍是取模於自然，不是純然抽象的發明。這一點我們可以從八卦中的「坎☵」卦和「離☲」卦看出來，二者和甲骨文中的「水」和「火」完全一致（見胡適中國哲學史）。所以，六十四卦所代表的六十四種情況，不純然是抽象數學的排列組合，而是以自然現象八種特出的實象（包括每種實象的性能）的交互作用而成，相當於我們平易經驗可以印證的。我們知道這些線條符號構成的卦象，同時是用實象表出的，例如：

蒙䷃ 上艮下坎 山下出泉
復䷗ 上坤下震 雷在地中
大壯䷡ 上震下乾 雷在天上
解䷧ 上震下坎 雷雨作解
既濟䷾ 上坎下離 水在火上
未濟䷿ 上離下坎 火在水上

在以上的例子裏，我們還應注意到一點，在兩種自然實象並列的情形下，始創卦象的人並沒有用單線因果律去決定山如何受水一定的影響（如蒙卦裏的情況），因爲二者之間的交互作用不是只有一種，譬如把「蒙」視作啟蒙時的不穩定和充滿危險，但在這個意義以外，山泉的交互作用的其他可能性是完全開放的。在這一個層次上，與中國其他文字的結構活動上完全是一樣，譬如我以前曾用「時」字來說明中國古代在「意」的呈示上，是主張用具體事物在一個實際的戲劇性的情況中演出，而不加以去體抽骨擇義。「時」不是抽象的觀念，而是⊙之㞢。㞢的雛形是𣥂，足踏地面，而引發了現在的「止」和「之」。其能同時含有「動」（之）與「靜」（止），是因爲足踏地面既是行之止亦是止之將行，是近乎一種舞踏的律動；太陽之行而復止止而復行的律動，對中國的初民來說，便是時間，他們對時間的覺識是具體實象的活動，是整個環境的提示，而非抽象取義。同樣地，看來是數理式抽象的卦，它的構成也是具體實象在一種整體環境中的現出，它的「意」不是單線的，而同時含有不同的義，哲學上稱這種決疑未定的含蓄地帶 aporia（是 apo「來自」horos「邊緣」二字的合成）。我們可以看出來，易經哲理的呈示是屬於詩的結構，而非抽象取義（卽定一義而去其他）的散文式演繹的程序。這一點，在讀易經的其他部份是很重要的出發點。

在易經裏，我們大略可以把「卦」，「彖辭」，「爻辭」視爲一組較古老、接近詩呈示方式的記錄，而把「十翼」視作散文式演繹解釋的文辭。（關於傳說「彖辭」爲文王所作，「爻辭」爲周公所作，我們仍然主張是「傳說」，一般學者的研究認爲該二辭可能結集於當時，那些辭卻是以前遺留下來的。）我們試舉「乾」卦裏的「彖辭」「爻辭」爲例：

䷀

乾。元亨利貞。

初九。潛龍勿用。

九二。見龍在田。利見大人。

九三。君子終日乾乾。夕惕若。厲無咎。

九四。或躍在淵。无咎。

九五。飛龍在天。利見大人。

上九。亢龍有悔。

用九。羣龍無首。吉。

易經不管在其形成時的占卜期或是儒門下的哲理期（這裏還參有道家意念）或是後來的數理化，都離不開一點：從天地觀察所得的象要同時兼及到人的情境；所以四象被解釋爲實象、假象、義象、用象不是無因的。但貫穿實象和假象的，不是簡單的象徵作用，不爲簡單的意符（實象天）和意指（假象父）的一對一的關係，而是在實象出現在一個境遇中的「過程」（注意：「過程」是動變的），實象與假象的相應不在表面的形而是在其動變過程的時、位、態、勢整體的應和與其必然同時具有的歧差。在「乾」卦中所用龍的象不但因爲它象徵了「勁健」「天」「太陽」（「乾」字從「日」的「光照」而來）等，而更重要的是它生變的時、位、態、勢：

潛——見——遲疑（「厲」有不安的狀況）躍——飛——天——亢（超過限制的意思）。這六個階段的時、位、態、勢，不只是描寫天象（如日升到日落），也可以描寫動物界、植物界和人的生變情況。「潛龍勿用」，在出現前，如一棵植物之尚未出土，如人之在孕，甚至如一件事之胚胎期，各各有其時、位的限制，有其態（潛在）和勢（未能發生明顯的影響，但影響已在：即其如出現，必改變現狀），但假定我們此時不顧其時、位、態、勢，而取用之，則必然是凶而不吉，所以辭曰：勿用。同理「亢龍有悔」，動植物生長到成熟期必然死沒。人事亦然。

由這個簡例，我們可以注意到易經中象與辭所要表出的，是一個可以貫通到許多層面的動變的文（紋理，從這裏可以看出中國文學的「文」字的原始含義，劉勰「原道」中的「文」本於此觀念）。始創卦象的人，從實象在動變的境遇中取模，而在構成方法上，保持該象的多面放射性，讓我們彷彿站在象的邊緣，aporia，一時不能決定「義」的取捨，而又頓覺它同時包孕多義。這是詩的活動。

現在我們回到「旁通」、「互體爻變」、「四象」，便可以了解劉勰取模的，不是抽象數理的率意的變化，而是從實象自然生變、互爲指證、交相引發的活動情況而來，其理甚顯。高懷民在其「兩漢易學史」中有幾句話，也是可以說明變易之平易之理：

所謂卦象，無非是幾個符號，以幾個有限的符號涵攝宇宙間一切事、一切物、一切理、一切看得見的事和看不見的事、一切看得見的物和看不見的物、一切看得見的理和看不見的理。在這種情形下，人們對卦象的研究分析、隨著時間的延長愈精愈微，自是常情。互體的發明，無非在表示易卦顯象之中更有隱象潛在，告訴人，易卦象不是一望而盡其內涵的一個膚淺的象，而卦象有其立體的重叠，透過其立體性會發現象中更有象，一個象、兩個象……甚至有無窮多的象隱藏著。

這段討論「互體」的話，正可以做劉勰「隱秀」和「秘響旁通」的註腳。

回到本文第一段的結尾，我們說：一首詩的文、句，不是一個可以圈定的死義，而是開向許多既有的聲音的交響、編織、叠變的意義的活動。詩人寫詩，無疑是要呈示他觀、感所得的心象，但這個心象的全部存在事實與活動，不是文字可以規劃固定的。像六十四卦象，每一個卦象都有旁通、爻變、互體的衍進，正表示天文、地理、人文的遞變當然不只六十四種，六十四種是動變時可以觀察到的大象（是可見的「律」與「秀」），其中還有數不盡的、還在不斷動變中未可見的「組合」（是「機」，是「隱」），但卻潛含在呈現的形象裏；其能如此，則完全依賴實象與實象間互爲指引的活動、和保持「在邊緣欲語未語」的 aporia 狀態。所以繫辭裏有「往來不窮謂之通」的話，又說：「書不盡言、言不盡意」。這句話比對老子的「道可道非常道」和「知者不言、言者不知」，竟然是完全相通的；這是因爲，在文字表達性能的了解上，在「如何用文字來表意」這一個問題上，易經所呈現的，道家所了解的，儒門在易經繫辭裏所發揮的是完全一致的，卽是，「義生文外」、要「得意忘言」、要知「文辭無定義（卽圈定的死義）」，文辭是旁通到龐大時空裏其他秘響的一度門窗。

一九八四年春

言無言・・道家知識論*

㈠知中不知，不知中知

在莊子裏，我們發現一個耐人尋味的寓言，我們發現知識本身失落了，北遊到處問道求解。這個可以說是自嘲的反諷，是對知識本身的質疑。這個寓言有點攻人之未防，令讀者不得不暫時跳出常規而在意料之外去自省尋索。這個寓言便是「知北遊」。（莊，七二九——七六八）

話說「知」北遊於玄水之上，登隱弅之丘，遇到了那個名叫「不做什麼不說什麼」的无爲謂，並問他說：「何思何慮則知道？何處何服則安道？何從何道則得道？」問三次，无爲謂都不

* 道家經典中，老子的道德經將按章注明，莊子則按郭慶藩編之莊子集釋（臺北河洛版，一九七四）。文中將簡注爲「莊」。又，文中所用到外篇文字，均以其爲原典精神之延伸者爲準。

答，不是不答，不知答也。「知」返於白水之南，見到狂屈。「知」便以同樣的話問狂屈，狂屈說：「唉，我是知道的，正要跟你說卻忘所欲言。」「知」得不到答案，返回帝宮，見到黃帝，便以同樣的話問他。黃帝說：「无思无慮始知道，无處无服始安道，无從无道始得道。」「知」聽到後說：「我和你知道，他們不知道，那個對呢？」黃帝說：「无爲謂眞是，狂屈似之，我和你終不近也，因爲知者不言、言者不知……。」

海德格在他的「道向語言」一書裏也說：

> 知識的渴欲，解釋的貪求，永遠不會引發眞思。好奇總是自我意識隱藏著的一種狂傲，依靠著自己發明的理路及其中的理性[11]。

我們把這段話對著王叔之的義疏來看，發現有相當近似的廻響。疏曰：「彼无爲謂妙體无知，故眞是道也。此狂屈反照遺言，中忘其告，似道非眞也。知與黃帝二人，運智詮理，故不近眞道也。」（莊，七三四）

求知反而不得其知，是不是永絕於知呢？讓我們再看一段寓言：

---

[11] Martin Heidegger, *On the Way to Language*, trans, Peter D. Hertz (New York: Harper & Row, 1971) p. 13.

> 莊子與惠子遊於濠梁之上。莊子曰：「儵魚出遊從容，是魚之樂也。」惠子曰：「子非魚，安知魚之樂？」莊子曰：「子非我，安知我不知魚之樂？」惠子曰：「我非子，固不知子矣；子固非魚，子之不知魚之樂，全矣。」莊子曰：「請循其本，子曰『汝安知魚樂』云也者，既已知吾知之而問我，我知之濠上也。」（莊，六〇六——六〇七）

莊子的意思包括了這些：你不是我，但你能知道我不是魚。所以我不是魚，我當然也可以知道魚之樂。如果你說我既然不是魚，所以我不能知道魚；那你不是我，又怎能知道我？如果你不是我而能知我，我不是魚而能知魚又有何不可？

求知而往往不得其全解，但不知之中亦有知，可以不求而知，可以不說而明。知與不知之間，我們如何找出不道而道的道，不言而言的言呢？熊十力曾在其「破破新唯識論」裏，從莊子的筌蹄說中，拈在語言的問題，有這樣點題的說明：

> 體不可以言說顯，而又不得不以言說顯。則亦無妨於無可建立處而假有設施，卽於非名言安立處而強設名言。……體不可名，而假爲之名以彰之❷。

❷ 熊十力：破破新唯識論（臺北：廣文，一九八〇）頁一八——一九。

熊十力論的雖是大乘佛教中的「唯識論」，在語言表義的哲學思考上，則完全出自老莊與在這個層次上持有強烈道家精神的禪宗。

但「得魚忘荃」、「得意忘言」、禪宗的「指月說」、這裏說的「設施」，或空宗所說的「假名」，在現實生活裏，在歷史的經歷中，並不是普遍被識悟和力行的。事實上，語言相反地支配著、主宰著、甚至牢役著我們的識見與業行；它被反覆地塑造爲一種權力的指標。道家的知識論，在語言的破解中建立一種「離合引生」的活動，不但開向異乎尋常的樸實而詭奥的遮詮行爲，引至「顯現卽無、無卽顯現」的美學，而且還對「名」與「體制」之間的辯證關係作了深刻的反省。

(二)眞名假名

所謂「以言說顯」，我們試以我們最直接的經驗開始。我們張目一看，我們看到萬物，或是萬物呈現在我們的眼前：透明、具體、眞實、自然自足。它們自然而然，無需我們解釋，無需我們界立名義而能自生自化。然而，有人不斷地提出下列的問題來：作爲觀物者的我們是誰？我們接觸外物時的觀、感行爲是什麼？萬物，亦卽是所觀對象是什麼？這些問題的提出，正意味著詢問者，在其求解的困惑中，已經不能信賴他們接觸萬物時對萬物之爲萬物的最初直覺，不信賴他們作爲一個在未求解狀態前的自然反應。這些問題的提出，從另一個角度看，便是對所謂眞理的追索的起點。這些問題的最後目標是要找出可靠的眞知的情況與條件。譬如柏拉圖的克拉泰勒斯(Cratylus) 和蘇格拉底的對話：

蘇：我個人並不否認命名者爲萬物命名時是認爲萬物是流動的、動變的。他們這個想法無疑是誠懇的，但我認爲是錯誤的……對於這一個不斷逝去前後相異的美，我們眞能認定爲美嗎？

克：當然不能。

蘇：那永遠不能保持原狀的東西，我們怎可以認爲是眞的東西呢？顯然地，能始終如一的東西必然不變：假如它們永遠一樣、永遠保持原狀、不離其形，它們將永遠不會變遷。

克：當然不會。

蘇：如果變遷，它們也就不會被任何人認知……但如果知識的本質會變，在變化時便沒有知識可言；如果一切在過渡中不斷進行，那就永遠沒有知識，如此，沒有人可以「知」，也沒有可以「知」的事物：如果有知者和被知的事物，如果有美、善等事物，我認爲它們絕對不會酷似進行的過程或動變❸。

柏拉圖在「理想國」第二章中對神工亦持不變之說。詩人被逐出理想國，原因之一便是他只能模倣變動不居的現象界；既然「變動中沒有知識可言」，詩人便不是眞理的發言人。眞正能超越外物的，是通過派撒哥拉斯式（Pythagorian）的數理、幾何思維的哲學家，對超知覺的最高知識層——理念的本體世界（Logos）作冥思。對於這一個無視外物的實在性而另行建構一個代替體的抽象世界，近人休默（T. E. Hulme）說得最清楚：

> 古人是完全知道世界是流動性的，是變動不居的……但他們雖然認識到這個事實，卻又懼怕這個事實，而設法逃避它，設法建造永久不變的東西，希望可以在他們所懼怕的宇宙之流中立定。他們得了這個病，這種追求「永恒、不朽」的激情。他們希望建造一些東西，好讓他們大言不慚地說，他們，人，是不朽的。這種病的形式不下千種，有物可見的如金字塔，精神性的如宗教的教條和柏拉圖的理念本體論❹。

柏拉圖在求知的狂傲中忽略了幾個重要的環節：

---

❸ Plato, "Cratylus", *The Dialogues of Plato*, tr. Benjamin Jowett, in R.M. Hutchins, ed. Great Books of the Western World, No. 7, (Encyclopaedia Brittanica, Inc, 1984) pp. 113-4.

❹ T.E. Hulme, *Further Speculations* ed. Sam Hynes (Lincoln: University of Nebraska Press, 1962) pp. 70-71.

㈠在他否定外物肯定抽象的理念世界時，他沒有理解到這個理念世界只是一種「假名」，一種「假設」；

㈡他沒有理解到「眞知」不可得。從物看，物物無盡延綿，其大不知終極；其微亦無可以窮；從物之變動看，物變之前之前，追索不到最初的源起；物變之後的發展，由死、腐、變、再生、再變，也無從預知其終極的跡線。主體我的智心、智心中所推動的數理邏輯的思維所提供的，終究是一種片面之詞而已，如何可以蓋全呢❺？

㈢人只是無限空間中的一粒微沙，他的活動只是無限時間中微不可見的一動，爲什麼可以視作一切萬物的典範呢❻？

㈣所謂「不變」的事物，都是一種戲設，因爲世界上沒有不變的東西，不只是生物之生老病

---

❺參看莊子提出有始未始的未知說，見本文一二五頁，或莊七九頁。

❻請參看海德格這段話：

老實說，人是什麼？試將地球置於無限黑暗的太空中，相形之下，它只不過是空中的一顆小沙，在它與另一小沙之間存在着一哩以上的空無。而在這顆小沙上住着一羣爬行者，惑亂的所謂靈性的動物，在一個偶然的機會裏發現了知識。在這萬萬年的時間之中，人的生命、其時間的延伸又算什麼呢？只不過是秒針的一個小小的移動。在其他無盡的存在物中，我們實在沒有理由拈出我們稱之爲「人類」此一存在物而視作異乎尋常。*Introduction to Metaphysics* (New Haven, 1959) pp. 3-4.

死是變，卽山石金屬都刻刻在變，只是變得很慢，我們狹窄有限的知覺未曾注意而已❼。所以所謂「不變的東西」，完全是人的發明，虛設在抽象的理念裏，亦卽是以抽象的理念世界代替具體的世界。

㈤因爲預設目的，所以把所謂相關性的事物選出、串連，依循一些主觀的情見，作序次性的由此端推向彼端或由下層（直觀現象）推向上層（理念本體）的辯證活動。殊不知物物之間、人人之間、人物之間不僅互涉重重，而且其間並置未涉之同時仍然互爲指證。這又非序次性秩序所能表詮的。

以主體的理念決定客體的形意，由柏拉圖到亞理士多德到康德到黑格爾，上述五種偏重始終主宰著他們認知的程序與方式。譬如亞理士多德用以肯定文學的「普遍的結構」和「邏輯的結構」，便是從眾相紛紜中抽離一些被認爲是具有不變性的「共相」，作爲知識的指標；在這個過程中，便不得不把所謂「殊相」、「異相」辨別、抑制、甚至剔除。又譬如亞氏用推理的方式把安佩都克里斯（Empedocles）宇宙論中的四元素——土、水、空氣、火——作了「合理的」解釋，而建立了「地球中心系」的宇宙。這個宇宙的模子，我們「現在」知道完全是人爲的、假設

❼ 參看郭象注莊子「化」的觀念：「聖人遊於萬化之塗，放於日新之流，萬物萬化，亦與之萬化，化者無極，亦與之無極」（莊，頁二四六）。另外，我在「秘響旁通」一文中，另外指出易經中所認定事物不斷的變易。見本册頁八九——一一三頁。

的、虛構的「概念」的秩序，不是眞世界的秩序；但這個「假設」——眞實世界的代用體——竟然壟斷了西方整個科學思維的發展，包括利用這個意義架構來說明人與上帝的關係的中世紀神學，直至十七世紀「太陽中心系」的發現才開始瓦解。西方認知論的危機，「知識」的失落、重新試探、及近年來對整套架構的質疑，可以說由此時開始。而眞正現代知識論的產生，則猶待康德的後起思想者對康德的質疑。因爲康德所舉出的所謂「眞知的情況與條件」和他承傳、衍化的柏氏亞氏的架構，可以爲了解道家哲學據點與立場提供一個比對的作用，我們打算進一步揭出康氏的知識的架構與程序。

在獲得知識的過程裏，康德給予自然科學一個典範性的角色。他認爲理性在認知過程中的角色相若於一個法官；他迫使證人來答覆他根據他預先決定的問題。這樣，他可以倚重自然科學的可靠性，因爲倚重自然科學，他的知識論中自然更加強了邏輯的推理方法。由主體（認知者）到客體（自然現象的總和）之間，亦卽是意識（自我）與世界（非我）之間的認知過程，根據康德的看法，首先，是由智心開始，而不是由經驗開始（這是由反對休姆 D. Hume 的唯經驗論而來）。腦或者智心是接受外物的一個機構，它必須把感覺所得素材用某種形式或範疇加以處理才能成爲知識。在智心中的先驗範疇（存在於經驗之前的、或經驗之成爲經驗的先決條件）是空間與時間。我們稱之爲現象世界的知識亦卽是感覺素材加上先驗範疇。這個知識是有限的。在這些知識之外，卽是超驗不可知的本體，純精神的世界。知識的成形卽是由一堆機遇無定向的感覺推向有秩序的綜合過程。主體（認知者）旣擁有相若法官的能力，依照康德所建立的邏輯，主體的意識中卽具有他所謂「在物象呈現在我面前之前便必然存在的法則」，所以必然是先驗的。這些先驗的法則有綜合經驗的作用，它們給與感覺經驗時空的形態，把相同性連接起來，並找出因果關係等等。由是，康德的主體被視爲超驗的、一個純粹的不受限於歷史的調理系統，是在現象游離中一個預先受了指示的組織者。

我們揭出康德，可以看出柏氏以來知識論的偏重。雖然，在悠久的西方哲學裏，我們並非說中間沒有抗衡的運動，卽就柏拉圖的對話記錄裏，便曾有對語言不信任的故事，而中世紀至文藝復興以來，對基督敎義襲用亞理士多德的宇宙模子，也曾有過質疑；及至「太陽中心系」的確立，更曾對理性作大幅度的批判。但作爲對知識追尋的架構，其間所採取的立足點，運思的工具與方向，範定或圈定意義的方式，則是始終堅牢未變。譬如浪漫主義時期的辜律瑞己的想像論中，最後的綜合共相、殊相事物的主動力，也是一種超驗的理知；又譬如黑格爾所說的自身演變的意識機能，也是一個絕對的智心，引帶經驗素材由低層向高層一步步施展。而這個由低層向高層線狀的昇轉，與柏氏由感覺層面通過數理思維昇向理念的本體，與但丁「神曲」中由地獄通過煉獄達至天堂的進程，是有著一定的血緣的。卽就反對康德的「超驗自我」而走向歷史實證主義的狄爾泰（Dilthey），也無法不借助於康德所倚重的自然科學的解釋程序，去組合生命潮汐所提供的經驗素材。事實上，近年來哲學、美學所力圖截斷這個架構（代替具體存在的語言假象）的一切藤索，如此的迂迴艱辛，也是因爲這個典範的牢固不易破的關係。

但這個認知論的負擔，在古代中國不見顯著，其中最重要的貢獻，可以說是來自道家在主客離合上不落名義的獨特視野。

宇宙現象整體運作的演化生成是超乎人智與語言，道家早就悟到。與其把「知」的可能放在人智，一步步遠離眞實世界，與其用概念對萬物之爲萬物、對其自然生發衍變質疑，反不如對這些質疑的行爲本身質疑。因爲人爲的假定不可以成爲宇宙的必然，實在是不辯而明的；所有意圖以抽象的意念或圈定、範定的方式去類分天機都是徒然的，都是限制、減縮、歪曲、片面不全的，都是不可靠的假象。因爲大象不可思，無可表，可以用莊子一段話來說：

> 有始也者，有未始有始也者，有未始有夫未始有始也者。有有也者，有无也者，有未始有无也者，有未始有夫未始有无也者。俄而有无矣，而未知有无之果孰有孰无也。今我則已有謂矣，而未知吾所謂之其果有謂乎，其果无謂乎。（莊，十九頁）

說是「始」，事實上「始」之前之「始」，還有「始」之前之「始」之前之「始」。所謂「始」的意念，是把時間割斷來看才產生；假如不割斷，則沒有「始」可言。說是「有」，說是「無」，則必然還有「無」之前之「始」之前之「始」，及至於「無」，究竟應視之爲「有」還是「無」

呢。「無」與「有」，實在來自我們偏執的情見，則以「顯現」爲「有」，「不顯現」爲「無」，然「不顯現」則不表示「永不顯現」，待其「顯現時」，我們是否應該改稱爲「有」呢？是故，所謂「始」，所謂「有」，所謂「無」，進而所謂「成」，所謂「毀」（參看：「無物不然、無物不可……道通爲一。其分也，成，其成也，毀。凡物無成與毀，復通於一。」成玄英曰：於此爲成，於彼爲毀，如散毛成氈，伐木成舍是也❽。）均是一種爲一種成見而暫行的假名，一種語言的戲說。所以老子說：

> 道可道，非常道
> 名可名，非常名（一章）

又說：

> 知者不言，言者不知（五十六章）

至此，老子及莊子的出發點，所採取的態度與柏氏以來「以主體理念決定外物形意」之大異，應

❽ 錢穆：莊子纂箋（臺北：三民書局，一九六九）頁一四。

該甚爲清楚。

(三)「始制有名」：名與權限

但在這裏，我們必須明白：柏氏以來架構的提出，只是爲提示一個角度以透看哲學、美學據點而暫設，並不能說老子、莊子心中是從這個架構而發；因爲老子、莊子並不知道他們的存在。但如果在缺乏歷史關聯的情況之下，竟然提出了可以指對那個架構的問題，是不是在老子、莊子哲學發生的場合裏也曾面對一個相類似的圈定行爲所引起的危機呢？這是我們進一步要探究的，亦即是除了對道家哲學作語言哲學、美學的純理論的討論外，我們必需設法落實在老子可能有的歷史思索裏。只有如此，我們才切實可以看見知識哲學與政治哲學之間相同脈絡的廻響。（同樣的情況亦見於莊子。）

但研究老子的一個最大的障礙卻是他的歷史場合之無法確定。現有的資料都只憑藉史記卷六十三簡短的記載，語焉不詳，不可盡信。不少論者藉孔子曾問道於老子而定其年長於孔子。亦有人將老子放在莊子略前的時代，在孔子之後。至今無定論[9]。我們以爲「名可名，非常名」，是

[9] 有關「老子年代」諸家的爭論，可參看張心澂著：僞書通考（臺北：宏業書局，一九六〇）頁六六〇——六九〇。

對周制的「名」而發；如果老子生年近莊子，則我們很容易說他是針對孔子的「正名觀」而發的；但這也許過於肯定，反而易於削足適履。在我們無法解決他實際生年的情況下，我們可以這樣去處理：即是，假定他確與孔子同時代，則他所處的亦是晚周，亦即是宗法制度、封建制度行將崩潰之際。他對「名」的思索，從宗法制度、封建制度本身，便可以找出線索，而不必有待孔子正名觀的完全建立，才可以完成對「名」的批判。

所謂「名」，其最原始的意義之一是「文字」，如「儀禮」「聘禮」中的「百名以上書於策」。從夕從口，意約「夕暮時分的發音」，也許是當我們逐漸看不見事物時，以聲音作為一種指證。亦即是一種語言的符號。我們這個解釋雖不敢說必然正確，但與「名」作為一種記號的本意不殊。「名」的產生是在人際之間，作為一種分辨，進而作為一種定位，定義，是一種分封行為。「名」之用，換言之，是產生於一種分辨的意欲，依著人的情見而進行。因為「名」是依附著人的情見、意欲，所以由各種「名」圈定出來的意義架構往往是含有某種權力意向。譬如「神」「天子」的「名」便是。在西方，中世紀的宇宙——吸收了亞理士多德的地球中心系，把地球、人看成有限的、固定的，把在日月星辰外層的「不動的動者」解釋為上帝，即是為了鞏固基督教義權威性而發明的一種「名」。太陽中心系的發現者被視為異端而受苦刑的審判，正代表這個「名」所含的權力受到了威脅與質疑。

在周朝，宗法制度的建立即是為鞏固權力架構的一種發明，而在宗法制度中，「名」，名分，這些語言的符號，正是磚石間最重要的黏土。我們且看徐復觀先生在「西周政治社會的結構性格問題」一書有關「宗法制度」與「封建制度」兩段話，便可完全明白「名」與「政治體制」的密切關係：先看宗法制度：

在許多兄弟中，以長嫡子主祭，此主祭的嫡長子卽是祖宗一脈相承而不亂的象徵，乃至可以說是代表，故卽爲其他兄弟所尊。旣爲其他兄弟之所尊，便須有保育其他兄弟的責任。這一套規定，卽謂之宗法……周王室的嫡長子以外的別子，分封出去，則在其國另開一支，而爲此國之祖。繼別爲宗，是繼承此國的嫡長子，卽爲此一國百世不遷之大宗。繼祢（親廟也）爲小宗者，此大宗之弟及庶出兄弟所生之嫡長子，卽爲其弟及庶出兄弟所宗，此乃五世則遷的小宗……大宗包含小宗，而大宗爲之本，小宗爲其枝……大宗上又有一總的大宗，這卽是天子⑩。

封建制度的藍圖，卽是宗法制度的分封制度：

封建制度……卽是根據宗法制度，把文王、武王、成王、康王等未繼王位的別子（武王

⑩ 徐復觀：周秦漢政治社會結構之研究（臺北：學生書店，一九七五）頁一五。

不是嫡長子），有計劃的分封到舊有的政治勢力去，作爲自己勢力擴張的據點，以連絡、監督、同化舊有的政治勢力，由此而逐漸達到「率天之下，莫非王土」的目的。被封的別子，卽成爲封國之祖：他的嫡長子，卽成爲封國的百世不祧之宗。按照宗法以建立一個以血統爲紐帶的統治集團。封國與宗周的關係，政治上是天子與諸侯的關係；宗族上卻是「別子」與「元子」的血統關係；是由昭穆排列下來的兄弟伯叔的大家族的關係……爲了便於統治的從屬關係能夠鞏固，以血統的嫡庶及親疏長幼等定下貴賤尊卑的身份，使每人的爵位及權利義務，各與其身份相稱；這在當時稱之爲「分」；……通過各種不同的禮數，把「分」彰顯出來，且使之神聖化。其分封異姓時，也必以婚姻連繫起來，使之成爲姻婭甥舅的關係，這依然是以血統爲統治組成的骨幹⑪。

我們可以看見「名」的應用在周朝是一種析解的活動，爲了鞏固權力而圈定範圍，爲了統治的方便而把從屬關係的階級、身份加以理性化。天子、諸侯，元子、別子等等的尊卑關係的訂定，不同的禮數的設立，也完全爲著某種利益而發明；至於每個人生下來作爲一種自然體的存在的本能本樣，則因此受到偏限與歪曲。老子是從體制中這些圈定行爲的「名」之活動，看出「言」（語言文字）的偏限性及「名」與「言」可以形成的權勢。語言的體制和政治的體制是互爲表裏的。

⑪ 同前書，頁一九——二一。

所以說「始制有名」（三十二章）。

在這個關鍵的時刻，在「名」與「體制」之間應該作怎樣的冥思呢？我覺得孔子和老子都同在這個關鍵上努力，但所採取的方式則是完全相反的。

我說他們在同一個關鍵上冥思，可以從老子這一些話上看出蹊蹺來：

> 故失道而後德，失德而後仁，失仁而後義，失義而復禮；夫禮者忠信之薄，而亂之首。（三十八章）

孔子可以說是看到這個趨勢而力圖「正」名，找出他所追從的理想的「周」，及文王下所呈現的理想的「名」。他的「正名觀」，除了正「君君、臣臣、父父、子子、夫夫、婦婦」各各應持的「角色」之外（在這點上，孔子有缺憾，見后），他還主張由修身開始，然後齊家、治國、平天下，那樣從基層教育推改上去。老子有類似的語意：

> 修之身，其德乃眞；修之家，其德有餘；修之鄉，其德乃長；修之於國，其德乃豐；修之於天下，其德乃普。（五十四章）

但二者的取向卻完全不同。孔子未脫「名」限，雖則他在心裏或有極合乎自然的「名」理（如徐復觀先生一再強調的「禮意」）⓬，由於他沒有從根地認識到「名」「言」權勢的潛力，他的「正名觀」反而加強了統治者的專制行爲。最明顯的當然是董仲舒進一步利用「天人感應」的說法，把五行貫通正名觀，爲漢朝形成一個牢不可破的權力架構；而王充對董子的批判，要訴諸老、莊，也就是因爲老、莊在破解「名」所含孕的「權力神話」上提出了一個更深廣的觀點之故。

(四)强以爲名：隨說隨掃

老子看到的不是體制的好壞而已，而是凡「體制」凡「名」皆具前述的危險性，皆爲「器用」，皆受利欲情見所左右。因爲「朴散爲器，聖人用爲官長」，所以首要的是要回到分割爲「器」之前的「朴」，所謂「大制無割」（二十八章）。「復歸於朴」（二十八章）的「朴」，是「繩繩不可名」的（十四章）。老子甚至領悟到他現在用語言來說也是一種危機，因爲「語言」即「名」，他說「吾不知其名，字之曰道，吾強爲名曰□（朱謙之說碑本中有「大」字）（二十五章）。用

⓬ 同前書，頁九八。

「道」字用「大」字等的「名」是強行的，是暫行的，必需忘去，必需解除。老子中所用的矛盾語法，即完全爲提醒這一點而設：「道可道，非常道」，「言者不知、知者不言」。同理，莊子才提出「得魚忘筌」「得意忘言」之說（莊，九四四頁）。熊十力對這一個層次的發揮最爲明白：

> 夫言生而未了生卽無生，乃至言動而未了動卽無動。此執物者也。言無生而未了無生之生，乃至言不動而未了不動之動，此沉空者也。故知實際理地，微妙難言。過莫大於沉空，而執物猶次。故乃從其熾然不空，強爲擬似，假詮恆轉，令悟遠離常斷，僞說功能，亦顯不屬有無，理不思議，名本筌蹄[13]。

他又說「於非名言安立處而強設名言」，

> 此則隨說隨掃，所謂不可爲典要者也。理之極至，超絕言思，強以言表，切忌執滯[14]。

道家從「無名」「無言」中利用「假名」「假言」做到不執滯的近似「隨說隨掃」的辨思方式，

[13] 熊十力：新唯識論（臺北：學生書局，一九八三），頁四九。
[14] 熊十力：破破新唯識論，頁一九。

是極其超妙的。但在我們進入這一個層次之前，必需重提一點，亦卽是，道家所提供的許多入處，不純然是從純哲理出發，所謂「無言之教」，不單是一種語言哲學（進而發展爲美學）的思考，而同時是緊密地和政治哲學結合爲一的。譬如，當莊子說：「鳧脛雖短，續之則憂；鶴脛雖長，斷之則悲」（莊、三一七頁），說的不只是我們的表現策略要自然和玲瓏通透，而且也是政治體制上達到人人的「素朴」。我們的知識如何能不落「分封」的「名」義，是道家的最關切的導向：

> 古之人，其知有所至矣。惡乎至？有以爲未始有物者，至矣盡矣，不可以加矣。其次以爲有物矣，而未始有封也。其次以爲有封矣，而未始有是非也。是非之彰也，道之所以虧也。（莊、七十四頁）

道已虧，人已有了「是非」、「分封」的語言架構，我們如何可以復歸於「古之人」（在渾然不分、對立分極的意識未成之前的狀態），或復歸於嬰（老子，二十八章）（那天眞未鑿的情況）呢？如何可以回到「概念、語言、意識發生前」的世界呢？我們必須遣其所非而漸入於無名，這個過程我們也許可以借用佛教中的「遮破」、「遮詮」或「遮照」來理解。「遮」字的解釋，宗鏡錄如是說：遮謂遣其所非。而「遮照」，宗鏡錄則說：「破立一際，遮照同時」。我在此必須聲明的是，我們借用這個「遮」字，是著重其程序，至於「遮照」所含的「空觀、假觀」，則非道家所指。

(五)「看而知」的原始語言

我在「無言獨化：道家美學論要」一文中說道家哲學、美學是含有許多一時不易析解的矛盾的⑮。說道不可以道，說語言文字是受限不足，說我們應該「無爲」，應該「無心」「無知」「無我」；說我們不應言道；說道是「無」。但我們不說當然可以，要說要怎樣說才可以透露這個「道」，這個不要落「名」義的「朴」呢？但莊子說不知之中亦有知，他知道魚之樂，這個知怎樣來呢？他說

> 天地有大美而不言，四時有明法而不議，萬物有成理而不說，聖人者，原天地之美而達萬物之理，是故至人無爲，大聖不作，觀於天地之謂也。（莊，七三九頁）

觀天地而知，孔子也說：「予欲無言」，子貢問：「子如不言，則小子何述言？」孔子答說：「

⑮ 見拙著：飲之太和（臺北，時報出版社，一九八〇）頁二四七——二六〇。

天何言哉，四時行焉，百物生焉，天何言哉」⑯，但「看而知」的情況究竟牽涉了怎樣一種境界，讓我們試試追跡，我們借用卞之琳兩句詩開始：

你站在橋上看風景
看風景人在樓上看你⑰

我們還可以繼續寫：

風景從四面八方看你們

你（觀者）**站在橋上**（定位，以所謂獨立的、自身具足的主觀意識）**看**（要看，必須施設距離，距離是一種深度，是物能明現的先決條件）**風景**（被觀看對象）

先指出這一個基本印認過程的先決條件——看是需要距離的，換言之，主（意識）與客（世界）之間，只要看（從印認到思考）沒有距離便無法發生，主客的合一，在眞正發生時，便沒有

⑯ 論語，陽貨篇。
⑰ 卞之琳：十年詩草（上海：文化，一九四〇年）。

思想的可能；因爲眞正發生時，便無法「看」了。但一有了距離，便有了定位，便有了定向，便成偏執與限制。

看風景人在樓上（另一個觀者，另一個定位，另一種主觀意識）**看**（另一種距離，另一種深度，另一種顯物度）**你**（由觀者變爲被觀對象，所謂獨立的、自身具足的主觀意識因而被遮破）**風景從四面八方看你們**（不同的觀者，觀者的換位，不同的距離，深度不斷的變化與調整，便把定位遮破）

讓我們作幾點觀察⑱：

㈠所謂「看」，便暗示另一頭有一個對象，即看入空無的所謂「無」也是一個對象。

㈡中國的「見」字比較能跡寫主客眞實的關係；見，見也（從此見彼）；見者，現也（從彼現向此。）風景不只是由你看，它亦自現向你。

㈢你既是在景外（必須在景外始可作觀），但亦在景內（必需在景內始可有你）。

㈣既在景外，亦在景內，景在景外，景在景內，物物之間是無可量度的沉默，有著無數次第的距離與深度的相互關係，有著不需我們發語而互可印認的契合；物物之間存在著一切語言語規前的——指義前的「不必知道是什麼」的知的狀態。

⑱這個問題我曾和加州大學同事 Michel de Certeau 就其所了解的 Merleau-ponty 討論到。有些想法是由他激發的。

㈤所以景進入我們的視覺時，已經帶著它契合的結構與歷史。這正是「天地有大美而不言，四時有明法而不議，萬物有成理而不說」的演現與交織，是主觀意識未主宰它們前的始發之「知」。物物之間有一種互通消息的團結性，有一種文字，一種猶未發聲的文字。物物之間有一種我們猶待學習的原始的交談，有一種「吹萬不同」的「天籟」（莊，四九—五十頁）

㈥而這種豐盛物物互依互顯的可能，則有賴觀者虛出一個自由的空間，一種虛無，使得物與觀者可以並立而不對立，而構成一種獨特的親密社團。

㈥消解距離、兩行、以物觀物

我們可以看見，「看而知」的關鍵是在如何「消解距離」。從破名義開始，道家即著眼現實的全面性。「名」是執一而廢全，「名」是從個體出發，定位，定向，定範圍，「名」是「以我觀物」，是莊子所謂「藏舟於壑……猶有遯」（莊，二四三頁），是從自我出發對川流不息無際無涯的「非我」，以概念、觀念來將之分割，以因果律、直線時間觀來把分割出來的事物擇要串連，界定意義。道家有見於此，要回到「大制無割」，所以去名破名有兩個意思。其一，便是莊子所說的「藏天下於天下而不得所遯」（莊，二四四頁）；其二，便是「以物觀物」。二者是一境之二面。老子在五十四章上說：

以身觀身，以家觀家，以鄉觀鄉，以國觀國，以天下觀天下。

邵雍在其「伊川擊壤集」中對這章的發揮最爲透徹：

以道觀性，以性觀心，以心觀身，以身觀物，治則治矣，猶未離乎害者，不若以道觀道，以性觀性，以心觀心，以身觀身，以物觀物，則雖欲傷，其可得乎。

「藏天下於天下」「以天下觀天下」，當然便無割可言。所以，道家去名破名所帶動的消解距離的方法之一，便是「以天下觀天下」，從無窮大的視境去看，所以「視而不見……繩繩不可名，復歸於無物……无狀之狀，无物之象」（十四章）；所以「道之爲物，唯恍唯忽，忽恍中有象，恍忽中有物」（二十一章）；所以，「無名，天地始」（一章）。所以，中國的山水畫，都用鳥瞰式；鳥瞰式，便是「看風景人在樓上看你」，是「看風景人在山峯上看你」，是「看風景人在高空上看你」，是擬似的「以天下觀天下」；所以中國的山水詩中很多柳宗元式的句法：「千山鳥飛絕，萬徑人踪滅」。所以莊子的首章「逍遙遊」的大鵬意象是：「水擊三千里，搏扶搖而上者九萬里……天之蒼蒼，其正色邪？其遠而無所至極邪？其視下也，亦若是則已矣。」（莊，四頁）

但所謂無窮大不是不可知嗎？「從高空看」（在當時科學的限制來說）又怎可得呢？中國山水畫裏前山後山、前村後村、前灣後灣都同時看見，是觀者不偏執於一個角度，不以名限物；相反的，以不斷換位的方式去消解視限、消解距離，而能意會到物物之間的無限延展，物物之間互依互存互顯的契合。莊子對距離問題有精絕的啟示：

夫自細視大者不盡，自大視細者不明。夫精，小之微也。垺，大之殷也。故異便。此勢之有也。夫精粗者，期於有形者也。無形者，數之所不能分也。不可圍者，數之所不能窮也。可以言論者，物之粗也；可以意致者，物之精也。言之所不能論、意之所不能察者，不期精粗焉。（莊，五七二頁）

應該看不盡的，我們看盡了；應該看不明的，我們看明了。這，在特定的距離下，是辨不到的，如西方的透視那種定時、定位、定向的距離意識便是。如何可以把定時、定位、定向的限制消解，卽怎樣可以達到一種距離、一種和我們一般所了解的距離不同的狀態，或沒有距離限制「不期精粗」的狀態呢？中國的山水畫，不用定點的透視，而且散點透視，或迴旋透視，彷彿各方面都可以看到，各角度都可以看到，就是要突破「物眼」，就是距離的消解。

距離的消解，視限的消解所需要的不斷換位的另一含義卽是並時性，卽是觀者同時從此看去，從彼看來。在此我們可以舉范寬的「谿山行旅」中一種獨特的消解距離的方式。我們在該畫的右下方看見一隊行旅的人，很細小，樹羣也不大，表示我們從遠方看來。可是在這個景後面的一個應該是很遠的山，卻是龐大如在目前，甚至壓向我們。這個設施使我們同時在不同的距離上看。那橫在前景與後景（後景彷彿是前景，前景彷彿是後景）中間的是雲霧（一個合乎現實狀態的「實」體）所造成的白（「虛」），這個「白」的作用把我們平常的距離感消解了，使到我們可以換位既由這面看過去，亦有那邊看過來。

另外不斷的換位，類似電影鏡頭不斷轉移所帶動的透視不斷的變化，也見於橫的手卷如：「清明上河圖」，如夏圭的「清山溪遠」，都巧妙地在變動角度的緊要處，將之消解或模稜化。

能夠同時從不同的距離看（莊子所謂「兩行」，見莊，七十頁），能夠自由的轉移，則有賴主體（自我）的虛位（這裏包括「無我」「無心」等「無」的意念）。唯有主體虛位。才可以任素朴的天機活潑潑與現。「天地與我並生，萬物與我爲一」（莊，七九頁）人應該了解到他只是萬千運作中之一體，他沒有理由以其主觀情見去類分和界定萬物，萬物各具其性，各得其所，各依其性，各展其能，我們要還物自然。我們固然無法以沒有距離的方式去觀物(主客完全合一)；但了解了物物之間、物我之間的互爲通明，我們便常常提醒自己每一觀、每一意均是暫行的，均有待其他角度、其他印認來修飾，如此我們才可以做到「名」而不沾名義，做到「以物觀物」，做到主客自由換位，意識與世界互相交參、補襯、映照，同時出現，物物相應和、相印認。

(七) 矛盾語法與彼是方生

現在我們可以明白，老子、莊子裏的矛盾句法，一種近乎戲謔的反諷語調，是和主客換位息息相關的；但主客換位在嚴謹的「名制」之下，是被看作不常的，所以必需以「異」常的方式肯定「不常」之爲常，「常」之爲不常。「正言若反」（七十八章）「反者道之用」（四十章）就是道家以「異乎尋常」來遮破「名制」下的「常」之策略。正如「看風景人在樓上看你」改變了「你站在橋上看風景」的觀點，道家中滿是遮破主客、此彼、有無、成毀、美醜、善惡、盈沖等。

天下皆知美之爲美，斯惡已；皆知善之爲善，斯不善已。故有無相生，難易相成，長短相形，高下相傾（二章）

天下之至柔，馳騁天下之至堅（四十三章）

大成若缺；大盈若沖……大直若屈……大巧若拙……大辯若訥（四十五章）

所謂有，所謂無，都不是絕對的，都是一種暫行的名；在「大制無割」裏，有無卻是相依相存的。

道惡乎隱而有眞僞，言惡乎隱而有是非。道惡乎往而不存，言惡乎存而不可。道隱於小成，言隱於榮華。故有儒墨之是非，以是其所非、而非其所是。欲是其所非而非其所是，則莫若以明。物無非彼，物無非是。自彼則不見，自知則知之。故曰，彼出於是，是亦因彼，彼是方生之說也。雖然，方生方死，方死方生，方可方不可，方不可方可，因是因非，因非因是。是以聖人不由而照於天，亦因是也。是亦彼也，彼亦是也，彼亦一是非，此亦一是非。果且有彼是乎哉，果且無彼是乎哉。彼是莫得其偶，謂之道樞。樞始得其環中，以應無窮。是亦一無窮，非亦一無窮。故曰莫若以明（莊，六十六頁）

所謂「明」，卽前述的物物通明，物我通明，是因爲物各有宜，苟得其宜，則物物無礙。而「道樞」的契合，必須去除小成（從大制中分割出來各私一我的成），遮破此彼，而同乘「此」「彼」兩行；進入「天鈞」（莊，七十頁）。所謂環中，就是消解了此、彼、消解了距離後的狀態，如入一環，無端的環，無所謂起訖，無所謂左右，無所謂同異「物旣分——物各有宜，且合——契合於一親密社團），無所謂常斷。

(八) 言無言，未嘗不言

在這裏，我們必須重新拈出道家知識論中語言——尤其是文字——本身內在的困難。道是不可道的，但老、莊仍不得不用「道」字言之。但語言——作為一種文化的產物——是必然有縛手縛足的、先定的指義作用的。我們如何能夠消解這些語言中之元素呢？莊子在其「寓言」篇說：

> 寓言十九，重言十七，卮言日出；和以天倪……因以曼衍，所以窮年。不言則齊，齊與言不齊，言與齊不齊也。故曰无言。言无言，終身言，未嘗不言，終身不言，未嘗不言（莊，九四九頁）。

關於「卮言日出，和以天倪」，我在後面再申述。這裏「言无言，終身言，未嘗不言，終身不言，未嘗不言」幾句話最耐人尋味。言與无言，完全要看它有沒有泥滯在名義，要不泥滯在名義，完全要看它有沒有逗及無割的大制。像「道」字，說出來便提醒我們應該立刻將之忘記，以便「復歸於朴」；「道」字之用——同理，語言之用——彷彿一指、一火花，指向、閃亮那物物無礙在沈默中相互指認的世界。

語言之用，不是通過「我」說明性的策略，去分解、去串連、去剖析物物關係渾然不分的自然現象，不是通過說明性的指標，引領及控制讀者的觀、感活動，而是用來點興、逗發萬物自眞世界形現演化的狀態。在中國文言的古典詩裏，我們發現到詩人利用了特有的靈活語法——若即若離、若定向、定時、定義而猶未定向、定時、定義的高度的靈活語法，彷似前面所談到的「距離的消解」（如無需人稱代名詞所引起的「虛位」，如沒有時態變化所提供的「刻刻發生的現在性」，如無需連接元素所開出的「自由換位」，及詞性複用及模稜所保留語字與語字之間的多重暗示性），使到讀者與文字之間，保持著一種靈活自由的關係，讀者處於一種「若即若離」的中間地帶，而字，彷彿如實際生活中的事物一樣，在未被預定關係和意義封閉的情況下，爲我們提供一個可以自由活動、可以從不同角度進出的空間，讓其中的物象以近乎電影般強烈的視覺性在我們目前演出⑲。

(九) 無：空白的美學

因爲重視點興、逗發萬物自然的形現演化，「言無言」的另一個含義，可以說，還重視語言

⑲ 請參看「中國古典詩中的傳釋活動」，聯合文學，第八期，一九八五年六月一日，或本册頁五五——八七。一六八——一八一頁。

的空白（寫下的是「實」，未寫下的是「虛」。）空白（虛、無言）是具體（實、有言）不可或缺的合作者。語言全面的活動，應該像中國畫中的虛實，必須使讀者同時接受「言」（寫下的字句）所指向的「無言」，使負面的空間（在畫中是空白，在詩中是言外契合的物物關係）成爲重要、積極、應作美感凝注的東西。老子說

> 三十輻共一轂，當其无有，車之用。埏埴以爲器，當其无有，器之用。鑿戶牖以爲室，當其无有，室之用。（十一章）

這，也就是莊子所說的「巵言日出，和以天倪」。「巵，酒器也。日出，猶日新也。……夫巵滿則傾，巵空則仰，空滿任物，傾仰隨人。無心之言，即巵言也。」（疏，見莊九四七頁。）

道家在「無」之用的發揮，頗有獨到之處。當一般人以增加的方式去求知求得，老子卻倡導以減損、以退卻、以否定的方式進行。「爲學日益，爲道日損、損之又損以至於无爲，无爲而无不爲。」（四十八章），又說「進道若退」（四十一章）說「窪則盈……少則得」（二十二章），說「弱勝強、柔勝剛」。同時又倡導「虛心」「少私」「寡欲」「致虛極，守靜篤」，「絕聖」「棄智」。但這個表面看來似是斷棄的行爲其實是對具體的整體的宇宙現象，對不受「名」限的自由世界的肯定。「天下萬物生於有，有生於無」（四十章），而這個「無」也就是未受「名」

限的道（「道隱無名」四十一章）。老子雖然用了矛盾語法，他的效果應該是「正言若反」。他雖說「復歸於無物」，這個「無物」即是「無名的物」，非眞的無物也。這可以從類比的另兩句話看出來：「聖人無心，以百性心爲心」（四十九章），指的是解脫了以「私欲」「權限」的名的百性的心爲心。非眞的無心也。這是道家知識論中胸襟修養的「離合引生」。所謂斷棄並不是否定，而是把抽象思維、名制曾加諸我們身上的種種偏限的形義離棄來重新擁抱原有的未名的、具體的世界。不必經過抽象思維以名偏限的封閉系統所指定的「爲」，一切可以依循我們的原性完成；不必刻意的用「心」，不依循名制所左右的「心」，我們可以更完全的應和那些進入我們感觸內的事物；把「制割」剔除，我們的胸襟可以完全開放、無礙，任萬物重新自由穿行、活躍、馳騁（「萬物作而不辭」，二章）。莊子所說的「心齋」（莊，一四七頁）、「坐馳」（一五〇頁）、「坐忘」（二八四頁）、和「喪我」（四三——五頁），正是這種不沾名制，超脫圈限的「虛」，「唯道集虛」而致「虛以待物」。帶著「名制」的心，是充滿著執見的；道家的心卻是空的，空而萬物得以完全感印，不被歪曲，不被干擾。止水，萬物得以全然自鑑（莊，一九三頁）。

虛懷而物歸，心無而入神，這個「神」，就是我們的心進入了物象各具其性的內在機樞（「道樞」）以後的狀態。莊子「養生主」裏庖丁解牛的故事，說那庖丁彷彿不見全牛，而看見牛內裏全部的組織，所以刀能律動自如遊於骨節之間，其技至「神」。這種「神」遇的先決條件，便是要斷棄私我名制外加在外物上一切的繩索。

「虛懷而物歸」，「離合」而「引生」，是中國歷代文藝理論的主軸。譬如「收視反聽」、「澄心以凝思」、「課虛無而責有，叩寂寞而求音」（陸機）；「神與物遊…貴在虛靜」（劉勰）；「運思揮毫，意不在畫，故得於畫…不滯於手，不凝於心，不知然而然」（張彥遠）；「素處以默，妙機其微」（司空圖）；「空故納萬境」（蘇東坡）；「不涉理路，不落言筌」（嚴羽）等。

道家的「大制無割」既是通過斷棄私我名制外加在外物上一切的繩索可以窺見，如此則在「少知」與「不知」之間便因著這層領悟而達知其他層面的知。莊子「徐无鬼」章有很細緻的演論：

> 人之知也少，雖少，恃其所不知而後知天之所謂也。知大一。知大陰。知大目。知大均。知大方。知大信。知大定。至矣。大一通之。大陰解之。大目視之。大均像之。大方體之。大信稽之。大定持之。（莊，八七一頁）

這幾句話因爲濃縮了很多道家互相依存的意會，讓我們藉前人利用老莊其他作品的內在廻響的註解分次說明；這些註解大都由老子一句「大制無割」化來。所謂「大一」，即「渾淪未判」（陸長庚）；「大陰」，即「至靜無感」（陸長庚）；「大自」，即「一視無分」（錢穆）；「大均」與「大方」對（劉咸炘）[20]。

在這種獨特的視境裏（即去卻角度、消解距離的視境裏），可以「盡有天循……其解之也、似不解之者；其知之也、似不知之也。不知而後知之。其問之也，不可以有崖、而不可以無崖。頡滑有實。」（莊，八七三頁）道家的知識就是發生在我們介於「名制」中的「知」與物物化育運轉有實的「不可全知」之間的「若即若離」的聯繫。

(一〇) 莊子至禪宗的異常論

本文的開端，用了兩節故事，兩段寓言。一者（知北遊）攻人之未防而有所啟悟；一者（魚樂），在一種特異的邏輯的戲謔中超越了文字而獲一種透明的不知中的知。這是道家中另一種「言無言，未嘗不言」的方式。寓言的應用，產生模稜多義性，如「鳧脛雖短，續之則憂；鶴脛雖長，斷之則悲」，可以同時指向政治體制、人事關係、文字藝術……。莊子裏幾乎所有的故事、寓言（如大鵬與小鳥，如解牛，如井蛙等等）無一不具模稜多義性。而寓言的奇特性和戲謔性，則是一種攻人之未防的「異常」策略，使人飛越常理而有所頓悟。除了本文開端的兩節外，我們還可以舉「莊周夢蝶」那種令人不得不跳離字面而作多方索解的玄思，而最後仍不離「道之不可

---

[20] 錢穆：莊子纂箋。二〇八頁。

解」中之「以不惑解惑、復於不惑、是尙大不惑」而契道之活動。（莊，八七三頁）我們還可以舉以戲謔性和奇特性使人突入悟道的火花，如

東郭子問於莊子曰：所謂道、惡乎在。

莊子曰：無所不在。

東郭子曰：期而後可。

莊子曰：在螻蟻。

曰：何其下邪。

曰：在稊稗。

曰：何其愈下邪。

曰：在瓦甓。

曰：何其愈甚邪。

曰：在屎溺。

東郭子不應。

莊子曰：夫子之問也，固不及質。（莊，七四九——五〇頁）

熟識禪宗公案的讀者，必然可以看出來，這卽是公案常見的手法。事實上，禪宗公案中所用的「異常」策略——包括特異的邏輯，用攻人未防的字句、故事與特技，以戲謔來突破知限，以越常理而使我們跳離字義，以惑作解——都與莊子有一定的血緣。

譬如石頭希遷的答語㈠和雲門文偃的答語㈡都與「道無所不在」的意旨、趣味相通。

(1)問：如何是佛？
曰：碌磚。
問：如何是道？
曰：木頭。

(2)僧問：如何是佛？
雲門曰：乾屎橛。

這種答法，一面固是因爲「道無所不在」，所以任何外物都可以作答，一面都是以戲謔性，以出人意表的趣味，切斷對方之「問」心。

攻人之未防，爲要使迷於一執的人驚悟，禪宗的手法中，有時不惜訴諸傷害。其中最出名的當然是臨濟的棒喝。另一個突出的例子，便是俱胝和尚在其中一童子仿師父豎起一指時用刀截斷他的手指，而當童子叫著走出去的時候，俱胝召喚一聲，童子回過頭來，看見俱胝卻此時豎起指頭而使童子大悟。

驚人之舉之外是驚人之語，如：

(3)問：遇到父親怎麼辦？
曹山本寂曰：「殺」。

「殺」、「斷」這類字眼常見於禪宗的公案，多是用以道斷言語的繩索。沒有一個答案是對的，因爲都是假象；但每一個答案都是對的，反正這只是一種設施。因爲只是一種設施，便可以有種種不可能而又可能的答話。

(4)問：如何是佛？
洞山曰：麻三斤。

以上的答話，都是一種「言無言」。答了沒有？答了。答了沒有？可以說：沒有答。沒有答，並非沒有知。裏面有一種語言的超越，超越了語言而認知(一)道無所不在；(二)道不可以語；(三)語言提供的是有限的知，是假象。斷指是一種行動，沒有用到語言；但行動也是一種語言，在人或事物的演出中，在物物之間我們可以感印一種知，而不必經過語言的說明。

(5)世尊昔在靈山會上，拈華示眾。是時眾皆默然，惟迦葉尊者破顏微笑。

「無言言」，沒有語言中有了語言，「拈華」是一種舉動，是一種事件。是事件便有所示，有知。有一點很重要的，在認定言語不可表無割的大制（道、佛、禪）的同時，道家、禪宗，除了提供一些消解距離、消解語言中的連接媒介、虛位、換位等手法去逗現無以名狀的道之外，都用了語言，而都用了戲劇性的寓言與公案和它特異的邏輯來突破知限，突入一種奇特的知之中。公案的演出意味，比起莊子中戲劇式的對白有過之而無不及。今再舉一例。

(6)某禪師被邀開講，他坐下來，數分鐘後站起來便走。人問，不是要說佛嗎？曰：已做完。

亦是沒有語言中的另一種傳達，但禪宗也用似是而非似非而是的答話，而且常常用高度的詩句：

(7)問：如何是佛法大意？

雲門曰：春來草自草。

答了沒有？好像沒有。說沒有，是一般期望的答案（如佛法是如何如何）沒有。但，答了沒有？答了。因爲「春來草自草」不就是自然之律嗎？不就是自然之道嗎？

(8)僧問：「語默涉離微，如何通不犯？」

風穴曰：「長憶江南三月裏，鷓鴣啼處百花香。」

答了沒有？沒有。但見活潑潑春天的生機：鷓鴣啼，百花香。

美感意識意義成變的理路

——以英國浪漫主義前期自然觀為例

一、楔子

我們會物感思，除了個人主觀的因素、語言訓練、品味、氣質有一定的影響外，我們還受制於所處歷史場合已經體制化的觀、感、思、構、表達模式。本文想就英國浪漫主義前期（至華茲華斯一七七〇——一八五〇）知識份子對自然的反應及處理爲例，來探討美感意識與意義架構的形成、它們對知識份子觀感、表達的制約、以及十八世紀突破這個制約所開出來的視野與從而引發出來至今未能完全解決的問題。本文雖以英國文學爲例，所探討的問題應該側面地對中國傳統美學問題有一定的提示[1]。

說我們對外物的反應常是受制於歷史中體制化的思構形式，最顯著的簡單的例子莫過於我們對「蘋果」的反應。對西方以外的很多讀者而言，蘋果只是蘋果，一種光澤明亮、果肉爽脆、汁液甜美的水果；但對西方的詩人讀者而言，蘋果則不只是蘋果（實指），它還喚起了與「原罪」有關的整套外加的意義架構（托寓、象徵系統。）

二、由馬爾孚的「花園」談起

讓我們現在轉到十七世紀英國詩人安德魯·馬爾孚（Andrew Marvell 1621–1678）的詩「花園」(The Garden) 來。先看詩。以下譯文儘量依從原詩韻腳。

---

❶ 本文的主旨，是要表明歷史與美學架構的辯證關係。文中所涉及十七世紀、十八世紀思想史變動的部份，曾參照了 Marjorie Hope Nicolson 的重要著作 *The Breaking of the Circle* 和 *Mountain Gloom and Mountain Glory*。因爲我國學者還甚少介紹這個階段的文史狀況，很多讀者對這個時代甚少認識，我決定作較大幅度的轉述，以方便中國讀者對這個時代思想衍化的追跡。其他兩本我曾參照的書是 Basil Willey 的 *The Seventeenth Century Background. The Eighteenth Century Background.*

花園

1

人們多無聊啊去爭逐
棕櫚樹、橡樹、月桂樹
他們勞碌無止無休
爲求取某草某木的報酬
而它們的涼蔭如此狹窄短少
正好把他們的徒勞嘲笑
而所有的花和樹則合作無間
去編織那休憩的花環

2

可愛的「幽靜」，妳的姊妹「無邪」
都在這裏安然住下
長久的誤導，我不斷

在忙碌的人羣中追轉
你們的聖枝，如果移到人世
只應生長在林裏樹裏
社會人羣都好粗俗啊
面對這一份甜美的幽獨

3

粉白朱紅皆失寵
在這人見人愛的綠色中
痴的戀人，情火熱煎
把愛人的名字刻在樹前
他們不知道，他們沒注意
羣樹的美，她怎可比擬！
美樹啊，我若要傷你刻記
我便只刻在妳自己的名字

4

當熱情奔放到極致
「愛」最好在這裏隱居
神祇對塵世美的追逐
都全然終結於一棵樹
亞波羅如此追求達芙芮
只是爲她可以生成月桂
牧神潘之追施蓮克斯
不爲女神，只爲一管蘆笛

5

我過的是何等豐富的生活！
落在我頭上的是成熟的蘋果
甘露纍纍的葡萄
瓊漿玉酒往我嘴裏流
桃桃李李，美味甘口

邀我隨意伸手摘收
我走過時，瓜絆脚
花纒身，在草地上跌倒

6

而心，倦於次要的情趣
隱退入它本身的幸福裏
心的海洋中，種種生的「相同」
直尋宇宙中相應的「相同」
而又能超升一切而創造
更遠大的其他世界其他海洋
破毀一切建造
綠蔭中一個綠的思想

7

這裏，靠著滑溜的噴泉

或是果樹苔佈的根鬚前
脫去肉體的外衣
靈魂輕溜入樹枝
然後坐著，像鳥，高鳴
磨磨嘴，把銀羽梳整
等更高遠的飛翔
在羽毛中抖顫多樣的彩光

8

這就是幸福花園的境界
走著無配偶的男人，自由自在
有了這樣純潔美好的地方
還需要什麼樣的幫忙？
能獨自一個人在那裏遨遊
實非凡人所能企求：
獨自一個人在樂園裏

這是兩個樂園的合一

9

園丁如何巧妙地用花卉
畫下這個簇新的日晷
溫和的太陽從天上照晒
穿過馨香的黃道帶
勤忙的蜜蜂，依著自然
也能和我們一樣計算時間
如此甜美健康的分秒
除了花草，我們如何能知曉？

花園在這首詩裏是一個相當繁複的象徵。馬氏有一個眞正的花園做模子，亦即是費爾法斯公卿（Fairfax）的莊園。馬氏曾爲這個莊園寫過許多詩，最出名的，除了本篇之外，便是 Upon Appleton House，在文類上，上承班・瓊生（Ben Jonson 1572–1637），下開蒲伯（Alexander Pope 1688–1744）一系列的「莊園詩」（Estate Poems）。（關於這個文類的特質，見後。）馬氏雖然用了一個實際的花園做範本，他在詩中卻將之比作伊甸園——天眞、無邪、原罪以前的狀態。詩中第五節還令人聯想到伊壁鳩魯斯的享樂主義。

花園是一個圍起來的空間，它供給我們「甜美的幽獨」（第二節）。這個異乎尋常的空間把塵世摒棄在外。這塊「這樣純潔美好的地方」，充滿著神聖的樹木（八、二節），是一個人與自然和諧相處的樂園。花園裏雖然有一個花卉的日晷，花園基本上是超時間的、永恆的；它的完美不會變化。人在大地的樂園上，可以共享它的不朽和自足。

這首詩一開始便歌頌「幽獨」與「冥思」的生活，把仕途看作一種空的榮譽的追逐（塵世的逐樂用棕櫚——勝利的象徵，橡葉——仕途的冠冕，月桂——詩人的榮譽來代表）；詩人認爲在「幽靜」「無邪」的住所內，園林之樂非一般俗人可以了解，應該留給「幽獨」「冥思」的人（馬氏暗指費爾法斯公卿）；人間的愛不值得留戀，園林之美勝過任何情人（「綠色」比「粉白朱紅」來得可愛）；神祇們在性愛的挫折後都在自然裏找到慰安（如達芙芮 Daphne 在亞波羅的追逼下蛻變爲樹，如施蓮克斯 Syrinx 被牧神潘 Pan 追逐而蛻變爲蘆草）；自然是那麼豐富，幾乎以激起情欲的方式來追求詩人，詩人可以從中得到自然的補償；人們可以由肉體昇華到心靈平和的狀態，達到超升一切的創造，一個強而有力的「綠的思想」；如此我們可以重獲「兩個樂園合一」的幸福境界，在這個境界裏，時間沒有制伏花朵的力量……。

以上是這首詩大致的題旨。從這個梗概，我們已經看出詩中自然事物所發散出來的意義完全被鎖在西方特有的意義架構裏；詩中的意象是希羅古典文化和基督教義兩大傳統的交合。「兩個樂園的合一」，指的是史詩中發展出來的 locus amoenus（可愛美好快樂之地）和聖經傳統中的 hortus conclusus（圍起來的花園）的合一；這兩個悠長的傳統對自然和自然事物有著很倔強的「意義圈定」的影響，使到自然事物，像「蘋果」那樣，無法以它們自然而然「本來是怎樣就怎樣」的方式表達它們自己。這首詩裏的意象，像中世紀以來的自然事物一樣，是一種直指與托寓混合不分的意義的活動。當我在「比較詩學」一書裏「中國古典詩和英美詩中山水美感意識的演變」一文中說中國自然詩側重「見山是山，見水是水」，而英國詩傾向「見山不是山，見水不是水」，我所指涉的實在是西方很悠長很深鐫的析解傳統。本文打算以概要的方式探討西方自然景物意義圈定的歷史理路及突破過程中理路的蛻變。

三、自然理想化過程的追跡

locus amoenus（可愛美好快樂之地）是理想化的自然。作爲一種母題（motif），是發展自維吉爾的史詩「伊尼亞德」（Aeneid）。但意念則可追源到荷馬史詩中理想化的自然和提奧克里托斯（Theocritus）牧歌中的亞爾契迪亞（Arcadia，理想鄉）。

把自然景物理想化，在西方文學中的產生，大致是由於人們不願意接受世界上原始的巨大災變而起：所謂「黃金時代」的消失，由奧維德（Ovid）到湯姆遜（James Thomson 1700–1748），不知有多少詩人作過喟嘆。這一個失落後來結合了聖經文化的「伊甸園」的失落，使更多的文人詩人設法回到原眞的時代。山水景物的理想化由是便產生，從整個自然裏特別拈出一些事物加以美化爲一種樂土，或退隱入「花園」中，把自然或花園裏的弱點完全剔除，重組成一個高度美學意義的形式，有時甚至把整個自然看成一個花園（如「伊甸園」），或把花園看成最純潔的原眞的自然。但在西方的文學裏，這個理想化的自然和所有重要的母題，事實上在荷馬和提奧克里托斯的詩中大致已具備。根據羅拔特·寇提斯（Robert Curtius）的研究❷，荷馬詩中的宇宙、大地、人以及自然界事物，都充溢著一種神性，詩中的神祇都生活在一種閑逸中；這個世界並不知道死，不知道悲愴、恐怖面的死，尤其不知道由魔鬼詭計多端的侵擾和以苦刑懲罰那種死。這並不是說這個世界沒有死，沒有懼怕；死與懼怕是屬於自然的死和本能的懼怕，而非逆轉常理常情的打擊。在這種氣氛下，自然事物都充溢者神性，大部分自然事物的描述都極其可愛可親的，其中有不少段落爲後代涉及 locus amoenus 的詩種下了主要的意象與母題。在荷馬兩大史詩中經常出現如下的意象：一組樹，或有清泉的樹林，一片綠油油的草地，其間住著水邊的女神或者雅典娜（Athena）（見 *Iliad* XX. 8; *Odyssey* VI. 124; VI. 291; XVVI. 215）譬如獨目巨人島

---

❷ Robert Curtius, "The Ideal Landscape in Classical Antiquity," *European Literature and Latin Middle Ages.*

上有如下的描述：在灰藍的海岸邊是草地、濕潤、土柔；在這裏，葡萄籐永不死亡；在這裏，是被柔滑地犁翻的泥土；經常有盛大的豐收；天氣則四季如春，最適合植物的茁長，土壤極其肥沃……港口的尖端是由岩穴底下湧出來閃閃生光的清泉，繞著清泉的是白楊樹。另外一些洞穴都有類同的描述，只是樹類果物略有不同而已。

荷馬詩中還有一個花園的描寫，對後世影響極大的，這就是艾克依魯（Alcinous）花園：這裏面有石榴、蘋果（這時的蘋果只是蘋果）、無花果、梨子、橄欖、葡萄。一年四季都有果實，因爲四季都是最祥和的西風，花園裏亦有兩道清泉。（*Odyssey* VII. 112）

除此之外荷馬也談到沒有死病的福土，人們死去的時候，阿波羅和阿爾特美斯（Artemis）用銀箭溫柔地把他們射死，或者被帶到大地的末端，躺在 Elysium 至樂鄉。

我們可以看見樂土的意念在荷馬大致已經具備。這裏面的母題如㈠樂土是心中渴欲的地方，㈡其上有永恆美麗的清泉，是死後生命之所托，㈢景色中有樹木和草地和㈣一地毯的花朵。這和提奧克里托斯牧歌和田園詩中的母題有著相當的應和。

提氏的牧歌與當時的生活有著密切的關係。牧羊的理想地點應該有樹羣、有濃蔭、有岩洞、有清泉；其中理想的人物是牧人，因爲他過的是戶外生活，有休閑的時間，他會寫詩、玩樂器（如牧神潘 Pan）。現舉提氏一例：「在我們的頭上許多由楊樹、榆樹搖曳，附近仙女洞神聖的水悠然湧出，在濃蔭的枝頭上，蟬聲知知不斷，遠處在刺厥叢中貓頭鷹吟叫，雲雀和燕鳥互鳴互唱，全部都呼吸著豐盛夏天的氣息」。

在提氏的牧歌裏，除了以上的母題，還有表達形式的提示：㈠賽唱：兩個牧人爲一個獎品賽唱，由第三者評判；㈡對話：兩個「土氣的鄉下人」用逗弄開玩笑的方式比賽爭辯，有時爲了一個情人，有時爲了羊羣；㈢追求和訴愛；㈣讚歌；㈤有時哀悼一個死去的牧人，如後來的「挽歌」（Dirge），即是莎士比亞時代很普遍地應用的詩題之一。

維吉爾接受了荷馬的「理想山水」和提氏的「牧歌」而做了很重要的綜合。維吉爾的田園詩大大地發揮了牧歌的傳統❸。

關於 locus amoenus（可愛的地方）這個用語就是出自維吉爾史詩「伊尼亞德」。「伊尼亞」爲葬他的好友，要砍下一些樹來生葬火，其中一個條件便是他必須進入下界，另一個條件是在蔭

---

❸ 譬如以下二例：

㈠在山毛櫸層層樹葉的展伸下／你躺著，泰提里斯，你躺著／用你纖細的蘆笛去追求山林的繆斯／我們從親蜜的田野來，我們／從田野去，而你呢，你休閑／在樹蔭下，教林木來應和／你唱的「美麗的孤挺花」——

㈡開始吧，我們既然已經坐在柔草上／既然每個田野，每棵樹都帶來新綠／每個林子都發了葉，一年中最美好的時刻／……既然我們早已同意／你吹蘆笛，我唱歌／我們爲什麼不一同坐下／坐在榆樹與榛樹之間／你老大哥，你先選擇……／在西風吹來影動搖的樹下／或者找那岩洞……看那野葡萄／已經垂下它的初枝……。

谷中找到聖樹的「金枝」。在這段詩裏，伊尼亞要通過的樹林都滿溢著神靈、靈性（後來但丁在「神曲」中也要經過樹林）。他到下界後，到了 Elysium（至樂之土，見該書 VI. 638頁起），該段的起句是

Denvenere *locos* laetos et *amoena* virecta

（他們來到快樂的「地點」，和「可愛」的草地）

locus amoenus（可愛美好快樂之地）便是由 locos 和 amoena 二字演變而來，而成爲西洋文學中一個反覆應用與討論的題旨。其中啟發過但丁和彌爾頓的一段是這樣的：

遠遠的谷裏，他另外看見一個叢林
樹木簌簌響動，他看見一條河
曰忘川，滑溜過安詳的區域
人羣湧現，飄游過來
像夏天的蜜蜂
向光澤燦然的花朵

但丁「神曲」二十八和彌爾頓「失落園」第五章都以維吉爾所發展出來的 locus amoenus 做藍本。在這兩篇裏，我們穿過了林蔭後，便看見純清的溪水，綠草繁花，在飄浮的香中，一個一面歌唱一面摘花的美女出現……我們可以看出由荷馬以還這些母題和意象的持續。

約略在十三、十四世紀之間，從濃厚的宗教畫中出現了 Hortus Conclusus（圍起來的花園）的題旨：一個圍起來的空間裏滿溢著豐盛與純潔，代表聖瑪琍的純潔受胎的聖貞意義．聖瑪琍往往被視爲克服原罪或回到原罪前的第二個夏娃。（事實上馬爾孚在另一首有關花園的詩Upon Appleton House 裏，便以他贊助人 Lord Fairfax 的女兒做這個重獲原罪前貞潔的象徵。）聖母與聖子在中世紀後期的一些畫裏，常常出現在玫瑰園裏，或是林木果實豐盛的園裏。這個花園逐漸被視爲一種重獲的伊甸，園外代表庸俗罪惡的塵世❹。約略在中世紀的末期，locus amoenus 和 hortus conclusus 便被交參地應用著：樂土是一個大的花園，花園是一個小的樂土。

我們溯源至此，馬爾孚「花園」這首詩的美感意識和意義架構的衍化成形已經很清楚。他和他時代的詩人慣於用托寓（而非直指、實指）的表義行爲也很明顯。事實上，由中世紀通過文藝復興到十七世紀，托寓的表義行爲極其普遍。馬爾孚這首詩理路的形成，除了「兩個樂園的合一」

❹ 可參看 Kenneth Clark, *Landscape into Art* (Boston, 1949) pp. 8-11.

之外，還有㈠奧維德「蛻變」一書中敍述「黃金時代」時「混雜林木」的描寫；㈡但丁「神曲」開始時黑暗、逼人的荒野樹林；㈢受「道徵書」（Emblem Books）影響下的「莊園詩」，如利用莊園的美麗、純潔來歌頌贊助人的道德（見班·瓊生的「給賓斯赫斯 To Penshurst」）；㈣「道徵書」圖文並茂的說教傾向。現舉數句以見一斑：「不是說高大的華廈／塗金抹銀／金帷水晶／銅飾錫亮／才是最好的居所，而是／我們得到安全與健康的地方／莊園或微薄／卻可以保持一種安詳的命運……」（馬爾孚的另外兩篇莊園詩，在語氣上和這個例子相當接近）（見附圖一）；㈤最後，十七世紀所承傳的正好是文藝復興時代所盛行的載道載教義說。這些因素都可以說明「托寓」是中世紀以來文學藝術最中心的思維活動。

四、實指、托寓與世界黏合之環

有了中世紀以來西方思維理路成變的了解，我們再看當時的知識份子對自然事物的看法。奧文·巴非爾（Owen Barfield）在他的一册探討西方人對現象界印象遞變的書裏提出一個很重要的觀點❺。他說我們看中世紀文學與藝術的第一個印象時，都會有些「怪異」格格不入的

❺ Owen Barfield, *Saving the Appearances: A Study in Idolatry* (New York, n.d.) pp. 73-78.

感覺：他們把兩種印認外物的方式——實指與象徵（托寓）——混而爲一。同樣是人體、服飾，它們固是物理世界中事物的實指，它們同時是精神世界的重現。一部耕作用的小車同時是艾里查 Elijah（希伯來人物）升天的火戰車。實指與托寓只是我們的分法，對中世紀的人來說，實指與托寓並不是明確二分的。他們看外物，如天地，如水，如空氣，如泥土……都很少實指的。譬如天空吧，天空不只是一個空的大空間而已。白天，天空裏的陽光和我們身體裏的血緊密的相連著；入夜，每一條黃道帶都影響著地球上的一切：金屬、動物、植物、男女。月的運作對萬物的生長有一定的作用。金銀的實質來自日月，銅來自金星，鐵來自火星，鉛來自土星。我們的氣質和健康不知不覺和天體互通消息。我們的音樂來自天體的音樂。又譬如看海，不只是海，因爲海是宇宙四大元素（空氣，水，土，火）之一，貫透地球萬物，進於人體，和人的氣質有一定的關係。

從古代希臘開始便有宏觀世界與微觀世界在結構上實質上是息息相關的說法，基督教義接受了古代宇宙觀後，發展爲一套壟斷思想的宇宙架構。中世紀神學接受了亞理士多德「理出來的」宇宙的模子（由四元素構成的地球中心說），認爲地球是固定的、有限的，佔著宇宙中心的位置。外圈是星辰日月的透明層繞著地球而行。最外層是「不動的動者」上帝。古代微觀世界（人，Microcosm）、地球（Geocosm）和宏觀世界（土，水，空氣，火，Macrocosm）息息相關、互通消息、互可印認的宇宙觀，現在代之以「人、地球、上帝兼含四元素。」照中世紀基督神學的看法，人是仿著地球成形的，人的血液仿似地球上的河流，人的髮仿似樹，人的鼻息仿似風……等，而地球則是仿著上帝（含四元素說）成形的。一個圓仿似另一個圓❻。（請參看㊽。）宏觀世界、地球、微觀世界互爲指認的意義架構直接爲中世紀的詩人提供了托寓性的意象。譬如十七世紀的詩人約翰・唐恩（John Donne 1573-1631）曾說：「我是一個小世界，由四元素巧妙地造成」❼。又如德林蒙得（Drummond 1585-1649）說：「你自己彷彿自成世界，有天，有星，有土，有洪流，有山脈，有林木和一切生長的事物。」❽而元素之間，有序次相生的活動，譬如彌爾頓「失落園」中的天使告誡亞當說：「元素間，粗的養純的，土養海；地球與海養空氣，空氣養火……。」❾四元素直貫世界萬物，以植物世界爲例，根是土，幹是水，葉是空氣，花是火。而在文藝復興時期所流行的四體液（humors）所代表的氣質也是和四元素相認的：憂鬱（土），恬淡（水），血（氣方剛），怒（火）。在莎士比亞和他同代人的畫裏，也常用到四元素來說明人的情緒和宇宙的關係，最出名的是李爾王在大雨中那段話，但類同的話亦見於「漢姆萊特」和「馬克白」的劇中。簡單的說，可以用唐恩的話做代表：激情之火，嘆息之空氣，

❻ Marjorie Nicolson, "The Circle of Perfection," *The Breaking of the Circle*.
❼ "Holy Sonnets, V".
❽ "A Cypresse Grove".
❾ 「失落園」V. 415-418.

淚之水，悲傷之土⑩。這類話在十七世紀（包括馬爾乎）極爲普遍。因爲所有的造物都是神的印跡與簽名，因爲三個世界是如此互認互通的，所以亦爲醫學所借用，譬如當時流行以形似的植物果實治病，如榅桲多毛可以生髮，胡桃肉似人腦可以健腦等等⑪。

所謂「見山不是山」，從中世紀以來的思維習慣來看，更見顯著。自然的事物，除了用以載道托寓以外，甚少「實指」的作用。二十世紀龐德所呼籲的「是一隻鷹就叫它作鷹」在當時根本不會提出，因爲每一事物都有一定的位置，都被放在一定的序次和關聯上，都有一定的指向、影響、印認。事實上這個由宏觀世界到地球到人到萬物的序次，所謂「存在物之大環」（Great Chain of Beings），是當時爲鞏固基督教義權威性而發明的一種階級系統，一種爲萬物定名份、定權限的傳意釋意的行爲。（見附圖二）這個序次的析解活動由十六世紀到十八世紀一直都被普遍地應用著。我們前面提到的「莊園詩」的背後，往往依賴著這個序次的意念去進行，譬如班．瓊生的「給賓斯赫斯」這首詩裏，在讚美他贊助人的莊園之前，便列出由上帝直貫到萬物的序次，先是四元素，然後是上帝，然後是人，然後是動物如馬，水裏的魚，然後是植物，石頭……等。最令人驚異的，魚的存在是樂於被烹，所以快樂地跳到釣魚者的手中！在這個序次裏，由於夏娃的罪，女性自然在男性之下，事實上，是鞏固階級、名份、權限的發明之一。

---

⑩ "The Dissolution".

⑪ Nicolson, 39.

在浪漫主義前期的知識份子與詩人們對自然的反應、他們在詩中自然事物的應用以及他們在秩序的尋求過程中都受著前述的意義架構的制約。而這個意義架構在十八世紀的突破，在西方思想史上既是令人興奮，但也問題重重。讓我們在下一節作一個擇要的追跡。

五、「人病、地病、天亡」：自然的負罪

約翰・唐恩在一首題爲「一個世界之解剖」（Anatomie of a World）的詩，通過伊利莎白・德茱莉（Elizabeth Drury）之死，影射伊利莎白皇后之死；但更重要的是寫整個世界觀的死亡，那個曾給英倫這個國家序次、平衡、意義的「完美之圓」已經破滅。

這個破滅的近因是哥白尼太陽中心系的發現，整套凝合宇宙萬物的地球中心說和「存在物之大環」開始瓦解（事實上，中世紀基督教宇宙觀所代表的權力架構受到質疑與威脅，因而太陽中心系的發現者才被視爲異端而受苦刑的審判。）這個近因卻被與遠因（原罪）相連起來，通過別的古代有關世界逐漸毀損的理論，發展出一些奇異的看法。

簡單的說是「人病」（亞當的失寵——微觀世界的缺失）引發了「地病」（地球在大洪水後出現了疣瘻似的山頭），繼而引發到「天亡」（宏觀世界的破滅）。[12]

---

[12] Nicolson, pp. 106-122.

世界逐漸損毀以至滅亡的說法，古代便已盛行，分爲金、銀、銅、鐵四個時代，由奧維德的「蛻變」到湯姆遜的「四季」，這個主題都曾反覆地被描述。在黃金時代裏，正義女神愛斯蒂里（Astraea）當道，一切完美和諧；在銀的時代裏，女神已經不出現，但仍向世人警告；在銅的時代，女神恨人類而離去；到了鐵的時代，人壞到了極點。

這一個說法在基督敎神學裏有了變化。不少理論（包括馬丁路德）依著上帝六天造成世界的故事分成六個時代：亞當、諾亞、亞伯拉漢、大衞、基督、敎皇。但病的始作俑者是亞當，譬如唐恩說：

亞當的失寵，我們全部罪惡重重。

也就是因爲這樣，但丁才寫他的「神曲」，寫的是由罪愆最深的地獄通過代表爭取向上的煉獄超升到最高幸福的樂園，是寫人類掙扎贖罪的歷驗。同樣，彌爾頓才寫他的「失樂園」（原題是「失去樂園的亞當」），寫人的永刼的墮落。

腐毀與死亡不只發生在人的身上；由於人的罪，由於亞當聽了夏娃的慫恿吃了知識之樹的禁果，腐毀與死亡也傳染到地球上。一個十七世紀的詩人說：「人把天罰擲給世界，而把它整個架構摧毀」。當彌爾頓的夏娃吃那蘋果時

地球感到巨大的創傷

而統領的自然
為她所有的作品而嘆息
並流露著痛楚
當亞當咬那禁果時
地球五臟顫動，然後
攪痛，自然作出第二次的呻吟⑬

地球的外形也大大受到影響，再不能保持它絕對的圓形。我在「中國古典詩和英美詩中山水美感意識的演變」一文中曾說：「在浪漫主義前的英國，有一個現象對我們東方人來說幾乎是不可思議的，那便是十七世紀詩人對山的看法。山，不僅是不美的景物，它根本是一件醜的東西，更不用談靈秀了。」⑭根據當時一些神學的理論，山是上帝用以懲罰人的罪愆的大洪水以後遺下的瘤，是自然的「羞恥和病」。

---

⑬ Nicolson, p. 113.

⑭「比較詩學」（臺北，一九八三）頁一六八。

圓已經不存在。

看，這些可是疣癭嗎？可是地球
臉上的痘瘡？

—Donne: First Anniversary

（德費塞山峯是）「魔鬼的屁股」

—Drayton: Poly-Oblion

在一個荒廢的山後面
湧起兩部份，鼓漲地
仿似我們彎身向地
突出兩個屁股

—Hobbes: De Mirabilibus Pecci Carman

那裏自然只受著污辱
地土如此的畸形，行旅者

應該說這些是自然的羞恥：
像疣腫，像瘤，這邊的山……
那邊藍色瘰癧的渣沫阻住
大地著膿的瘡的流液
一個山被擲入另一個山，是那樣
巨人們攻擊擊雷者的寶座
那裏罪愆累累的 Sodom 和 Gommorrah 一度站立

—Cotton: The Wonders of the Peak

寫「花園」的馬爾孚也說山如鈎形肩膀，是不公正的；自然必須另找中心。

這個奇特的現象曾促使 Majorie Nicolson 寫了一本專書 Mountain Gloom and Mountain Glory（山暗山明）是一本追跡當時知識份子由厭惡山轉化到頌贊山的思想史。我在這方面的知識即由這本書引發。

在西方古典的文獻中，對哲學家（如亞理士多德），對基督教徒（如奧古斯丁），對詩人（如但丁，莎翁）而言，只有物質才會變，天宇和上帝的手工是永恆不變的。這個信念一直持續到十七世紀而甚少被懷疑。

但哥白尼提出了另一種世界的結構，所謂「不動的動者」在地球中心的外圈之說已經破滅；而在一六一〇年加俐略，通過了望遠鏡看到了那個外圈，他到了天宇，但不見「天都」，只有無限的星辰、銀河、一個新的月亮，而且其間可能另有世界，外面還有四個新的行星。科學把舊世界萬物互相應和可知可解的意義架構全盤瓦解了，正如約翰·唐恩所說：

新的哲學把一切都質疑
火那元素完全被搧熄
太陽失落了，而地球，人智
不知如何去追跡
人只好承認這個世界已累死……
一切都已成碎片，所有的凝融都盡失

—First Anniversary

這是西方認知論所面臨最大的危機，以後幾個世紀一連串哲學上的焦慮，可以說，都和這一個破裂有密切的關係。這些碎片如何可以重拼為一個新的架構，可以使一切事物有所歸屬、互應、並納入意義的系統呢？這是後來的知識份子所必須接受的最大的挑戰。

首先，哲學家和詩人們必須另外找出「存在的理由」（raison d'être），重新思考人與自然、人與世界的關係，重新思考所謂「秩序」的依據。浪漫主義者華茲華斯把自然神話化，把上帝的屬性轉化到自然來，並將之視爲有機體，這便是找尋新的析解架構的一種努力；但華氏之能如此還待十八世紀一些知識份子和詩人們的突破，下一節卽著重這個蛻變的歷史。浪漫主義者強調秩序可見於智心的想像活動，說這個智心不但可以認知宇宙的眞質，而且可以賦給事物以秩序與意義，並且是有創造性的有機活動體。這也是在舊秩序破裂後的另一種解決秩序的試圖。我們應該注意到，文藝復興時代並不需要像華茲華斯那樣刻意去發展自然的哲學；因爲在文藝復興時代，所謂「人、地球、上帝」互映互應的圓環世界觀是普遍被認識與接受的架構。十八世紀以後，大部份詩人已經知道那個架構及這個架構中事物的意義都是「虛設」的，所以必須設法製造一種析解的策略。

就是因爲十七世紀之前的感性是一致的、是統一的，才有艾略特「感性之分離」之嘆，而在他第二篇論但丁的文字裏，一反他過去對莎士比亞的高估而認定但丁是較偉大的詩人。他的理由是，在但丁的詩裏，有一個爲全歐洲的人都完全可以印認的架構，他所提出的事物，完全被視爲眞實的（天堂、地獄等）而後來的詩人，必須用詭異的方法，用語言的特技，解決感性的分離。事實上，休默（T. E. Hulme），艾略特，龐德都曾有回到「文藝復興時代」，「回到中世紀」的呼籲。譬如龐德在「論中世紀精神」一文中說：

> 我們似乎已經失去了那個閃閃透亮的世界，在那世界裏，一個思想明亮的邊鋒透入另一個思想，是一個各種氣韻運行的世界……種種磁力成形，可見或隱隱欲現，如但丁的「樂園」，水裏的玻璃，鏡中之象⑮。

指的就是微觀世界與宏觀世界互映互應的情況。（龐德等人偏重在那個世界的表達策略，對於這個系統所含的階級歧視及權限定位，他們沒有明說或者是知而不說；這一點一直爲人詬病，甚至有人將他們的「貴族意識」視爲法西斯思想。）

隨著舊有秩序的破滅，語言（記著：語言是一種歷史的產物，其成形已經反覆寫著體制種種的標誌）也跟著失眞，因爲它所含帶的意義架構破產了。可以預期會發生的，是語言哲學的再思考，這包括後來象徵主義把語言提昇到能自創世界的潛力，在風格問題上變得刻意與專門（「語言卽世界」，「風格絕對論」，「美卽宗教」），包括近人海德格和維根斯坦對語言重新的質疑，都因爲舊秩序中語言背負著種種已經失眞的架構的關係。

至於科學所引起的一連串複雜的問題，則必需留待另一個篇章處理。在此，我願意錄下我在「語言與眞實世界」一文中提示性的幾句話：

---

⑮ Ezra Pound, *The Literary Essays of Ezra Pound* (New York, 1954) p. 154.

科學要求實驗實證得來的眞理，形而上哲學所提供的「眞理」，道德哲學所提供的「眞理」，有多少可靠性呢？這個問題的提出，再進一步使到西方知識份子對自我發生徬徨。懷海德（A. N. Whitehead）用丁尼生一句詩來說明這個徬徨的危機。丁尼生的詩句是：「星盲目地運轉。」如果星辰按照某種原子的律法盲目的轉動，那麼我們體內的分子是不是也盲目地運行呢？如果是，我們便無法爲我們的行爲負道德責任。如果是，我們又如何去了解「自我」的全部意義呢？科學對種種既定型範的質疑，一面促使到「人的意義」的追索（譬如作爲現象哲學一部份的存在主義），對人的心理結構及行爲的探討（如精神分析），另一面促使到「人與宇宙現象關係」的全面思考（如現象派哲學），或通過科學邏輯辯證對歷史現象作歸納的解說（如辯證論）⑯。

六、自然即無限與雄偉：對大地的新解說

「人病→地病→天亡」這個思想、感受的負擔，在十七世紀末十八世紀初仍然非常沈重。譬如當時極流行的三本「大地神學」的書，都令人覺得大地極其醜陋、恐怖、難以入目。這三本書

⑯「比較詩學」頁一二〇——一二一。

卽是班納特的「大地聖論」(Thomas Burnet: *Sacred Theory of the Earth* 1681–9)；約翰・雷的「主在創造中的智慧」(John Ray: *Wisdom of God in the Creation*) 和德爾漢的「物理神學」(William Derham: *Physico-Theology*)。其中以班納特的書最具影響力、也最具代表性。根據班氏的說法，我們看到的世界並非上帝原來設計的樣子。現在的世界是一個巨大的廢墟，一個傷殘的樂土。班氏說：

> 雖然大地片面看有些地方規則而美，這裏一塊，那裏一圈，但如果我們把整個表面來看，卻是破碎混亂的一堆物體；沒有次序，也沒有相對的規則……粗野而巖巉，在我看來是一個大廢墟的造形，世界躺在廢物中的相貌⑰。

地面下：恐怖的墓窖，充滿著煙火，充滿著水，充滿著水氣。班氏認爲萬物最初應該都是對稱均匀地由上帝創造出來的，不似現在的凌亂。（按：所謂「對稱，規則，節制」，西方一直承襲著古希臘的美的規條，班氏亦不例外。這個美的規條最顯著的莫過歐洲的花園，往往作幾何線條式處理，右邊一棵樹必須左邊一棵樹作等距的對稱。人工意味很重，不似中國花園那樣著重近似不

---

⑰ Thomas Burnett, *Sacred Theory of the Earth* (1684ed) p. 109 ff

規則而自成規則的自然。）

地面不美，海面亦然：「海充滿混亂的跡象，缺乏平衡，我們敢說，它必然不屬於最初的秩序，而是人類墮落後的一種代用品。」然後，班氏用一種似是而非的擬似科學的方法，說明大地如何生長變化；但歸究到底，圓球式的伊甸落得今日的下場，都是因爲人犯的罪受上帝大洪水懲罰以後的結果。約翰・雷和德爾漢所描述的大地亦大同小異。

在十七世紀和十八世紀初，突然，有關人類、自然、上帝的看法，三條悲觀的線路交疊在一起。傳統一向接受基督教義中有關人性衰敗的說法。大約在中世紀時，衰敗、腐毀的意念由人轉移到自然，以高山和深海作爲病徵。十七世紀初，腐敗的想法再延伸，天體的系統可能亡滅。十八世紀的哲學科學家針對這三種想法而提出反對的理論，認爲人性是善的；自然（大地）並沒有受到咒罰，大地實在是上帝的顯影，美麗而值得讚歎；而宇宙呈現的正是代表「無限」⑱。這幾種反應，爲後來者奪回了原是美麗的自然和山水景物。造成這個扭轉的知識分子相當多而複雜，但重要的有牛頓（1642–1727），約翰・洛克（John Locke 1632–1740），丹尼斯（John Dennis 1657–1734）和夏夫士布里（Anphony Ashley Shaftesbury 1621–1683）。

十八世紀詩人蒲伯有兩句話正可代表這個重要轉變之一：

---

⑱ Nicolson, *Mountain Gloom and Mountain Glory* (New York, 1959) pp. 111-112.

自然與自然的律法隱蔽於黑夜
上帝說：讓牛頓去辨！便一切都是光！

在十八世紀以前，神學家、哲學家、科學家並不分家，當時的哥白尼，加俐略等原是要證明神的存在才窺視宇宙的秘密的，起先完全沒有要推翻中世紀神學的整套架構。牛頓所帶來的，是打破了過去通過神秘靈視、顯靈、或書本的權威去肯定「眞理」的信念——這些「眞理」不但無法證明，而且互相之間充滿著矛盾；牛頓通過望遠鏡（像加俐略一樣），通過顯微鏡，用可以實驗證明的方法，指出宇宙間所有的自然現象都受制於一定的律法，這種到處可見的自然的神工正是神的存在最好的說明。而曾經受過牛頓啟發的洛克也說：自然的造物每一處都足以證明一個主宰的存在。而自然的律法不但是神的律法，而且還合乎希臘古典以來所強調「美」中之秩序、規則、均衡、節制。

突然間，「地病」的自然有了全新的看法，上帝的雄偉被轉移到星際太空的描寫，後來又轉移到對大地山巒的讚歎。

在我們舉出一些例子之前，我們還需敍述洛克「所有知識來自感觀經驗」之說，對這個時期爲知識分子打開的局面。洛克提出感覺和觀照作爲知識成形的條件，其中對外物強烈的物質屬性和感覺接受外物時的被動性特別的偏重[19]。知識是外物的實質和我們對它們的觀念的相應；知識不是由主觀的思維決定一切[20]。在強調感覺的被動性時，他特別指出「視覺」爲最完全的感覺，用受過他影響的華茲華斯的話說：

眼睛——它沒有別的選擇而視看；
我們不能叫我們的耳朵靜而不聽
我們的身體感覺事物，隨物而感
有時依著我們的意志，有時逆著而行[21]。

如果說牛頓的實驗對過去武斷的「眞理」挑戰，洛克的經驗論可以說是對過去唯理性主義質疑，而開出十八世紀到浪漫主義經驗與情感的依據；而視覺性在領受外物上佔著上風，不但回應著科學家們去重新發現世界的「物眼」如望遠鏡和顯微鏡，而且還給後來的詩人和理論家新的眼睛去領受自然事物。（理論家艾迪生 Addison 1672–1719；詩人如湯姆遜和華茲華斯。）

事實上，這個現象卽在十七世紀已見端倪。就連曾經醜化山水的班納特有時也爲山水的雄奇

---

[19] *Essay Concerning Human Understanding* Book ii 9, Section 1.

[20] *Essay* Book IV. 4.

[21] "Expostulation and Reply."

而驚歎，在用語上接近後來所盛行的所謂「雄偉風格」(Sublime)。

> 自然界龐大的事物看來……最心曠神怡，天穹之巨環，星羣所居無垠之領域。再沒有什麼東西比得上澗海高山更令人快樂……我們自然會想到上帝，祂的偉大……無盡……那些大得我們無法理解的事物充溢著我們的腦袋，以它們的「超溢」重壓我們的思維，投給我們一種驚愕與驚羨[22]。

約翰・雷也說「主啊，祢的造物何其多樣！……把我帶入一種驚異驚羨的狂喜……大幅度的自然現象，像顯微鏡所流露的，都指向一種屬於神的原始。[23]」一般知識分子此時都像德爾漢那樣感到地球這世界「太雄奇了，除了上帝，只有上帝才能創製。[24]」

肉眼與物眼都急著去看這個無垠的世界，看這個無垠的世界必需要用鳥瞰的角度，宇宙的視角，而這兩者（鳥瞰的角度和望遠鏡）都經常出現於彌爾頓的詩中：

---

[22] *Sacred Theory of the Earth*, I, 188-189.

[23] Basil Willey, *The Eighteenth Century Background* (New York, 1961) pp. 35-36.

[24] Willey, 40.

景是如此之大

這裏那裏可容下荒蕪大漠……

這裏，你看！

Assyria，王國古老的邊疆

Araxes，和 Caspiân 湖，從那裏

一直伸向 Indus 東，到 Euphrâtes 西，

乃至更遠，南至波斯海灣……好一片

大大的山水㉕

彌爾頓在詩中經常提到「視鏡」（卽望遠鏡 the optick glass）或 optic skill of vision（視覺的「鏡」視法）或 glass of telescope（望遠鏡）㉖。

㉕ *Paradise Regained*, III, 262-274.

㉖ 我在「物眼呈千意・意眼入萬眞——與陳其寬談他畫中的攝景」一文中（見我卽將由三民書局出版的「中國現代畫的生成」一書）曾對這個問題作如下的申述：「望遠鏡所給他們（十七十八世紀的詩人）的視野………增加了一樣以前沒有的視界：那便是無限天象、無限山川、城市的描寫，用視覺性極強的意象……這種工業、科學的經驗影響了創作者的意識與表達，和你（陳其寬）的情形很相像（按：陳氏用飛機從太空看地面的視覺經驗畫山水。）」

約略在十七世紀中，不少旅遊文學家離開了平平的英國到瑞士的愛爾卑斯山，都驚異愛爾卑斯山的壯美和雄偉，陸續發表了讚歎山水的文字，其中以丹尼斯的散文最受注意。他的描寫助長了「雄偉」觀念的流行與生根。他驚嘆這些「想像不到的高峯」、「垂天的巨岩」、「深得令人懼怕的絕壁」、「咆哮澎湃在谷底的洪流」，都是全新的、令人驚異的景象：

> 這些景象在我心中引起各種不同的情緒，一種快樂的恐怖，一種可怕的愉悅，而同時是無限的喜歡，我在它們面前顫慄㉗。

丹尼斯還沒有脫離宗教留給他的看法，他仍然先把這些巨大的景象看成是一種廢墟的遺跡，他也沒有脫離古典美學的意識，他仍然視山水的不規則爲不美；但另一方面，他無法不承認外在景色打動他心弦，是令他狂喜的雄偉氣象。

我們必須注意到，在西方雄偉的觀念裏，由於宗教的負擔而多了「快樂的恐怖」這一個層面，是在基督教義之前古典美學中如朗札那斯（Longinus）「論崇高雄渾」（On Sublime）中所沒有的。（不必說，中國的雄渾的觀念中也沒有。）但由於十七世紀、十八世紀對無限和龐大自然事物的喜愛，朗札那斯的「論崇高雄渾」此時被譯介到英國來，正是一拍卽合地大大發揮了作

㉗ *Mountain Gloom and Mountain Glory*, 277

用。

但眞正把自然作出完全的肯定的是夏夫士布里。事實上他那套「自然道德論」不但爲後來者把自然從宗敎歪曲的枷鎖釋放出來，而且還肯定了人，作爲自然的產物，依著自然的本能，也必然是善的，而抗拒了「人病」的悲觀氣氛的瀰漫。他認爲人的想像是從自然大地的廣濶裏升向對神的孕思，他提出了三重有關無限的美學㉘，他利用了哲學家（Philocles）和神學家（Theocles）這兩個角色的對話。關於上帝：

> 祢的存在是無邊的，追踪不到的，探尋不入的……在祢的龐大裏，所有的思想都失跡……找不到崖岸，找不到海洋的盡頭……回頭看，頓感此身狹窄而祢無限滿溢，我再不敢面對驚人的深處或神深淵的聲音。

當他們轉向星際的太空，科學所打開的領域，夏氏用的雖是對話體，所描述的過程則是想像在太空穿行，尋找世界以外的世界，發現「鄰近的星球」，星羣湧現，量不盡，數不盡的天體。

他們繼而在地球上旅行，借助望遠鏡所開拓的視野，穿越種種不同氣候的領域，而發現自然到處都如此豐盛而多變化，用種種不同的形式而存在著。「行旅」作爲一種流露及組織自然事物

㉘ 前書頁二九一。

的策略，奠定了後來湯姆遜「四季」一詩，和華茲華斯大部分的詩，包括「序曲」的呈露自然的方法。這裏比較特殊的是：過去的學者始終無法接受自然的不規則和多樣性，但夏氏在這裏作出完全的肯定，首次打破希臘以來所強調的對稱，均衡與節制。譬如哲學家說：

> 我再無法抗拒我對「自然」的事物在我心中所生的激情……甚至那些粗糙的岩石，滿佈青苔的地穴，那些不規則未經鑿刻的岩洞，中斷的瀑布，包括荒野本身恐怖的天惠，都正代表自然，代表自然更迷人的呈現。

在整篇描述中，都充滿著頓呼式的頌讚如「何其偉大啊！」這類修辭。原是用以頌讚上帝的用語，先是移用到充滿著神的律法的星際太空，然後再移用到自然事物，這三重有關無限的美學爲浪漫主義舖下了主要的修辭的策略。

我們這裏只想提供浪漫主義前驅批評家艾迪生的「想像理論」和湯姆遜「四季」中的策略，作爲這段自然觀理路的追跡的一個結束。

艾迪生的「想像的樂趣」（一七一二年）正可反映這個時期對自然的解說，配合了牛頓的「望遠鏡式」的視角，洛克經驗論中的視覺至上論，和其他知識分子所提供的「雄偉論」與「無限美學」：

> 想像的樂趣全然來自對「龐大」「異常」「美麗」的事物的感觀……所謂龐大，指的不是一物的龐大，而是整個景象的龐大……開濶的原野，未耕作的沙漠，一大堆山羣，一大片水……我們的想像樂於被事物塡滿，或去把捉它無法容納的事物……開濶的境界是自由的形象，可以遊目四方……而溶失在萬變之象中，對永恒與無限思索㉙。

湯姆遜的「四季」是中國人研究英國文學最容易忽略的詩人。批評家撒姆爾・約翰遜（Samuel Johnson 1709-1784）曾嚴厲地批評湯姆遜說「四季」最大的缺點是缺乏方法，說這一點沒有什麼補救的方法。詩中許多現象同時出現，沒有什麼尺度可以說明爲什麼此先彼後。這個意見一方面說明約翰遜仍堅持著古典主義縱時式直線發展的因果律，另一方面反映出舊秩序破滅後詩人面臨一個不知如何去建立、組織秩序的問題，正如維利（Basil Willey）在他的「十七世紀背景」一書附錄的「華茲華斯與洛克傳統」一文所說：「詩人孤獨地面對一個視覺世界㉚。」「孤獨地」，因爲舊世界黏合的架構沒有了。而在這個關鍵上，湯姆遜「在創作上」實踐了夏氏等人的理論，並提供了一連串新的策略，這也是爲什麼他得到韋律瑞己和華茲華斯稱許的原因。

㉙ *Criticism: the Major Texts* ed. Walter J. Bate (New York, 1982) "The Pleasures of the Imagination", p. 184.

㉚ Basil Willey, *The Seventeenth Century Background* (New York, 1953) p. 294.

湯姆遜的「四季」一面肯定了夏氏的論點：自然是完整神性的，眞的宗教情緒應該來自自然而非神秘顯靈，人像自然一樣是善的，人應依自然而行，我們應該依賴常識，依賴心智自由的玩味；一面提供了配合這個新自然觀所需的表達方式，來彌補或代替舊有世界破滅後的空缺。

策略之一是大大提高詩中的視覺活動，通過自然景物在眼前演現、活現的戲劇性，給予詩中景物一種因直接性而產生的凝融作用。在這個策略的活用上，首先是承襲了夏氏等人的「行旅」的呈露程序，在呈露自然事物的過程中，他常常帶有「如畫」的視覺。「如畫」的視覺在十八世紀被大量地應用著，蒲伯和湯姆遜都曾大量地應用意大利畫家克羅德・羅蘭（Claude Lorrain 1600–1682）和薩佛陀・羅沙（Salvator Rosa 1615–1673）等人的畫景作爲視覺的組織方式。（畫中的自然觀的轉變和詩中的自然觀的轉變有極相似的理路，但我們在這裏無法進入討論，請參閱 Kenneth Clark, *Landscape into Art*（London, 1949）; Samuel H. Monk, *The Sublime*（Ann Arbor, 1960）; Jeffry B. Spencer, *Heroic Nature: Ideal Landscape in English Poetry from Marvell to Thomson*（Evanston, 1973）等書）。

這裏我們應該指出的是，當說明性、直線時間發展的、因果律的黏合架構失勢後，詩人不自覺地會從理知的活動轉移到視覺的活動，這一面固然是洛克的提示，另一方面卻是，畫作爲一種姐妹藝術，正好提供了空間組織的策略。

在湯姆遜的「四季」裏，我們看到多種浪漫主義常用的修辭策略；也可以這樣說，湯姆遜在綜合十七世紀末、十八世紀初的遺產時，無形中爲浪漫主義開拓並存藏了多種修辭與表達的技巧。在他的詩中，我們看到了近乎宗教情操對自然頌讚的頓呼語調、語態，包括喚起式和狂喜的情緒；我們看到彌爾頓式的「雄偉」句式；在他對自然的凝注裏，並沒有忘記他歷史的位置，一面回憶到古代有關「黃金時代」的自然景象和維吉爾的田園境界作爲一種映照與觀照，一面也融合了科學的精神，用牛頓的眼睛去析解宇宙自然現象，同時以我們從四季交替變換的經驗來印證。

在湯姆遜通過「行旅」探索自然現象演化時，他欲跡寫的視覺活動經常是游離於張力與動力之間，如氣勢氣氛氣象的營造：

先是愁苦糢糊的雨
驅入滲混著水氣的九層天
衝向山之頭額，搖撼林木
沉吟波下，那襤褸的原野
伸臥成泥黃的水災，當低彎的雲
把洪流灌入洪流裏，仍舊無窮地
混合著，深透入夜，把白日的

美顏蓋合㉛

詩中的動力常見於連續激烈的動詞或形容詞的應用，如

那裏聚合著三重的力量，迅速，深邃
它滾動，旋行，吐沫，雷動前行㉜

——rapid, deep, boils, wheels, foams, thunders。整個自然像一個舞臺，也像銀幕，讓我們「親睹」自然活動一步一步的演出。在湯姆遜這首詩裏，激烈的動詞、形容詞混合著一些類似舞臺的定向定時的指標如「向下」「穿過」「向上」「現在」「然後」等，逼使讀者刻刻追隨著詩人的視覺活動。讓我們現在看一段（「」號是我附加的）：

從風暴中「突然」「爆放出來」
而「**擲向**」整片沉澱的空氣裏

㉛ "Winter", 七三——八〇行。
㉜ 同詩一〇四——一〇五行。

「**然後衝下**」在洪流裏。在被動的大海上
「**降落**」輕飄空氣的力量，強勁的風
把失去色澤的深底「**翻轉**」
「**穿過**」龐然坐著的黑色的夜
「**撕**」成泡沫，那「**狂蠻衝撞**」的鹽白
彷彿在一千萬「**怒**」浪上「**燃燒**」
「**就在此時**」，山浪，「**向著**」雲層
以怖人的混亂，浪浪地「**高湧**」
「**狂呼怒吼**」「**爆破**」爲混沌
把船艦自碼頭逐離
狂野如風「**橫過**」呼吼的
大水「**飛騰的**」大荒：「**現在**」：鼓漲的浪
費力騰躍。「**現在**」：奔騰的冲射
「**入**」深海祕密的居室㉝

㉝同詩一五三——一七〇行。

自然景物的相互關係已經不是中世紀以來十七世紀以前托寓的、「見山不是山見水不是水」的特異意義架構，而是從那種意義架構釋放出來的自然景物互玩互持。這裏的凝融是直接性、戲劇性、張力、動力的弧線。

這裏所提供的秩序凝融的策略，不但爲後來者華茲華斯舖了廣濶的道路，而且還遙遙的指引了現代主義的一些風格，如用抓住我們注意力、依隨著自然轉折的動詞、形容詞，我們在二十世紀的威廉斯的詩中可以找到顯著的廻響。唐林蓀（Charles Tomlinson）曾指出威廉斯的詩充滿著停止轉折收放的字眼來迫使讀者刻刻注意眼前事物的生長或活動。威廉斯自己有一句話更能表示這個意思：「一個會走路的人應該能夠轉變步調、停、開始、轉、踏上、踏下、彎、匐伏而行、輕鬆地、敏捷地、而不會失去平衡或旋律」㉞。他的詩是「一個感物的瞬間，必須馬上直接的引向另一個感物的瞬間。就是說：時時刻刻……與之挺進，繼續挺進，依著速度，抓住神經……必須移動，一觸卽發地，向另一瞬間。㉟」威廉斯的詩有非常多的活躍性的動詞、或有動詞效果的形容詞與前置詞。

㉞ Charles Tomlinson ed. *William Carlos Williams* (Penguin Books 1976) p. 12.

㉟ Charles Olson, *Selected Writings* (New York, 1966), p. 17。這段話和威廉斯的關係見我的「比較詩學」頁七〇。

春　弦（Spring Strains）

在藍灰花蕊紙薄的單調裏
擁擠亢奮挺立向天空——
　弦緊藍灰的樹枝
如錨微微彎垂，拉
進——
　兩隻藍灰的鳥追著
第三隻作圈形爭逐，轉角，
迅速地交匯於一點，馬上
爆放開來！
　搖動彎垂的枝幹
拖向下方，把天空吸入
從後面突出，泥膠黏合地
頂向緊逼在一起的裂縫，石藍色

泥橙色

　　但——

（緊抱在一起，僵硬連合的樹！）
那使人目盲邊紅的日暈——
爬動的氣，濃聚
抗拒之力——焊接天空、花蕊、樹
接合爲一個融凝的皺摺！
枝穿出去！把整個抗拒的
聚力拖向上，向左邊，在
連直根都要拔起巨大的
拖動中，把那猶待清明的
不透明的地土鎖住！

在藍灰花蕊紙薄的單調中
兩隻藍灰的鳥，追著第三隻
全力鳴叫！現在牠們

撤向外圈而上——突然失去！

我們這裏提供現代的威廉斯，並不是說現代的詩人（這裏包括意象派和後現代主義者）直接從湯姆遜的詩裏吸取了滋養，而是說，在十七世紀前那套黏合架構破滅後，所有的創作者必需用心在文字裏營造一種凝聚力，來代替以前那套武斷的意義架構。我們現在可以很清楚地看見美學的、語言的策略完全是隨著觀、感程序和思構形式而變化的，而這個變化則完全要回到歷史中思想體制化的過程去了解。符號的系統不是脫離歷史、社會可以自成傳意行爲的，傳意釋意活動（傳釋活動）必然無間地出入於體制化的架構中，欲擒欲縱地求變化。

七、對中國文學研究的提示

對英國文化文學中這個美感意識意義架構成變理路的追跡，對我們中國文學的研究有什麼提示呢？本文將無法作大幅度的討論，其中一個層次——中國山水意識與英美山水意識的比較——我已經有另文處理，可以參看㊱。但我應該在這裏簡略地提供一些角度，讓讀者與同好思索。

首先，我們很快便看出來，由於我們一開始便沒有「原罪」的負擔，事實上，甚至可以說，

㊱「比較詩學」頁一三五——一九四「中國古典詩和英美詩中山水美感意識的演變」。

我們一開始便沒有宗教的干預，我們和自然的關係，我們對自然的看法，一向便能做到溶入萬有，和諧相處，加上道家的推動，很快便從「物各自然」「道無所不在」的觀念中，提供「山水是道」「目擊道存」「以物觀物」「萬殊莫不均」「即物即真」的自然觀。把自然看成完全不需人外加意義而能「無言獨化」地表現自己（自然而然）的看法，在西方要到現代主義後期才見可能。（見我「比較詩學」一書中頁八七——一九四。）

但這並不是說，中國的詩學可以脫離歷史中思想體制化的特有過程去看。我們在本篇所提供的研究方式，也正是：中國美學中任何的層次都必需在歷史中成變意義架構中去印認。

我們雖然說中國沒有「原罪」的負擔，沒有宗教武斷的干預，但我們仍然需要一個有黏合作用的意義架構，萬物始可以歸屬。譬如易經卦象所提供的「易有太極，是生兩儀，兩儀生四象，四象生八卦」和卦象的「旁通」「變爻」，便是使萬物萬象黏合的一種架構（見我的另篇「秘響旁通」——文意的派生與交相引發」本冊頁八九——一一三）。則道家破解了「名制」那種圈定權限範圍的意義架構以後（見我的「言無言：道家知識論」）㊲，也必須提供一種不著名言的言，一種「無」的美學和攻人未防的「異常」策略。

我們在此還可以問，當中國古代的知識份子面對宇宙和自然，他們作怎樣的冥思呢？我們如

㊲ 見本册頁一一五——一五四。

果從西方「宏觀世界、地球、微觀世界」這個架構來比對看;中國也有類似的嘗試與說法,那便是「天文、地理、人文」的互應,雖然在實際內容上有顯著的不同[38];從比較文學的立場來看,其間相異的地方,無疑應該是我們著眼的地方,我們才可以了解我們面對同樣的事物時為什麼有完全不同的聯想,有完全不同的價值階梯。但這些差異的全面處理必需由另文處理。在此,我們的思索應該指向這種架構建立的緣由。

我們或可以如此臆測:知天是人生存的必需條件之一,知道人在整個宇宙萬物中所屬位置和與萬物的關係,我們始知道我們生存的意義與運作的方式。對於天(宇宙萬物運作)的觀察與思索,在最初的時候,科學與哲學是含混不分的。古代的思想家,對天象的觀察,通過一些幾何的推理,決定天體活動的狀態(西方的科學思維即以此開始),然後再聯想到人所處的地球的位置,譬如古代西方從四元素——土、水、空氣、火——的屬性,來推理出「地球中心說」,然後再轉到人的解釋,如本文第四部分所述。觀天地而定人事,在中國古代論著中亦常見。譬如「古者包犧氏之王天下也,仰則觀象於天,俯則觀法於地……以類萬物之情。」又譬如「昔者聖人之作易也,將以順性命之理。是以立天之道曰陰陽,立地之道曰柔剛,立人之道曰仁義。」這些儒家的易解,和後來的「政制象天」是緊密地通著消息的。

[38] 其實「淮南子」卷七也有天地大宇宙印證於人身小宇宙的說法,如「……膽為雲,肺為氣,脾為風,腎為雨,肝為雷,以與天地相參也,而心為之主。是故耳目者,日月也;血氣者,風雨也……。」

有趣的是：西方古代用四元素來解釋宇宙並為萬物定位，中國古代則有五行的發明，在作用上有相當的類似。在西方也有「政制象天」的說法㊴。在前述第四節論到的「存在物之大環」的階級系統裏，除了由四元素↓上帝↓人↓動物↓植物↓石頭的序次外，還貫通到人事與政制，並作了如下的定位：

腦居上位　　肉體居下位

男人居上位　　女人居下位

王居上位　　國居下位

㊴ 可參看 Mary Douglas 的著作如 *Natural Symbols: Explorations in Cosmology* (New York, 1970) 與 *Purity & Danger: An Analysis of the Concepts of Pollution and Taboo* (London, 1978) 論及個體與社會結構、天人感應的方式；Francis A. Yates 的 *Astraea: The Imperial Theme in the Sixteenth Century* 與 Roy Strong 的 *The Cult of Elizabeth: Elizabethan Portraiture and Pageautry*，從政治、藝術、民俗活動的觀點，探討王上與臣民的交互關係，也觸及天人感應說。最近研究國土、地圖與政治之感應者，有 Richard Helgerson 的 "The Land Speaks", *Representations* 16 (1986): 51-85; Jonanathan Goldberg 的 Fatherly Anthority: The Politics of Stuart Family Images", *Rewriting the Renaissance: The Discourses of Sexual Difference in Early Modern Europe*, ed. Margaret W. Ferguson, et al (Chicago: U of Chicago Press, 1986) 3-32 也討論到上下、父子的感應關係。

上帝居上位　　世界居下位

如前所述，這些定位完全是爲了鞏固權力架構所作出的析解活動。類似的析解活動，不但見於周朝的名制，也見於易經儒家所附的繫辭裏「天尊地卑，乾坤定矣……乾道成男，坤道成女」，是一反乾坤原有平等的地位，而將之析解爲後來君臣、父子、夫婦的尊卑關係。

「政制象天」大幅度的發揮，在中國，當推董仲舒的「天人感應說」，更是著著爲統治者解說。譬如說「元者爲萬物之本」，又說「人臣之元爲父爲君」，再說「唯天子受命於天，天下受命於天子」[40]，就是爲「天子」「天命」這個權威的「必然性」作「合理」的解釋。他繼而推出一套宇宙觀來說明當時官制和權力分配是取法於天。先由一元之大始，分爲陰陽，四時，五行的活動，不但可以解釋三公、九卿、二十七大夫等等的設立，而且並以五行貫通所謂人副天數的關係[41]，體系相當細密，現以圖解簡化於後以見一斑：

---

[40] 依次「春秋繁露」重政十三；王道六和立元神十九；「春秋繁露」爲人者天。

[41] 「春秋繁露」卷七，官制象天。

我們可以看見「君權神授」，「政制象天」，作爲一種析解的活動與架構，雖有細節上的差別，但在鞏固權力作用上是完全相同的。

西方浪漫主義前期自然觀成變的追跡裏還提供了兩個我們可以思索、比較的課題，這裏我只

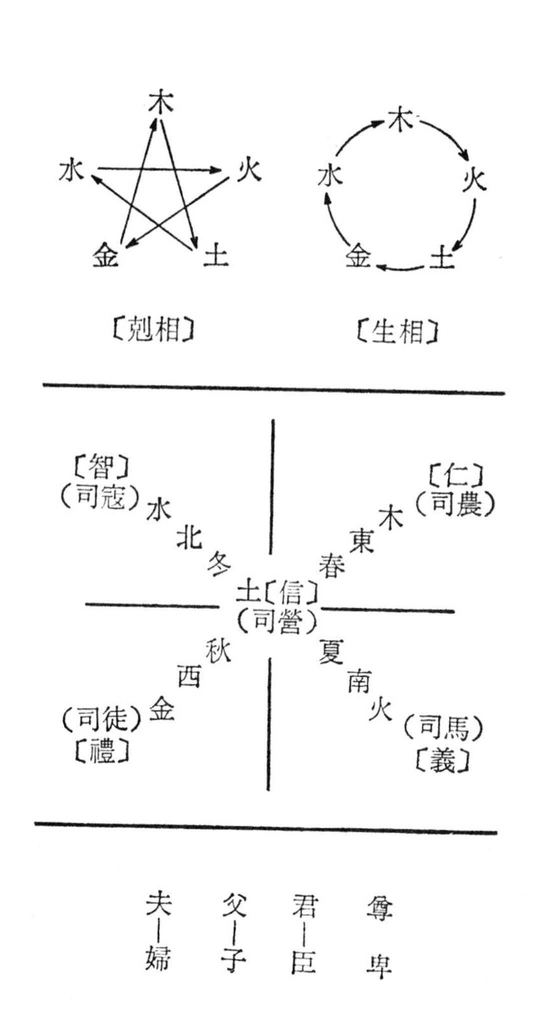

想提供，不作細論。其一是：西方古代理想山水和牧歌㊷發展出來的 locus amoenus 和中國的「桃花源」有什麼相似相異之處？「桃花源」最早的胎型從何處來？它的成變的理路是怎樣的？它後來的蛻變有什麼母題的演進？其二是：十七世紀以來的莊園詩，是利用莊園代表的完整的世界觀（如班‧瓊生），利用莊園反映出來的「政制象天」（如蒲伯的「溫莎林園」Windsor Forest）或是利用莊園代表的道德人格（如馬爾孚的「花園」）來頌讚贊助人的高尚人格與情操。這種做法和漢賦中如「上林賦」歌頌漢帝的御花園及花園所代表的「象天」的架勢有什麼相似相異之處？詩人與贊助人之間對作品的製成有什麼辯證的關係？這些都是比較文學者應該探討的課題。

㊷ 西方十八世紀田園和理想山水的處理，可參看 Roger Sales, *English Literature in History 1780–1830: Pastoral and Politics*（New York, 1983）提出五個R：Refuge（退隱），Reflection（靜思），Rescue（救贖），Requiem（安靈），Reconstruction（重建）。

附圖一——徵道書一例

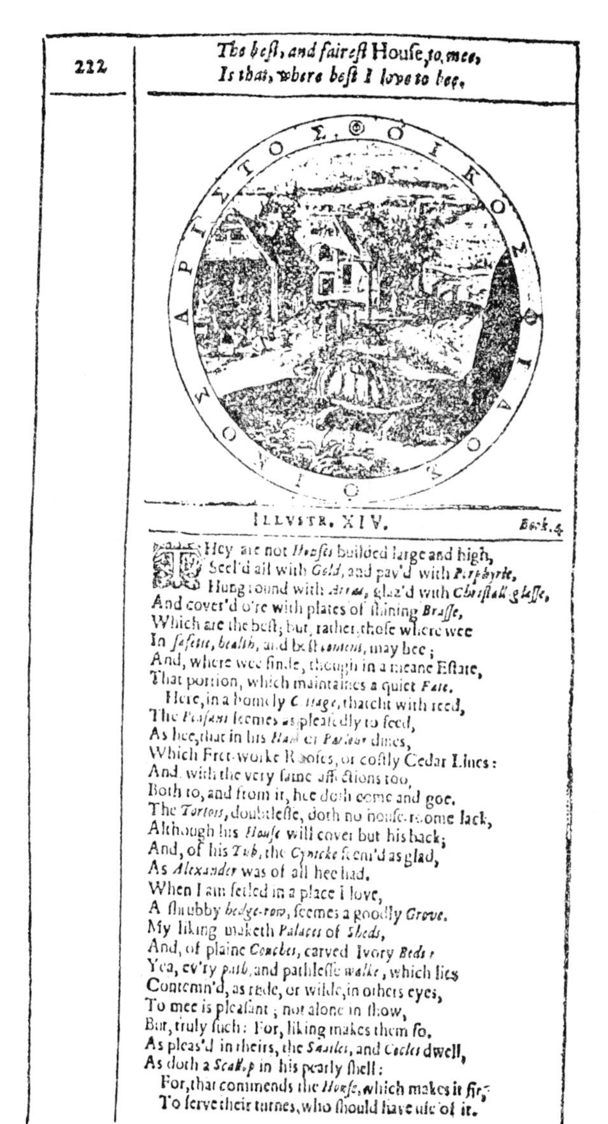

222

The beſt, and faireſt Houſe, *to mee,*
Is that, where beſt I love to bee.

ILLVSTR. XIV.   *Book.* 4

THey are not *Houſes* builded large and high,
Seel'd all with *Gold*, and pav'd with *Porphyrie*,
Hung round with *Arras*, glaz'd with *Chriſtall-glaſſe*,
And cover'd o're with plates of ſhining *Braſſe*,
Which are the beſt; but, rather, thoſe where wee
In *ſafetie*, *health*, and beſt *content*, may bee;
And, where wee finde, though in a meane Eſtate,
That portion, which maintaines a quiet *Fate*.
Here, in a homely *Cottage*, thatcht with reed,
The *Peaſant* ſeemes as pleaſedly to feed,
As hee, that in his *Hall* or *Parlour* dines,
Which Fret-worke Roofes, or coſtly Cedar Lines:
And, with the very ſame affections too,
Both to, and from it, hee doth come and goe.
The *Tortois*, doubtleſſe, doth no houſe-roome lack,
Although his *Houſe* will cover but his back;
And, of his *Tub*, the *Cynicke* ſeem'd as glad,
As *Alexander* was of all hee had.
When I am ſetled in a place I love,
A ſhrubby *hedge-row*, ſeemes a goodly *Grove*.
My liking maketh *Palaces* of *Sheds*,
And, of plaine *Couches*, carved Ivory *Beds*:
Yea, ev'ry *path*, and pathleſſe *walke*, which lies
Contemn'd, as rude, or wilde, in others eyes,
To mee is pleaſant; not alone in ſhow,
But, truly ſuch: For, liking makes them ſo.
As pleas'd in theirs, the *Snailes*, and *Cockles* dwell,
As doth a *Scallop* in his pearly ſhell:
For, that commends the *Houſe*, which makes it fit,
To ſerve their turnes, who ſhould have uſe of it.

George Wither, *A Collection of Emblemes*, London, 1635

附圖二——自然之鏡與藝術之象

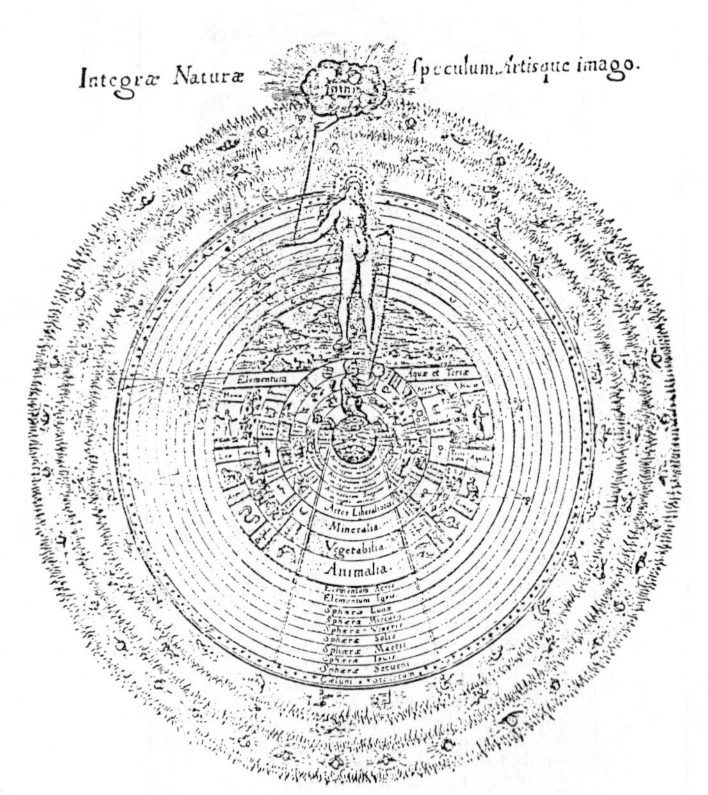

選自 Robert Fludd 一本有關宇宙觀的書 (1617)

意義組構與權力架構

甲篇：意義組構與權力

一、加俐略審判的意義

一六三三年六月二十二日，羅馬教廷審判加俐略，判決書上，說他自一六一五年發表有關天文的邪說後，屢勸不改。罪名是他

從哥白尼僞說，宣稱太陽爲宇宙的中心與恒持不動，復稱地球公轉自轉，這種惑眾的思想，完全背叛了聖經的眞義與權威。

教廷有見於此，爲澄清惑眾日深之說，特由神學權威聲明如下：

太陽中心與恒持不動說乃虛妄之議，無哲學根據，是違反聖經之異端；地球非中心之

說，又所謂自轉公轉，全屬無稽，缺乏哲學根據，完全謬誤……。❶

加俐略在一六一〇年一月用自製的望遠鏡發現了木星的月亮，無形中完全肯定了哥白尼太陽中心說的理論。但他當時的興奮，只有克蒲拉（Kepler）分享，他同年八月給克氏的信說：

> 這些人在眞理之光面前閉著眼睛……以爲眞理既不存在在宇宙裏，亦不存在在自然裏，而是在書本與書本之間！❷

加俐略一心專志於天文眞理的追尋；但他也是個虔誠的天主徒，從來沒有懷疑過教義，不料批評他的人硬要把純科學和聖經混在一起。爲了這一點，他在給 Castelli 的信中（一六一三年十二月二十一日）設法爲純科學辯護。他說：聖經所言不差，但這並不表示解經人所提供的解釋沒有錯！譬如說上帝有手有腳有耳朵有感情有知覺這種字面的解釋，便很靠不住。聖經既是「神言」，有需要包含許多字面無法概括的層面。另一方面，自然卻有一定不變的律法。聖經多義，

---

❶ 見 Karl von Gebler, *Galileo Galilei and the Roman Curia* from Authentic Sources, trans. by Mrs. George Sturge (New York: Richwood Publishing Co., 1977), p. 231.，此書按當時的文件寫成。

❷ 前書頁二二六。

科學常義，二者性質不同。但兩種眞理並不互相排斥，所以解經的人應該把其中的眞義配合科學的常律。還有，聖經既然是多義的，而解經的人未必個個都受到神的感召，所以，他們更不應該硬把結論加諸自然律法之上。誰能決定知解的界線呢？誰敢說人類對於宇宙世界應知的事物現在全都已經知道了呢？❸

加俐略求知求眞的執誠，在這封信上所流露的，可以說，已經沾上了現代質疑的精神。但他當時沒有了解到，這實在不是邪說與眞理的問題，而是，他的發現，哥白尼太陽中心說的完全證實，是對中世紀神學利用亞理士多德宇宙模子建立的權力架構直接的威脅與質疑。換言之，他所提供宇宙的析解架構如果被認可，則以地球中心說爲基礎的析解架構以及這個析解架構所肯定的神權和依附其上的名位、價値階梯將完全瓦解。是因爲這個威脅，敎廷才要審判加俐略的。

意義組構和析解活動是鞏固權力架構的一種重要，甚至是必要的政治策略，在這個歷史事件中是顯而易見的。我們在下面將作跨文化的探討，試圖迹出意義組構和權力架構種種不同的辯證關係。

❸ 前書頁四六—四八。注意：他對上帝有耳有目的批評和「誰敢說人類對於宇宙世界應知的事物現在全都已經知道了？」所訴諸的常識和懷疑精神和中國漢代王充在某些層次上有微妙的廻響，見後。

二、「人體式政治」：中世紀的「君權神授」

約翰・唐恩（John Donne 1573-1631）在一首題爲「世界的剖解」的詩上，哀悼一個萬物凝融序次井然的世界之破滅，他說：

新的哲學把一切都質疑
火那元素完全被撳熄
太陽失落了，而地球，人智
不知如何去追跡
人只好承認這個世界已累死
當他們在天穹與星際
發現這許多新星，再破裂
爲無數微細的原子
一切都已成碎片，凝融盡失
連同所有平均的分配，所有的聯繫

君臣、父子……。❹

唐恩所說的「凝融盡失」，指的即是中世紀以來用以解釋大世界（所謂宏觀世界 Macrocosm）、地球和小世界（人，所謂微觀世界 Microcosm）的架構。這個架構使到神與自然之間，自然與人之間，人與人之間（如君臣、父子……）找到了一個邏輯（但並不一定合理的）解釋。結果是整個宇宙是由神的意志統領，自然則是上帝的工具，社會的階層是自然的產物，屈從被認爲順乎自然的一種規律，由個人到家到國到君彷彿我們身上的各部分必須由頭來統領，最後這一點被稱爲「人體式政治」。

這個宇宙的析解架構，把宇宙事物定序次，被稱爲「存在物之大環」。我在「美感意識意義成變的理路」一文中曾討論到這個架構如何制約了當時知識份子的觀感、表達、和對自然的反應。我們今天要探討的，是這個架構所發揮的權力的專橫。我們將從一些滲入庶民生活的訓誡文字中找出線索。但在我們轉到這些文字之前，仍需略述這個架構的大要。

從古代希臘開始，便有宏觀世界與微觀世界在結構上、實質上息息相連相關的說法。中世紀神學接受了亞理士多德透過邏輯思維理出來的宇宙的模子（即由宇宙四元素——土、水、空氣、火

---

❹ John Donne, "An Anatomy of the World," 請參看我另篇「美感意識意義成變的理路——以英國浪漫前期自然觀爲例」，中外文學十五卷十期（一九八七年三月一日）頁四—四五。見本冊頁一五五——二〇八其中有一部分專論中世紀的宇宙觀，包括「存在物之大環」及其中的價值階梯。

——建立的「地球中心說」，土水爲重，發爲宇宙的中心，氣火爲輕浮於外層，構成四個圓層，地球居中，水層次之，然後是空氣和火層，太陽繞地球而行），認爲地球是固定的、有限的。外圈是星辰日月的透明層。最外層是「不動的動者」上帝。由上帝兼含四元素的宏觀世界可以貫通到地球到微觀世界的人，其間通過四元素可以相聯相通相認。譬如說人是仿著地球成形，血液仿似地球上的河流，鼻息似風，髮似樹，……。❺而地球上每一樣造物都有神的印跡，都和四元素貫通，譬如植物的根是土，幹是水，葉是空氣，花是火。人體中有四液體（humors）所代表的氣質也是和四元素相認的：憂鬱（土），恬淡（水），血（氣方剛），怒（火）。這就是唐恩所說的：「我是一個小世界，由四元素巧妙地造成。」或德林蒙得（Drummond 1585–1649）說的：「你自己彷彿自成世界，有天，有星，有土，有洪荒，有山脈，有林木和一切生長的事物」。

每一件事物不但是宏觀世界的印跡，它們都被放在一定的序次與關聯上，有特定的指向、影響、印認，這一個由宏觀世界到人到萬物的序次，顯著地反映著一種以神爲主宰性的價值階梯。我們可以舉班·瓊生（Ben Jonson 1572–1637）「給賓斯赫斯」（To Penshurst）那首莊園詩中的宇宙序次爲例，在這首詩裏，他列出由上帝直貫到萬物的序次，先是四元素，然後是人，然後是動物如馬，水裏的魚，然後植物，石頭……等。最令人驚異的是，魚的存在是樂於被烹，所以快樂地跳到釣魚者的手中！在這個序次裏，由於夏娃的罪，女性自然被放在男性之下。我們可以

❺ 請參看下文第三節之（三）「人副天數」的比較。

看見，這個架構完全是中世紀神學爲了鞏固他們的權威性而發明的一種階級系統，一種爲萬物定名分、定權限的傳意釋意的行爲。這裏析解架構是極其牢固的，即在哥白尼「太陽中心說」完全被肯定後，仍然緊緊抓住當時的知識份子，使他們爲這意義架構所代表的權力架構服役，使他們痲醉於那些文字所含的權力的專橫而不自知。

這個析解架構著著爲統治者的權威合理化而努力。這個析解行爲顯然很普遍，極其深入庶民的階層。我們可以從一五三四、三五年 Thomas Elyot 和 William Tyndale 等的訓誡順民的文字看出來。我們現在先看當時教堂裏的順民訓的一例（這些材料很多，都很類似）。這段擇自一五五九年的 Homily on Obedience（服從訓）：

主創造萬物，爲萬物定位，在天上，在地上，在海上，以至全至美的秩序。在天上，祂指定大天使和一般天使的品級；在地上，祂任命君王和他們下屬的各種級別……〔訓中舉出各種自然現象都顯示了神御定的種種秩序與位置〕……人身體的各部分，內在的、外在的，靈魂，心臟，記憶，知解，理智……也一樣井然有序。每一種人的工作，職守，責任，秩序均由神命定，一些尊，一些卑，一些宜君王，一些宜臣屬，一些是教主，一些是庶民，一些是主，一些是僕，一些爲父，一些爲子，一些爲夫，一些爲婦……都御定有序……讓所有的人都屈從最高的權威，因爲唯主是權而權乃神授，違抗權威者，即是違抗上帝的天命……並

將受到神的呪罰。❻

除了著著爲君尊臣卑父尊子卑夫尊婦卑等作合理化的解釋外，有些訓誡文字更進一步法准暴行，例如 Tyndale在「一個基督徒的服從」（*The Obedience of a Christian Man*, 1535）說君王是在人的法律之外，因爲他是神的代理人！❼又如 Thomas Rogers 說君王的權威酷似天廷，所以所謂「暴君」的觀念是錯誤的，君權既然是神授，他只能說是對神的意志了解不足，但沒有暴行的可能。「一個叛徒比一個昏君壞，反叛行爲比昏君的敗政更要不得」！❽

我們現在可以明白加俐略證實哥白尼說所引發的一個無法歇止的內在的爆發，其含義教廷沒有說明、亦不能說明，但卻是心裏完全明白的，那便是，加俐略的論述，對中世紀神學作爲一種論述而言，突然指出後者由論述構成的世界，所謂具有永恒意義、價值標式那已經「僵化」、「物化」的秩序，只不過是一個暫行的、專爲一種意識型態服役的發明，而同時無形中喚醒了被壟斷意義架構所壓抑、逐離、隔絕了千年的所有其他秩序的記憶。加俐略的論述和中世紀神學的論述，不僅是論述和論述的對抗，而是（對加俐略來說也許還不清楚，對教廷而言卻是完全明白

---

❻ "Homily on Obedience" (1559), *Elizabeth Backgrounds: Historical Documents of the Age of Elizabeth I*, ed. Arthur F. Kinney (Hamden, Connecticut: Anchor Books, 1975), pp. 60-63.

❼ 前書頁四七。

❽ 前書頁四六。

的）內在直覺認知的力量和外加權力的對抗。其中最重要的一點便是權力架構是通過意義的組構和論述成形的，事實上，還要論述不斷的支持才可以鞏固，才可以轉化爲一種近乎物質對象的奉信的力量。

蘇格拉底有一次指出發明語言和說話的赫爾姆斯神（Hermes）可以稱爲傳譯者或傳信人，但他也是盜賊、說謊者或謀略家。文字（語言）固然有顯示的能力，但它更善於隱藏。而二十世紀的海德格，在「賀德齡 Hölderlin 與詩的本質」一文中特別挑出語言，說人通過語言肯定作爲人的存在，但語言也是他所擁有的事物中最危險的東西。

> 它是一切危險的東西中最危險的，因爲它一開始便創造了危險的可能性。所謂危險是指存在事物對存在本身的威脅。人只有通過語言才可以端見物顯，存在的事物將對存在中的人折磨、燒灼，而不存在的事物又欺騙他、使他失望。是語言首先把威脅與混亂於存在中顯現，已具有了喪失存在的可能——就是說危險。但語言的工作是使物顯、使物存。在語言中，最純粹的、最隱蔽的、最複雜的、最平凡的都得以表達。⑨

⑨ Martin Heidegger, "Hölderlin and the Essence of Poetry" in *Existence and Being*(Chicago: Henry Regnery Co. 1949). pp. 270-291.。中譯可參看鄭樹森編：「現象學與文學批評」（臺北：東大圖書公司，一九八四）蔡美麗譯頁一—一二八。本節則是我自己譯的。

這兩段模稜性的話，在前述所舉出有關論述的專橫的例子中最爲顯著。意義架構是人生存的一種無可避免的依據，同時它也是壓制、歪曲人的存在最強烈的暴君；但要破解這個架構的專橫，或者說：要在其中引發一種內在的爆發，又不得不訴諸構成意義的語言。就加俐略的事件來說，其中的模稜性更複雜。一方面，他給哥白尼理論的完全證明，引起了約翰・唐恩「一切都已成碎片，凝融盡失」之歎，而且進一步使到人對「君權神授」質疑並同時要追尋另一種析解架構的建立；但另一方面，他推翻地球中心說（中世紀神學的藍圖）用的卻是建立地球中心說原有的策略與手段；即測量天體的幾何學的語言，可以這樣說，他用原有的意義架構打擊架構本身，更簡化地說，即是用語言征服語言本身，是一種內在自身的反省與批判（這一個暗藏的教訓無意中爲後現代時期的思想家伏下了引線。）我說，這個事件情形更複雜，指的是（這裏我借用了現代哲學家胡色爾的看法）：西方古代的天文觀察者從具體的星象中透過幾何思維理出一個脫離具體宇宙的抽象推理模式，加俐略沒有回到直接觀感具體星象——即先於科學抽象推理思維的程序，而滯留於推理思維模式之中，因此無形中把該模式中殘留的沈澱帶到他的後代，這個思維模式的沈澱物迫使後現代時期的思想家力圖作種種的解構。⑩

---

⑩ 請參看 Edmund Husserl, *The Crisis of the European Sciences and Transcendental Phenomenology*, trans. David Carr (Chicago: Northwestern University Press, 1970), pp. 48-49.

三、「始制有名」與「政制象天」

從西方十七世紀這個內在爆發暴露出來的中世紀有關天（神）、地、人嚴密貫通、呼應、印認的權力架構中，我們的讀者不難發現，中國周漢以來有著類同的發明。雖然所謂天的實質不盡同，作用上，如「天文、地理、人文」的互應，如「名制」的設立，如董仲舒的「天人感應說」中的「政制象天」的析解活動，都是知識哲學與政治哲學的結合，都是爲鞏固某種權力作出的詮釋。我們在後面將一一審視。在這裏，我們應該先看看語言實踐的政治力量，我們亦可以稱之爲詮釋的威力。

（一）「天命不僭」：詮釋的政治力量

我們常說「一言興邦，一言喪邦」，這句話是以反映出詮釋的政治威力。在中國歷史中，詮釋即重寫，重寫即改變思想意向，這種例子太多了。其暴戾的結果，有時難以想像，最活生生（也是血淋淋的）例子莫過於「毛語錄」所展開的「文化大革命」了。

所以語言和語言所展開的意義組構，既是珍貴的亦是危險的，它的應用是詭奇多變的。我們上面提到語言內在變化的潛在力，一種內在的出擊，指的是以同樣的語言（意義組構）達致另一種思想和權力的意向。我們看這兩段：

有夏多罪，天命殛之……予畏上帝，不敢不正。

——尚書：「湯誓」

天惟喪殷……予曷其極卜敢弗從……天命不僭，卜陳惟若玆。

——尚書：「大誥」

商滅夏，周滅商，用的是同樣的藉口：他們都是依「天命」行事。雖然我們不能肯定「湯誓」確是湯所作，但「天命」之說被商的統治者普遍地應用著，這是毫無疑問的。我們可以從「盤庚」中的幾句話得到旁證：「古我前后罔不惟民之承，保后胥慼，鮮以不浮天時。」另外，詩經中「玄鳥」一篇有「天命玄鳥，降而生商」之句。「召誥」中更以夏、商因爲不敬其所受「天命」而早墜爲警戒⓫。「天命」作爲一種合法化的修詞，顯然是商周時代極中心的詮釋策略，從周朝留下來極少古代的文獻中，我們都遇到「天命」之詞。除了「大誥」外，在「康誥」、「召誥」、詩經

⓫ 屈萬里先生認爲「湯誓」的文字似是戰國時代所作。但「大誥」既提「天命」，它必然對類似「天命」意思而發，況且，「召誥」中還有這樣話；「我不可不監于有夏，亦不可監于有殷。我不敢知日有夏服天命惟有歷年，我不敢知日不其延，惟不敬厥德，乃早墜厥命。我不敢知日有殷受天命惟有歷年，我不敢知日不其延，惟不敬厥德，乃早墜厥命。今王嗣受厥命，我亦惟茲二國命，嗣若功。」

大雅中都有相同或類似的語意：「文王在上，於昭于天！周雖舊邦，其命維新，有周不（丕）顯，帝命不時。」（詩經大雅）「文王克明德愼罰……聞于上帝，帝休，天乃大命文王殪戎殷，誕受厥命越厥邦民厥民。」（康誥）「天旣遐終大邦殷之命，茲殷多先哲王在天，越厥後王後民，茲服厥命厥終，智藏瘝在，夫知保抱携持厥婦子以哀籲天，徂厥亡出執。嗚呼！天亦哀於四方民，其眷命用懋，王其疾敬德。」最後一段，我們用現代語說明，更見出詮釋的政治威力：這段大致說：「皇天收回了大邦殷（商）的天命，因爲殷的許多明王都已歸天。到了後王後民，天命便完全失了。殷家的許多哲人都藏起來，而奸人得勢。因而殷民抱子携妻呼天求救，並咀咒暴君死亡。嗚呼！天可憐四方庶民，把天命援與有德的人。受了天命的王請快快敬德。」其實，這一段論述所給我們的歷史及有關征伐的意向，和具體歷史中氾濫著的擴張勢力的私慾和隨之而來的不可避免的某種殘暴，是有距離的。

周人利用了商朝的「天命」，給它有利於他們伐商的詮釋，而光明正大地稱王於天下。

關於「天命」中的天，古代有許多解釋，馮友蘭將之分成五類，即㈠物質之天；㈡主宰之天、帝；㈢運命之天；㈣自然之天；㈤義理之天。[12]周朝的天命，內容是德，亦即是說，人要應合天命「不可不敬德」。周王所宣傳的天，彷彿是人格化的偉力，具有行止動變皆合宜的感知，所謂「天命不僭是也。」人則必須以「敬德」配合，才可以保住「天命」。因爲夏朝、商朝沒有

[12] 馮友蘭：「中國哲學史」（香港，一九六七）頁五四。

「敬德」，才「早墜厥命」（召誥）這些都是爲了把政權合理化所製造的神「話」，利用了語言詮釋的力量把政治意識物質化而成爲一種奉信的對象。

(二)「始制有名」：名與權限

老子在二十八章說：「樸散爲器，聖人用爲官長，故大制無割。」然後在三十二章說：「始制有名。」我們都知道，老子認爲「名」是一種人爲的概念，是一種抽象的語言公式，它無法表出宇宙現象全部演化生成的過程；它不但不能表出，而且還會產生某個程度的限制、減縮、甚至歪曲，所以他主張回到「無名」和未割的「樸」。（關於道家的知識論，請參看我的「語言與眞實世界」和「言無言：道家知識論。」）⑬但老子對「名」限的了解，對語言危險性的了解都是來自周朝以「名」建立的宗法制度。

首先，「名」是一種語言的符號，產生在人際之間，作爲一種分辨，進而作爲一種定位、定義的分封行爲。「名」之用，換言之，是產生於一種分辨的意欲，依著人的情見而進行。因爲「名」是依附著人的情見、意欲，所以由各種「名」圈定出來的意義架構極易含有權力的意向。前述的「天」、「天命」，和下面提到的「天子」的「名」便是。

---

⑬ 見葉維廉：「比較詩學」（臺北：東大圖書公司，一九八三）頁八七—一三三；「言無言：道家知識論」，見「文學評論」第九集（臺北：黎明出版社，一九八七）頁一一五——一五四。

在周朝，宗法制度的建立卽是爲鞏固權力架構的一種發明，而在宗法制度中，「名」，名分，這些語言的符號，正是磚石間最重要的黏土。我們且看徐復觀先生在「西周政治社會的結構性格問題」一書有關「宗法制度」與「封建制度」的兩段話，便可完全明白「名」與「政治體制」的密切關係，先看宗法制度：

在許多兄弟中，以嫡長子主祭，此主祭的嫡長子卽是祖宗一脈相承而不亂的象徵，乃至可以說是代表，故卽爲其他兄弟所尊。旣爲其他兄弟之所尊，便須有保育其他兄弟的責任。這一套規定，卽謂之宗法……周王室的嫡長子以外的別子，分封出去，則在其國另開一支，而爲此國之祖。繼別爲宗，是繼承此國的嫡長子，卽爲此一國百世不遷之大宗。繼禰（親廟也）爲小宗者，此大宗之弟及庶出兄弟所生之嫡長子，卽爲其弟及庶出兄弟所宗，此乃五世則遷的小宗……大宗包含小宗，而大宗爲之本，小宗爲其枝……大宗之上又有一總的大宗，這卽是天子。[14]

封建制度的藍圖，卽是宗法制度的分封制度：

[14] 徐復觀：「周秦漢政治社會結構之研究」（臺北：學生書店，一九七五）頁一五。

封建制度……卽是根據宗法制度，把文王、武王、成王、康王等未繼王位的別子（武王不是嫡長子），有計劃的分封到舊有的政治勢力去，作爲自己勢力擴張的據點，以連絡、監督、同化舊有的政治勢力，由此而逐漸達到「率天之下，莫非王土」的目的。被封的別子，卽成爲封國之祖；他的嫡長子，卽成爲封國的百世不祧之宗。按照宗法以建立一個以血統爲紐帶的統治集團。封國與宗周的關係，政治上是天子與諸侯的關係；宗族上卻是「別子」與「元子」的血統關係；是由昭穆排列下來的兄弟伯叔的大家族的關係……爲了便於統治的從屬關係能夠鞏固，以血統的嫡庶及親疏長幼等定下貴賤尊卑的身分，使每人的爵位及權利義務，各與其身分相稱；這在當時稱之爲「分」；……通過各種不同的禮敎，把「分」彰顯出來，且使之神聖化。其分封異姓時，也必以婚姻連繫起來，使之成爲姻婭甥舅的關係，這依然是以血統爲統治組成的骨幹。⑮

我們可以看見「名」的應用在周朝是一種析解的活動，爲了鞏固權力而圈定範圍，爲了統治的方便而把從屬關係的階級、身分加以理性化。天子、諸侯，元子、別子等等的尊卑關係的訂定，不同的禮數的設立，也完全爲着某種利益而發明，至於每個人生下來作爲一種自然體的存在的本能本樣，則因此受到偏限與歪曲。老子是從體制中這些圈定行爲的「名」之活動，看出「言」（語

⑮ 前書：頁一九─二〇。

言文字）的偏限性及「名」與「言」可以形成的權勢。語言的體制和政治的體制是互爲表裏的，所以說：「始制有名」。

這裏有兩點需要提出注意的。第一點，道家所提出的「道可道、非常道，名可名、非常名」連同「素樸」「未割」的意念，實在是把封建制度圈定的道（王道、天道）與「名」從內爆開，而使被壓抑、逐離、隔絕的自然體（人生下來的本能本樣）的其他記憶甦醒起來。我們可以看見，道家所提供的，從「名」的立場是一種否定、離棄、甚至逃避的行爲；但從「無名」、「素樸」的立場看，卻是破解「名」中的制限，而重新肯定不受概念左右的自由世界、具體的整體的宇宙現象，繼而重獲自然體（包括本能本樣的人和自然萬物。）所以說，道家所提供的是一種抗衡權力架構的策略，或抵消語言暴虐的行爲，而不是一般人所認定的「消極主義」。（視道家思想爲消極主義的論述者基本上是被「名制」同化了而不自知。）

第二點，道家看到的是近人海德格所說的「危險性」，所以道家發展一套我稱之爲「若即若離」的語言策略。我因爲有另文討論，在此不贅⑯。但孔子則認爲「正名」——包括語言準確的應用——則是得天的管道。可是孔子在他的「正名觀」裏，沒有把他心中容或有過的合乎自然體的「名」理和周朝含混著濃厚權力價值的「名」分開來討論，反而被後來的統治者利用而轉化爲危

⑯ 葉維廉：「中國古典詩中的傳釋活動」，見「聯合文學」，八期（一九八五年六月）頁一六八—一八一。見本冊頁五五——八七。

險專橫的行爲。最明顯的當然是漢代董仲舒利用「天人感應說」一連串的具有強烈政治力量的詮釋，把五行貫通正名觀，而形成一個牢固的權力神話。

(三)「政制象天」的權力神話

我們在第二節裏提到西方「人體式政治」和「存在物之大環」，利用四元素把神與宇宙解釋，並爲萬物定位、定階級序次，直貫人事和政制而推出了「君權神授」與「政制象天」。這種觀天地而定人事，在中國古代論著中亦常見，譬如「古者包犧氏之王天下也，仰則觀象於天，俯則觀法於地……以類萬物之情。」又譬如「昔者聖人之作易也，將以順性命之理。是以立天之道曰陰陽，立地之道曰柔剛，立人之道曰仁義。」這些儒家的易解，和漢代的「政制象天」是緊密地通著消息的。但和「人體式政治」廻響最近的，莫過於董仲舒「人副天數」之說：

> 天地之精，所以生物者，莫貴於人。人受命乎天也，故超然有以倚(高物)，物疢疾莫能爲仁義，唯人獨能爲仁義。物疢疾莫能偶天地，唯人獨能偶天地。人有三百六十節，偶天之數也。形體骨肉，偶地之原也。上有耳目聰明，日月之象也。體有空竅理脈，川谷之象也。心有哀樂喜怒，神氣之類也。觀人之體，亦何高物之甚而類於天也。物旁折取天之陰陽以生活耳，而人乃爛然有其文理。是故凡物之形，莫不伏從旁折天地而行，人獨題直立端尚，正

正當之，是故取天地少者旁折之。取天地多者正當之。此見人之絕物而參天地。是故人之身，首坌而圓，象天容也。髮，象星辰也。耳目戾戾，象日月也。鼻口呼吸，象風氣也……天地之符，陰陽之副，常設於身。身猶天也，數與之相參，故命與之相連也。天以終歲之數成人之身，故小節三百六十六，副日數也。大節十二分，副月數也。內有五臟，副五行數也。外有四肢，副四時數也。乍視乍瞑，副晝夜也。乍剛乍柔，副冬夏也。乍哀乍樂，副陰陽也。心有計慮，副度數也。行有倫理，副天地也。此皆暗膚著身，與人俱生，比而偶之弇合。於其可數也，副數。於其不可數也，副類。皆當同而副天一也。⑰

我們首先指出，董氏「人副天數」之間的互相印認，和「存在物之大環」中「神（天）」「地」「人」的互相印認，雖有細節上的差異，但其大旨則是相同的。在中世紀的感應論裏，四元素貫通神（天）、地、人。董氏的藍圖裏，五行貫通人、物、政治（見後）。西方四元素有「土養水，水養空氣，空氣養火……」之說。五行相生，次序雖不同，意義近似。四元素有互相鬪爭之論，與五行相尅意義不同，但二者均含對抗性一點也頗挑起人的興味。兩個體系究竟何者較複雜與詭奇，這不是我們要追尋的。有一點很突出的是，在「存在的大環」的價値階梯裏，萬物都在人之下，為人服役。在董氏的情形，同樣要為「人高於物」這個意識作合理化的解釋。我們看

⑰「春秋繁露」：「人副天數」。

見，中世紀的「訓誡」文字裏，肯定這個價值的階梯，是要爲「君權神授」、「物有高下，人分尊卑」作準備。董氏的「天人感應說」，也是要用論述的勢力，爲「君權神授」、「人分尊卑」、「政制象天」作基石的工作。

董氏完全了解文字潛在的政治力量，這可以從他說明「王」與「天子」兩個重要的權力符號見之。關於「王」，他說：「古之造文者，三畫而連其中，謂之王。三畫者，天地與人也。而連其中者，通其道也。取天地與人之中，以爲貫而參通之，非王者孰能當是？是故王者唯天之施（法），施（法）其時而成之。」⑱如此，王便成爲不可懷疑的權威的符號。

「天子」二字在周朝已經有了，但董氏進一步給予「合理」的解釋。首先，像解釋「王」字那樣，他訴諸「古代」這個神秘的權威，說「元者爲萬物之本」⑲，而「人臣之元爲父爲君」⑳，而「天又爲君父之元」㉑。君號爲天子者，因爲「受命之君，天意之所予也」㉒。有了這樣一個天與君的「血緣」的「確立」（通過詮釋力量的確立），他便振振有詞的說：「唯天子受命於天，天下受命於天子。」㉓

⑱前書：「王道通三」。
⑲前書：「重政」。
⑳前書：「王道」。
㉑前書：「順命」。
㉒前書：「深察名號」。
㉓前書：「爲人者天」。

董氏深深地了解到意義組構作爲權力架構的黏土所需要顧及的許多層面：如像「王」「天子」這些「名」所代表的權利與職責與諸侯、大夫、士、民以及父子、夫妻這些「名」所代表的權利與職責要有明確的類分，這就是他寫「深察名號」，把孔子的「正名觀」加以實質化及詮釋的原因。他又了解到兩個關鍵，第一點，要鞏固一種權力的論述，不可以全用「既受天命，一切不可質疑」的語態，這不但從修詞的立場上缺乏說服力，而且與周朝以來的「敬德」說有違。他爲漢朝君王權力合法化合理化的說明必利用「諫勸」「制衡」的修辭面貌出現：

> 臣謹案「春秋」之文，求王道之端，得之於正，正次王，王次春。春者，天之所爲也。正者，王之所爲也。其意曰，上承天之所爲而下以正其所爲，正王道之端云爾，然則王者欲有所爲，宜求其端於天。天道之大者在陰陽，陽爲德，陰爲刑，刑主殺而德主生……是故……見天之任德不任刑也……爲政而任刑，不順於天。故先王莫之肯爲也。㉔

又說：

> 國家將有失道之敗，而天迺先出災害以譴告之；不知自省，又出怪異以警懼之。㉕

㉔「對策一」。
㉕「對策一」。

「諫勸」「制衡」的面貌是推動權力架構修辭上的需要，但名號之間如果沒有一個嚴密的整體性的系統與結構，就無法使人信服他爲當下意識型態所推出的價值階梯。

董氏的天人感應說，背後有一個假定：即是大宇宙（天）和小宇宙（人，包括人際關係）之間有一種有機網路的活動，彷彿天的意志、意識貫通物生、物長、物變、物亡和人生、人長、人變、人亡以及政（包括人倫與政治體制）生、政長、政變、政亡，而貫通、指向、影響、印認這些層次的是陰陽五行。董氏另有「動天」、「招致」的說明，現已亡佚，但可以從王充批判董氏的文字得知，「動天」指的是「精誠可以動天」，「招致」指的是「政治上的措施，會招致氣候的寒熱。」（見後）董氏的「王道」所主的「王者唯天之法」，「官制象天」篇中的「王者制官，三公，九卿，二十七大夫，八十一元士……」等㉖乃依天、時變化所得之數的說法，都是天意直接指示王所得的結果。我們如果問：我們怎知道這些體制就是天意呢？答曰：「天地之氣合而爲一，分爲陰陽，判爲四時，列爲五行」㉗而這些有目共睹的活動，可以見諸日月星辰風雨，見諸禽獸草木蟲魚。董氏花了不少精力貫穿這些事物和陰陽、四時、五行活動的關係，極其詳盡，有時令人驚歎他想像的豐富。然後再利用這些感應的例子，來認定人倫中的道德行爲以及尊卑之分，彷彿說一切都合乎天道。董氏這個析解體系，做得極其細密，現以圖解簡化於後以見一

㉖「春秋繁露」：「官制象天」。

㉗前書：「五行相生」。

斑：

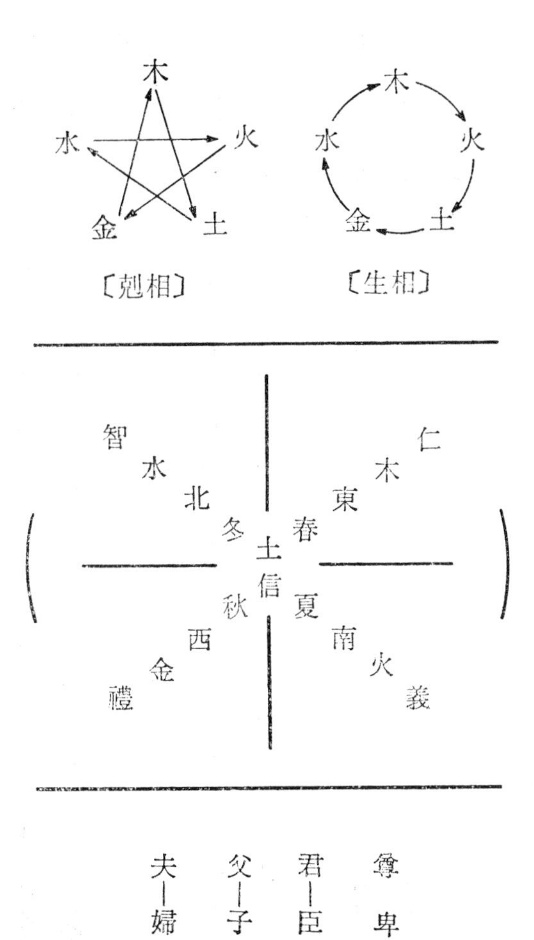

在「五行之義」中董氏說：「此其天次之序也」，「五行者，乃孝子忠臣之行」，因爲裏面含有「授受」「生養」之義，所以「常因其父以使其子，天之道也。」相似的，在「五行相勝」中，按照五行相尅的定律，如果司農（木）不順而叛，司徒（金）誅之，餘類推。

我們在前面提到董氏「人高於物」這個價値階梯是爲「人分尊卑」而準備。事實上，爲鞏固古代傳下來的名位，董氏不得不在人中分高下，類似第二節西方中世紀的「服從訓」那樣，他分別在「深察名號」與「基義」篇中提出由上而下的權利與義務和陽尊陰卑政治意念：

受命之君，天意之所予也。故號爲天子者，宜視天如父，事天以孝道也；號爲諸侯者，宜謹視所奉之天子也；號爲大夫者，宜厚其忠信，敦其禮義，使善大於匹夫之義，足以化也；士者，事也。民者，瞑也；士不及化，可使守事而從上而已。五號自讚，各有分，分中委曲，各有名。（「深察名號」）

凡物必有合，合必有上，必有下，必有左，必有右，必有前，必有後，必有表，必有裏。有美必有惡，有順必有逆，有喜必有怒，有寒必有暑，有晝必有夜，此皆其合也。陰者，陽之合。妻者，夫之合。子者，父之合。臣者，君之合。物莫無合，而合各有陰陽……君臣父子夫婦之義，皆取諸陰陽之道。君爲陽，臣爲陰。父爲陽，子爲陰。夫爲陽，妻爲陰。陰道無獨行，其始也不得專起，其終也不得分功，有所兼之義，是故臣兼功於君，子兼功於父，妻兼功於夫……。（基義）

關於「陽尊陰卑」我們應該和「天辨在人」並著看：「貴者居陽之所盛，賤者居陽之所衰。藏者，言其不得當陽；不當陽者，臣子是也。陽者，君父是也……陽貴而陰賤，天之制也。」

這兩段話明顯地表示出論述與詮釋的霸權。說「民者，瞑（懵懵懂懂）也」，完全是一種強暴了自然體的人的行爲。自然界之陰陽確有它一定的律法，但在自然界中陰陽是平等的，是互助合作的，是互爲補襯的，這絕對是「易經」原來的意思，而不是董氏所據的儒家易解的說法如「天尊地卑，乾坤定位，卑高以陳，貴賤位矣……乾道成男，坤道成女。」陰陽乾坤相互合作而生萬物，如果用君臣、父子、夫妻配陰陽，就不能以「兼」論之，更不能以「貴賤」論之。「兼」和「貴賤」或「尊卑」都無法配合董氏來自自然例證中的「上下」（物理學上的上下，不是道德含義的上下）和「晝夜」（物理現象的晝夜，而非托寓意義以後的晝夜）。而董氏著著運用此物「應合」彼物、此現象「標出」彼現象的語言策略，歪曲了自然體（人，和自然）的本樣，而使之屈從於一個以尊卑爲綱的專權架構。

四、語言暴虐的漬染

當一個現代的男子說：「女子無才便是德。」我們說他是「沙猪」（卽英文的 chauvinistic pig，大沙文主義的猪之簡稱）；又當他因爲太太「無子」「色衰」而棄妻，我們說他是封建的渣滓。但當一個婦人這樣說，或迫他兒子休妻再娶，那含義就非比尋常了。不幸，在二十世紀的中國，竟還泛著不少的回音！她被嚴重的洗腦了！可見語言的危險！

漢朝的劉向寫的「列女傳」訓誡女子的婦行婦德，在男尊女卑的社會裏，雖然是不幸，卻是不可避免的產物㉘；但當女子班昭寫「女誡」七篇、唐朝女子宋若華寫「女論語」助紂為虐地肯定男尊女卑、夫為妻綱、三從四德的論點，這便顯示出語言作為一種政治力量在中國社會裏漬染的驚人。

語言的暴虐其實從許多單字中便顯露出來。「奸」字從「女」，「姦」字從女，「妄」字從女，「如」（順從）從女。女子稱自己為「奴」（「奴家」），稱自己為「妾」（說文：妾，有辠女子給事之得接於君者。段注：辛女者，有罪之女也。）……。從這些字的意義構成中便可見女子地位被語言界定圈死的情形。

而從字的義解中去界定行為規範卻正是「大戴禮記」所用的策略，如「本命十八」上說：

> 男者，任也；子者，孳也；男子者，言任天地之道，如長萬物之義也。故謂之「丈夫」。丈者，長也；夫者，扶也；言長萬物也。……女者，如也……女子者，言如男子之教而長其義理者也。故謂之婦人。婦人，伏於人也。是故無專制之義，有三從之道……無所敢自遂也。教令不出閨門，事在饋食之間而正矣。㉙

㉘ 關於中國婦女在中國傳統社會中的地位，請參看陳東原著「中國婦女生活史」（商務）。

㉙ 高明註譯「大戴禮記」（臺灣商務，一九七五）頁四六六—四六七。

「禮記」的「郊特牲」亦有類同的作法。但不管是從字的義解或長篇的論述，講的大致都是「男子居外，女子居內」，或女子該「下氣怡聲」。女子完全沒有自己的主張。在「禮記」「內則」中，很清楚的說：「凡婦，不命適私室，不敢退……婦無私貨，無私富，無私器，不敢私假，不敢私與。」㉚

界定圈死女子地位的「字」和「女子居內，深宮固門」㉛都是一種畫地爲牢的行爲，二者暴虐意義完全是一樣的。語言的規範和行爲的規範，經過長久重覆的印染、漬染的作用，逐漸成爲一種習慣，一種痲木，而使用語言的人忘記這些字所擁抱的暴虐，「習以爲常」，論述者甚至不知道其中囿囚的行爲。這，顯然發生在班昭和宋若華的身上。下面我們只需列出班昭「七誡」和宋若華「女論語」的一些話，不必作詳論，便可以明白語言暴虐漬染之深，譬如關於男女名份地位之分別：

——卑弱

〔所謂弄瓦的習俗，班昭解曰：〕古者生女三日，臥之牀下，明其卑弱主下人也；弄之瓦磚，明其習勞主執勤也；齊告先君，明當主繼祭祀也。三者蓋女人之常道，禮法之典敎。

㉚ 王夢鷗註譯「禮記」（臺灣商務，一九六七）頁三六六。
㉛ 前書：「內則」頁三七八。

又說：

> 陰陽殊性，男女異行。陽以剛爲德，陰以柔爲用；男以強爲貴，女以弱爲美。鄙諺曰：「生男如狼，猶恐其尫；生女如鼠，猶恐其虎。」
>
> ——敬慎

這些完全依從漢儒法定的封建論述、純由男性利益出發的話竟出自一個女子的口中，可見語言暴虐力漬染之深。關於夫婦之道，推論也是把女子的被動性視作一種「必然」：

> 夫婦之好，終身不離，房室周旋，易生媟黷，媟黷既生，語言過矣；語言既過，縱恣必作，縱恣既作，則侮夫之心生矣。夫事有曲直，言有是非，直者不能不爭，曲者不能不訟；訟爭既施，則有忿怒之事矣。侮夫不節，譴呵從之；忿怒不止，楚撻從之。夫爲夫婦者，義以和親，恩以好合；楚撻既行，何義之存？譴呵既宣，何恩之有？恩義既廢，夫婦離矣。
>
> ——敬慎

這段話的意思是，夫對妻而言是一種「恩義」，終身不能離；而所謂「離」字，在當時的社會，是「離棄」，亦卽是「休妻」；妻並沒有「休夫」的權利。事實上，「大戴禮記」「本命篇」上，只有「婦七去」，不聞「夫七去」。所謂婦有七去是「不順父母去，無子去，淫去，妒去，有惡疾去，多言去，竊盜去。」㉜因爲「夫者天也」，只有順從，不可怒犯，所以班昭說：「夫有再娶之義，婦無二適之文。故曰夫者天也，天固不可逃，夫固不可違也。行違神祇，天則罰之；禮義有愆，夫則薄之：故事夫如事天，與孝子事父，忠臣事君同也」（夫婦篇）用語和董仲舒及其他的漢儒完全是同一個網絡。班昭的勸誡是：要做到不被離棄，則要做到避免丈夫撻呵，曲直是非不能爭，一切要「曲從」（七誡篇名之一），萬萬不能有侮夫之心。這些當然都是「保身」的勸誡，「保身」、「曲從」或「敬愼」（七誡的篇名之一）都表示了「圍」著她的都是危險，都是陷阱，由語言政治力構成的危險與陷阱。

因爲這些「陷阱」這些「危險」，唐宋若華的「女論語」寫的都是教女子如何成爲賢婦的話：

凡爲女子，先學立身。立身之法，惟務清貞，清則身潔，貞則身榮。行莫回頭，語莫掀唇，坐莫動膝，立莫搖裙，喜莫大笑，怒莫高聲。內外各處，男女異羣；莫窺外壁，莫出外庭。出必掩面，窺必藏形。男非眷屬，莫與通名，女非善淑，莫與相親，立身端正，方可爲人。（立身章）

將夫比天，其義匪輕……夫若發怒，不可生嗔，退身相讓，忍氣吞聲。（事夫章）

女處閨門，少令出戶，喚來便來，喚去便去。（訓男女章）

這些訓誡都歪曲了女子作爲自然體的本能本樣，是顯而易見的。而這一些女訓一直持續至今常常是陰魂不散。但是，詩經「國風」中的女子形象，作爲自然體本能本樣的揮發，原是開放、活潑、自發、眞率、甚至熱情奔放的。爲了符合後來塑造的形象，「詩序」，「三家詩」，「毛傳」就運用詮釋的政治力量，將之改塑，如把熱情奔放的詩說成淫詩，或說爲刺詩，而形成兩「本」「國風」，進而把原始的「國風」壓抑下去，其結果，我們很多用語雖然來自「國風」，但已經不用它原始的意義，譬如「小星」被「詩序」說成「賤妾」（卽現在用爲姨太太的雅稱）：「『小星』，惠及下也。夫人無妬忌之行，惠及賤妾，進御於君，知其命有貴賤，能盡其心矣。」這就是趙制陽在「詩經名著評介」中所說的「詩序使三百篇由文學的書變成儒家傳道的書」的一個小例。㉝

㉜「大戴禮記」頁四六九。

㉝趙制陽：「詩經名著評介」（臺北：學生書店，一九八三）頁三七。

五、兩「本」「國風」

詩經中「國風」被歪曲的一筆爛帳，自姚際恆（1647～1715）的「詩經通論」和方玉潤的「詩經原始」到近代的古史辨（顧頡剛等）到孫作雲的「詩經戀歌發微」都有極詳盡的翻案工作，而大部分的論點的評議，亦都已收集在趙制陽的「詩經名著評介」（臺北、學生書店，一九八三）裏。我們無需一一重述。在此，我們打算舉出幾首詩，將之與序、傳的曲解並列以見改塑的痕跡。為了使到語氣更清楚，我們決定附上語譯。至於詩經由口頭創作到錄寫過程中可能引起的文詞語意的改動，我已另有文章，在此不能再論[34]。在這裏，我們只想呈示中國古代男女相交相待的形象：

例一：溱洧（鄭風二十一）

溱與洧，　　溱水與洧水

[34] Wai-lim Yip "Vestiges of Oral Dimension: Examples from the *Shih-Ching*," *Tam Kang Review*, XVI. 1 Fall, 1985, pp. 17-49.

方渙渙兮。	正渙渙的流
士與女，	男的和女的
方秉蕑兮，	正持著蘭花
女曰：觀乎	女的說：「我們去看看吧。」
士曰：旣且。	男的說：「我已經去過了。」
且往觀乎。	「再去看看吧。」
洧之外，	洧水外，
洵訏且樂。	寬廣而喜樂。
維士與女，	男的和女的
伊其相謔，	是那樣相戲謔
贈之以勺藥。	相贈以芍藥。

(下節類同從略)

這是一幅三月上巳節男女到春水泛泛的溱水和洧水遊樂互相調笑，餽贈芍藥蘭花，甚至定情的風情畫。注意女子的主動性和自發性，眞率，活潑，自然，而男女在感情的展露上，亦合乎一般民歌所呈現的面貌。

但改塑本怎樣說的呢？很多人讀詩經都從朱熹的「詩集傳」入手，他說這是「淫奔者自敍之詞」。他的所本是「詩序」。「詩序」說：「『溱洧』，刺亂也。兵革不息，男女相棄，淫風大行，莫之能救焉。」「魯說」也是這樣：「鄭國淫辟，男女私會於溱洧之上，有詢訏之樂，勺藥之和。」這不是人這個自然體本能本樣的污染是什麼！

例二：野有死麕（召南十二）

野有死麕，	郊野上有隻死麕，
白茅包之。	白茅把它包住。
有女懷春，	這個女子正在懷春，
吉士誘之。	一個好男子向她挑逗。
林有樸樕	林裏有樸樕
野有死鹿。	郊野上有隻死鹿
白茅純束，	白茅把它捆束住。

有女如玉。　　　　這個女子像一塊美玉。

舒而脫脫兮，　　　「慢慢慢慢地動啊！
無感我帨兮，　　　不要觸動我的佩扣啊！
無使尨也吠。　　　不要使到狗兒叫！」

這是白描男子以禮物挑逗女子、女子欲推還就，帶著春情而又細膩地流露著相許的意願的圖畫。詩中的女子，她的聲音，都是活生生、合乎自然的一種興發和奔放。這和「行莫回頭，語莫掀唇，坐莫動膝，立莫搖裙，喜莫大笑，怒莫高聲……出必掩面，窺必藏形，男非眷屬，莫與通名」是多強烈的對比啊！

但「詩序」怎樣把這個活潑潑的戀情描黑呢？「詩序」說：「『野有死麕』，惡無禮也。天下大亂，彊暴相陵，遂成淫風。被文王之化，雖當亂世，猶惡無禮焉。」「鄭箋」又說：「亂世之民貧，而彊暴之男子無禮……貞女欲吉士以禮來，脫脫然舒也，又疾時無禮，彊暴之男刼脅，奔走失節，動其佩飾。」彷彿要把男女的關係，放入男女不同的椸枷，像「禮記」「內則」上所說：「男女不同椸枷，不敢懸於夫之楎椸，不敢藏於夫之篋笥，不敢共湢浴」！[35] 這兩個是何等

[35] 「禮記」：「內則」頁三七八。

不同的世界！中國原始純眞情意的表達竟要到二十世紀才從語言的枷鎖中釋放出來一些。

例三：褰裳（鄭風十三）

子惠思我，
褰裳涉溱。
子不思我，
豈無他人！
狂童之狂也且！

你愛我思我
便提起衣裳涉溱水而來
你不思我
難到就沒有別人嗎
嘿！狂童你也夠狂的，你！

（下節類同，從略）

這是帶有戲謔性、挑逗性的詩。說話者，是有個人主張、鋒芒直露、有信念的女子。這與後來的「夫若發怒，不可生嗔，退身相讓，忍氣吞聲」，又是多強烈的對比啊！

「詩序」又怎樣說呢？「『褰裳』，思見正也。狂童恣行，國人思大國之正己也。」彷彿詩中的「狂童」是道德墮落氾濫四方時代下的男子！其實，男女間的訴愛，在什麼時候都發生「子不思我，豈無他人！」的謔語。且詩中的「狂童」也不一定是狂童，正如一個愛他丈夫很深的妻子呼他丈夫：「你神經病！」一樣，詩中的聲音正正反反有很多微妙的用法，又怎可以因爲要配合一種刻板的政治、人倫而將之縮減爲一種意義、一種毫不婉轉的死音呢？

乙篇：權力架構的破解

故足之於地也踐，維踐，恃其所不蹍而後善博之

——莊子

權力架構的破解有兩種意義。第一種是通過某些被認定爲不可懷疑的權威觀念的再詮釋來支持一種武力去推翻一個得勢的架構，如周之用「天命」的再詮釋來招撫其他諸侯共同合力滅商。這個典型在中國歷史上不斷以「替天行道」的口號重演著；在中國歷史上，單靠論述或輿論、沒有實際權力爲後盾而達致政變的幾乎沒有發生過；但完全用武力而不帶言論所奪下來的政權是無法持久的，可見意義架構做爲權力肢幹的重要。

但這一種破解是以一種權力代替另一種權力，它本身無法脫離作爲權力架構本身必然會歪曲自然體的缺點。因爲正如老子所說「始制有名」。要破解權力架構必需要從根地對意義架構構成過程中所帶來的危險、亦即是對語言或「名」的圈定囿定的行爲質疑。可是這第二種破解的起點卻不能「空穴來風」，它必須從語言自身作反省，換言之，必須從既定的「名」這個符號出發而將它作爲析解活動的構成及影響之危險性暴露出來。這就是在第三節第二分段所提出的：把圈定

的道（王道、天道）與「名」從內爆開，而使被這些「道」「名」壓抑、逐離、隔絕的自然體（人生下來的本能本樣）的其他記憶甦醒起來，而成爲一種內在的、未被主宰的抗衡力量。

道家思想在中國歷史上的重要性是：雖然其他的學派，譬如墨子，也非議儒家的歸宗周制，但所提出的代替物仍然是一種制度，一種必須排拒自然體另一些質素的制度。唯有道家是從根排斥制度之爲制度的一種不斷激發人回歸自然體全面記憶的活動，一種永遠排拒圈定行爲似現猶隱的力量，經常讓我們因此而能不斷地對體制化的行爲破解。假如我們可以借用深受道家哲學影響的嚴明的話，我們可以這樣說：其他的學派最後都會落入「死句」，而道家則是「萬變萬化」的羽「活句」，亦卽是郭象所說的：「遊於萬化之塗（途），放於日新之流，萬物萬化，亦與之萬化，化者無極，亦與之無極。」

由於道家不執泥於名言，名言是圈定範圍說的「有」，定位、定向、定義、執一而廢其他的「有」，但所謂「無」（「有」之「對」）果眞是「無」嗎？我們用「始」「終」而定範圍（名言的活動之一），說是「始」，事實上「始」之前之「始」，還有「始之前」之「始」之前之「始」。所謂「始終」的觀念，是把時間割斷來看才產生的；假如不割斷，則沒有「始」可言。說是「有」，說是「無」，則必然還有「無」之前之「始」之前之「始」，及至於「無」，究竟應視之爲「有」還是「無」呢。「無」與「有」，實在是來自我們偏執的情見，則以「顯現」爲有，「不顯現」爲「無」，然「不顯現」並不表示「永不顯現」，待其「顯現時」，我們是否應該改稱爲「有」呢？所謂「不顯現」，所謂「無」，實在是被名言排拒在外、壓抑而未呈露的其他的「有」。所謂「無」，可以說是名言前或未沾名言限制的「萬有」，是自然體（包括現象界和人）自動自發、無言獨化的整體。是這個「無」，這個「萬有」，這個「未割」的整體經常地使我們對「已割」的「有」（執一而廢全的「有」）作破解，而設法回到自然體的「萬有」。我們可以這樣說，所有的權力架構都是執一而廢全、或以一抑制全的固定體，「在朝在位」（即一朝換一朝是一種執一的權力架構代替另一種執一的權力架構），但道家則是「在野的」、不覊放逸的、但與我們自然體通著消息的抗衡力量。

道家這種超脫名言的論述的抗衡力量，在中國歷史上不斷的扮演著「抗拒割切、還我自然」的角色。反映在文獻的，由儒家易解、儒家經典（如「中庸」）到宋明理學，都呈現著因著道家而調整、擴充視界的痕跡。至於中國美學、詩學，道家哲學反而是主而不是賓，這點則更加顯著，我不必在此再加說明。反映在知識份子的生活上的，則是「詩人．政治家」的兩重互相排斥的身份合於一的現象，如蘇東坡就是最好的例子，他的詩論、藝論是他政治生命中的制衡。這種雙重身份的知識份子在中國最爲特出，幾乎大部分都是。反映在中國政治思想破解的試探上，在我們所處理的這段歷史場合裏，最顯著的莫過王充的「論衡」了。本文所欲探討的，只是意義組構與權力架構辯證的關係，並無意審視中國歷史中這種關係全面的變化。這是需要一本書才可以差強概括的。但本文所呈現的一些支點，應該可以做爲我們審視中國權力架構變化的出發點。這裏，我們只想提出王充作爲一個小小的例證，以見語言、論述在破解權力上的活動。

道家之後，像「淮南子」裏所提出的「不奉天而法道」的論點，經常被提出，都是爲針對「天命」而說。王充對天人感應說、人副天數這種「假名造權」的破解，便是訴諸道家有關自然體的論述。

董仲舒之說，主張天地有意識、有目的地生了人爲天地的副本，天地萬物之生亦自天命安排爲人服務，進而爲天子及政制定位立權（見前）。王充爲破解「天命」之說，特別指出天命天意之無據而暴露董氏由語言虛構的權力對象。

> 天之動行施氣也，體動氣乃出，物乃生矣……天動不欲以生物而物自生，此則自然也。施氣不欲爲物而物自爲，此則無爲也。謂天自然無爲者何？氣也。恬澹無欲，無爲無事者也……黃老之操身中恬澹，其治無爲，正身共己，而陰陽自和。無心於物而物自化，無意於生而物自生。㊱

又：

㊱ 王充：「論衡」：「自然」。

天之行也，施氣自然也。施氣則物自生，非故施氣以生物也。㊲

再和「物勢篇」一起看：

儒者論曰：天地故生人，此言妄也。夫天地合氣，人偶自生也……夫天不能故生人，則其生萬物亦不能故也。天地合氣，物偶自生矣。㊳

加俐略因爲肯定了太陽中心說而無意中爆破了中世紀神學以地球中心說而建立的權力架構及該架構所虛設的天、地、人互通互印和君權神授的威信（見第二節約翰・唐恩的詩）。王充破解了「天命」和「人副天數」的說法，其指向當然也是「政制象天」整套意義架構所認定的權勢。依著道家自然體所提供的析解策略，王充一一的把「人副天數」的內在矛盾爆破，譬如他說：

何以知天之自然也？以天無口目，案有爲者，口目之類也，口欲食而目欲視……（「自然篇」）㊴

㊲ 前書：「說白」。
㊳ 前書；「物勢」。
㊴ 前書：「自然」。

這不只是指出了董氏架構中的「耳目……象日月」等的「假構性」（以及「假名造權」的意向），而且回復了天作爲自然體較近乎物理事實的存在。既然天不是「故」作「故」動的，所以一切有關「精神感動天」、「喜怒變寒溫」、「政治變化招致氣候的變化」、「災異譴失政」之說都是完全無稽的。

駁「動天」說：

> 夫以筋撞鐘，以筭擊鼓，不能鳴者，所以撞擊之者小也。今人之形不過七尺，以七尺之形中精神欲有所爲，雖積銳意，猶筋撞鐘，筭擊鼓也，安能動天？精非不誠，所以動者小也。㊵

駁「寒溫與招致」說：

> 當人君喜怒之時，胸中之氣未必更寒溫也。胸中之氣，何以異於境內之氣？胸中之氣，不爲喜怒變，境內寒溫，何所生起？㊶

㊵ 前書：「感虛」。

㊶ 前書：「寒溫」。

他同時指出：所謂政治上的措施，可以招致氣候的寒熱的說法，亦是完全站不住腳的，譬如齊國行賞、魯國行罰，但兩國相連，氣候完全一樣。[42]

董氏在「對策一」上說：「國家將有失道之敗，而天迺先出災害以譴告之；不知自省，又出怪異以警懼之」（見本文三(iii)節。）王充駁斥說：「夫天道自然也，無爲。如譴告人，是有爲也，非自然也。」[43]

有兩點我們應該注意。第一點，王充所用的是一般人易於認定的感知活動，而這個感知活動是游離於名觀念與這些觀念之外的自然體之間，而這個感知活動的喚起，是通過道家哲學及其特殊的破解方式。第二點，王充發揮了高度的自身反省的懷疑精神。這兩點，無疑爲魏晉道家中興大盛有著密切的關係，而同時爲破解權力的後起的論述作了重要的準備。

---

[42] 前書：「招致」。

[43] 前書：「災異」。

歷史整體性與中國現代文學研究之省思*

顯然，如果我們眞的要認識任何事物，我們就必須先準確地知道大量相關的細節。

——龐德：「我聚合奧賽雷斯的肢體」

辯證方法寫作的特殊困難的確是在於它求全面、整體的特色；彷彿你必須道盡萬事萬物，方可說出其一；彷彿你必須對整個體系作出概要的說明，始可以闡明一個新的思想。

——弗德烈·詹明信：「朝向辯證批評」

* 原爲英文論文，發表於 *Tamkang Review*, Vol X, Nos 1 & 2 (Autumn & Winter 1979) pp. 35–55. 在重寫過程中，有若干語氣上的變動。

㈠關於歷史的整體性

常識告訴我們，「整體性」只能是爲了研究上方便所提出來的概念，並沒有任何一個思想程式可以完全包攝它。我們從具體歷史之流中攔截某些事物，將它們從不斷變化的環境中抽離出來加以審視和分析；但與此同時，歷史之流卻不停息地繼續著它的全部進程，使得任何所謂「整體性」的大言都成空話。所謂歷史完整體（必須包括所有的時空）和歷史客觀性（卽假定所有具體事件都可以得到驗證）是永遠無法眞正達到的。對我們來說，每一種歷史最後只是一家之言，不完全，而且往往是片面的解釋，因爲只有那認爲是重要的某些事實被挑選出來，加以突出，彷彿它們眞的可以代表歷史的全部！

基此，龐德（Ezra Pound）在談到「新的研究方法」或「明徹細節的方法」時說：

> 任何事實從某種意義上說，都是重要的。任何事實都可能朕兆的，但某些事實卻能爲人們觀察周圍環境、前因後果、序次與規律，提供一種出人意料的洞識力……我們在文化或文學發展史上，便接觸到這種具有啟發性的細節。數十個這種性質的細節可以使我們獲得關於一個時代的信息——這些信息是積聚浩繁的普通事實所得不到的[1]。

弗德烈・詹明信（Fredric Jameson）這位與龐德完全不同的批評家也強調說：任何一種分析都必須將某些「顯性範疇」離析出來；這些範疇作爲辯證關係的現象可以使我們通過正反兩面同時注意而認識事物的本質。但最後，這種抽象的思維必須復歸於具體的世界，「把它作爲自身具足的這個幻象消滅，重新溶入歷史，提供了短暫的瞬間，彷彿可以窺見有形整體的現實。❷」

把辯證批評者詹明信和歷史意識充其量是折衷派的龐德並置，這並不意味著二者有著什麼共同的歷史哲學，而是要指出：儘管他們之間的價值階梯是明顯的不同，他們仍需面對研究歷史時這個初步的自相矛盾：亦即是在承認思維在歷史整體性前面種種侷限性的同時，又各自都極望通過一些挑選的細節尋求及認知跡近整體性的東西。（見龐德的「明徹的細節」、詹明信的「顯性範疇」）。

顯而易見，所有的歷史研究都應視作暫行的，不是蓋棺定論的，有待修改的。正是把所有歷史的闡釋看成暫行這種自覺，才可以使我們與永恒不斷變化的整體過程保持持續不斷的聯繫，才可以對整體性的問題有充分的掌握。當人們忽視了這種自覺，便很容易巧托整體性而以偏概全。君不聞許多大言不慚的立論：說某某作品是某時代的精神代表，是「試金石」，是「最富意義的」傳統的再現；而所謂「傳統」，常常是指高級文化傳統，以所謂「永恒性」、「絕對性」爲指標。

❶ Pound, "I Gather the Limbs of Osiris", *The New Age* (Dec. 7, 1911), pp. 130-1.

❷ "Toward Dialectical Criticism", *Marxism and Form* (Princeton, 1971), pp. 311-2.

在不少的情況下，所謂「意義重大」，所謂「絕對性」，所謂「至高的心靈」，這些堂而皇之含有價值階梯性的用語，往往必需通過某一特定文化裏某些古代權威所提出來的準據來驗證。然而，當這套準據被抽離歷史時空而轉用到另一歷史時空時，就可能是十分武斷的。

但根深在我們意識中有一種危險，即一套成見的定型。而這套具有排他性的成見多多少少可以說是由過去一些權威所「欽定」；他們從彼時彼地出發，將某些經驗的模子從全體現象的生成過程中離析出來，然後宣稱它們在「任何」時候都放諸四海而皆準。我們不得不承認，由於忽略了歷史的整體性而產生偏見的事例，是屢見不鮮的。

試舉中國文學史爲例。我們講的實在是文化人作品的中國文學史。我們的品味、秩序意念、技巧的認定、審美的標準都受到相應的牽制。我們中間很少人把在野的所有民間文學當作嚴肅的文學作品來對待；偶或有民間文學作品躋身於「文學之林」時，它們不是被「收買了」，便是被「化合了」。而這收化的過程往往又是依從文人作品和批評家的思向和價值去處理。儘管文人作品的想像模式最早很可能也是提煉自民間雛型的表現模子，而這個過程往往經過折衷的篩濾，但所謂低等文化中、口頭文學、民間作品中固有的不事修飾、自發性的許多結構特色都被污損歪曲了。

從某種意義上說，這是不可避免的。「文化」之爲文化必然是一種篩選的過程。問題在於這個篩選過程對整體性本身的影響如何。因爲即在文人作品的研究中，這個過程也暴露出相當明顯的縮減和折衷。艾略特的歷史觀與傳統觀便是一個現成的例證。他要我們(指西方人)擁抱自荷馬以還的全部文學，並且以此來衡量我們（指西方人）自己的作品，看看它如何或有沒有調整了整個秩序。這裏，我們無意責備艾略特在他的傳統觀裏沒有包括了東方世界（卽印度與中國，這兩個他熟知的文化國度）；依我所見，就文人作品的整體秩序來說，至少也得包括這兩個國家。事實上，卽就希臘、羅馬以還歐洲的文學整體中，艾略特的傳統也是極端挑選性的：僅僅包括但丁、幾位伊麗莎白時代的戲劇家、玄學詩人、某些象徵派和後期象徵派的詩人而已。

當然，當我們談一個詩人批評家（如艾略特），或某一特定歷史場合的批評家時，我們看的是他對整體秩序的一種「認知」、他「吸收」的範圍，以及吸收的過程如何受到所有歷史因素的制約與決定；而這些歷史因素也正是詩人批評家個人才具（感性與偏愛）所必須與之協調的。我們要評論艾略特，就必須認識這個更廣大的整體性，始可以完全了悟其聲稱見到的整體秩序的局限性。

這一個整體觀念使我們瞭悟：某一個批評家或某一個階級的批評家所刪略的並非不足輕重；它之所以被刪略，往往是因爲當時的壟斷意識型態把它排斥了；換言之，它被某一種特殊的歷史解釋摒諸門外。但另一個不同時期對歷史的新解釋則有可能使這些被刪略的因素作爲顯性的範疇而重新出現。

我們現在可以看到，一方面，具體歷史的全部記載是無法做到的（而且，以史實聚列這種以量見勝的歷史在質上終難成氣候）；另一方面，如果我們確實想使我們選擇的歷史細節獲得任何意義，能够作爲整個歷史長河中濃縮的瞬間，歷史的整體意識是不可缺少的。整體意識，亦即同時了悟到每一個觀點都是暫行的這一認識，就可以幫忙防範以偏概全、把討論的某些孤立現象說成整體的虛妄。

還有一點必須指出：我們都清楚，所有的文學研究都必須置於一個時間的範圍內，但一切相關的現象（社會的、經濟的等等）的討論則不能囿於這一個時間的框框內。事實上，對於文學史構成現實眞正的了悟，向來都須要超越這個固定的時限，因爲我們見到的萬物萬象既是過去的結果，又同時是將來的萌芽。傳統也必須作如是觀。社會經濟變遷的新網絡裏傳統因素的興起與成形，必然涉及對其過去（作爲一種根源力量）的衍化和現時（運作中）的調整、變遷進行研究。從實踐的觀點看，所有的文學研究都必須從極少數的序次事件出發（而非全部序次事件），因爲我們的頭腦一次只能容納一定的數量；但這些挑選出來的序次事件必須反映出一種情況，即是：這些事件必需是在我們的意識中、和特定時間以內、以外我們能掌握的所有現象聯繫起來之後才挑選出來的，雖然初步的聯繫活動未必完全明確。

(二)研究五四以來文學的諸問題

當我們現在轉向中國現代的文學，即五四運動以來的文學的研究時，更必須時時刻刻把握住上述的歷史整體意識。這個時期中西方文化模子之間的衝突與調合是極其複雜的。其衝突對峙曾深深觸擾了中國本源的感受、秩序觀和價值觀。爲了維護他們「存在的理由」，處於被壓迫者角色的中國知識份子，努力不斷地，或要從外來模子中尋出平行的例證，或者強硬地堅持他們固有文化的優越。的確，這是一個過去與現在、本土文化與外來文化各種層面互相滲透的過程，包括國人對這過程作出不同程度的迎拒。顯然，這一個複雜的生成過程要求我們把每一個個別的歷史時刻放入全部歷史事件中去透視，包括那本土文化在含糊中執著的抗拒而導致急遽的變化。

具體地講，當時尋求新的文化理論根據——其特徵表現在對舊有政治、倫理、美學秩序根本的摒棄和歐美意識型態和文學理論大規模的移植——最初的動機是要使中國人民從分權割地的外國列強和本土專橫體制下解放出來。當時的幕景大致包括了以下的層面：

(一)對以儒家爲支柱的獨裁王權、對完全置貧苦農民而不顧的豪紳階級管理的落後經濟、對封建家庭和社會習俗、對曾經爲中流砥柱的「中」國帶來無上光榮的文言、舊文學和古典思想進行極端情緒化的鞭韃；這一切都是指望能通過政體和社會的變革而重建中國（如康有爲、孫中山、胡適、陳獨秀等等所提出）和「新」民(如梁啟超、胡適、陳獨秀、魯迅、毛澤東等等的用語)；

(二)最初是通過西方知識的倡導和科學的研究企圖取代舊有文化，其後，幾乎是同時的，常常是不分皂白地，移植了自由主義、功利主義、實用主義、個人主義、天演論、易卜生主義（尤其是婦女解放運動）、社會主義、馬克思主義、古典主義、浪漫主義、象徵主義、惟美主義、自然主義、寫實主義、未來主義、表現主義、達達主義、革命文學論、無產階級文學論等等這些在原生歷史場合各各不同、往往是互相排斥的理論與運動；

㈢隨之而來的是有關「國粹」和「西方」實質問題的論爭（自我與社會的關係、自我與政黨的關係、科學方法的意義、社會主義的諸種看法、革命文學的得失、民族形式的論爭、以及中共後來所謂社會主義現實主義勝於批判的現實主義所引起的激烈的論爭等等）；

㈣貫穿這些巨變的是中國以前沒有經驗過的激烈事件：西方列強船堅炮利的侵略造成神聖不可犯的中國迅速的崩潰和空前的恥辱（不平等條約、領土、經濟、法律及其他權利的喪失），使中國人失去了似乎至今還沒法挽回的民族自信；對西方列強抵抗的軟弱無能結局是血腥的屠殺、民族的羞辱、中國被推到亡國的邊緣；

㈤而引起一系列自覺的革命（政治、文化、文學融合相推的自覺革命）團結了文人、城市知識份子、學生、工人的示威與罷工運動，阻擋了外國統治的危機（五四、五卅運動），而從其中產生出來的革命精神後來幫助中國人在三十年代和四十年代完成了打倒軍閥與抗日；

㈥而在這些互相滲透的歷史事件和思想變革中，現代的中國知識份子不斷地陷入對傳統、對西方文化的一種「既愛猶恨」的情結中。

上述的說明雖然簡短，但已清楚地表明：任何單一的現象，決不可以從其複雜的全部生成過程中抽離出來作孤立的討論。歷史意識和文化美學形式是不可分割的，所以我們在研究單一的現象時；必須將它放入其所生成並與別的因素密切互峙互玩的歷史全景中去透視。

下面我們將審視這個生成過程的一些層面。但，首先，我們還得就中國當代政治所造成的困難說幾句話。

國共兩黨的內戰隔斷了書刊的流通。長期以來，不同時期的許多重要文獻都無法找到。事實上，它們遭受到禁錮（至於兩方因各自不同的情況提出的理由，在此不論。）只有香港後來重印了一些書，才使我們有關中國現代史認識的空白得到一些塡補。

這種隔絕更因黨派立場而複雜化。臺灣對於五四偶像破壞的精神開頭是懷有戒心的，所以一直不太鼓勵五四全面的探討，而對新文學的研究，一直淡然處之。結果是：沒有新文學的學系或課程的建立，沒有一個收藏這一個時期全部文獻的圖書館。有時情形是：有目無書。事實上，除了幾個不對外開放的圖書館外，二、三、四十年代很多重要的文學作品都無法讀到。而大眾能接觸到的都是精心挑選過的，選集的情形亦如此❸。自一九一九年以來的文學論爭幾乎不爲一般的大學生所聞。朱西寧等人曾呼籲過開放三十年代文學，但效果並不見著。在這種情形下，要想接近歷史的整體性便有了顯著的困難。

另一方面，中共編寫的文學史則受制於毛澤東論新文化運動的兩篇文章（「五四青年運動」，

❸ 譬如「六十年詩歌選」，王志健編（臺北，一九七三），就沒有收創造社、太陽社作品，聞一多、卞之琳、何其芳、臧克家、艾青、王辛笛等均未列入。

一九三九年；「新民主主義論」，一九四〇年）以及一九四二年的延安文藝座談會講話。他在這些文章裏堅持認爲五四運動是一個「無產階級領導的、反帝反封建的、人民大眾的文化運動。❹」丁易撰寫的官方歷史恪守這種觀點；這位歷史家根本不提胡適、其他的城市知識份子、新月派全體成員和許多爲新文化運動醞釀而作出貢獻的理論家。王瑤也依從毛澤東的論斷，但當他在其大書「中國新文學史稿」（北京，一九五三年）中討論到胡適、徐志摩及同類作家以圖取得某種歷史整體性時，卻遭受到嚴厲的批判。

對他指責包括：

㈠、王把資產階級說成是新文學運動的領導角色，把胡適、蔡元培捧爲最重要的人物。

㈡、他把文學作品看成個人的產物，而不是黨或階級鬥爭的產物。

㈢、他混淆了文學上兩條路線即無產階級對資產階級的鬥爭，而且沒有表現無產階級對資產階級取得的勝利。

㈣、他不同意文學應該爲政治鬥爭服務的觀點。

㈤、他認爲藝術上的形式主義來自生活中的形式主義，這是對黨性直接的攻擊。

㈥、他過份強調「美」，過份吹捧徐志摩、林語堂等人。

---

❹ 毛澤東在「在延安文藝座談會上的講話」裏事實上是依瞿秋白所提出文學爲大眾的說法而演化出來。這篇和相關文字均見「毛澤東選集」。

(七)、他把馬克斯列寧主義看成抽象的、教條的，從而否定了黨在文學藝術中的領導作用。

(八)、他鼓吹胡風的主觀鬪爭精神，蔑視了大眾化等等⑤。

這些觀點反映了一九八〇年以前中共多數批評研究的總趨向⑥。毛澤東關於無產階級是新文學史的眞正創造者的主張也影響到西方在這方面的探討，如 Huang Sungkang 和普實克（J. Prusek），儘管他們自稱持有科學的客觀態度。毛論也影響了詩歌的選集。臧克家的「中國新詩選一九一九——一九四九」（北京，一九五六），便是一個很好的例子。可以意料到的，刪去的幾乎全是新月派的詩人，而對臧克家影響最大的聞一多僅有一首不重要的詩收入。在評論著作中，王西彥研究魯迅的專著「論阿Q和他的悲劇」（上海，一九五七）也是很典型的，他不得不試圖通過回答下面三組問題來證明其運用馬克斯列寧主義觀點認識魯迅的正確性，雖然魯迅的早期小說是在左傾前寫成的：「魯迅五四時期的小說中有沒有社會主義現實主義的因素？如果有，表現何在？」「從他的『吶喊』到『徬徨』，思想上和藝術上有什麼進步？」「在他的雜文中，有

⑤ 正式的提綱最初是由一個委員會（老舍、蔡儀、王瑤、李何林）於一九五一年的「中國新文學史教案」提出來（見李何林「中國新文學史研究」，北京，一九五一）。王瑤的「中國新文學史稿」（一九五三）在路線上原亦與該「提綱」相呼應。批判王瑤的觀點係由北京大學魯迅文學社的學生提出。見香港波文書局重印的王著（一九七二），內收十三篇批王文章。

⑥ 一九八〇年以後，有不少文章爲新月派平反，而四十年代的重要詩人結集如「九葉集」得以第一次與大陸讀者見面。預料在近期的中國新文學史將有大大的修正。

沒有表現出什麼民族個性？這個民族個性的來源是什麼？」王西彥認爲魯迅是反抗吃人的封建制度的戰士，雖然他也承認早期的魯迅是個進化論者，帶有個人主義色彩，缺乏黨性，也缺乏馬克斯的科學觀點，然而，他仍不得不把這些早期的作品看作朝向共產主義思想的「萌芽」。至於第二個問題，王西彥認爲魯迅已經從小資產階級立場跨進了工農羣眾運動中。就魯迅那些小說而言，事實並非如此。對於第三個問題，王西彥的回答是：魯迅的雜文札根於中國的土壤裏❼。這樣一來，魯迅那種陷於社會承諾（主張進步、科學）和個人靈視（在認同危機中求索的意義）之間的矛盾、陷於倡導新文化思想與根深地戀棧著古典傳統之間的矛盾和他作爲一個靈魂探索的個人主義者的複雜心理，都被減縮爲僅僅代表一種意識型態的語規。中共批評家廻避了馬克斯美學辯證論中可以發揮的錯綜複雜性，而採取了與辯證思維中心所在——歷史的整體意識——大相逕庭的減縮性、千篇一律、公式化的方法。

但是，我們必需承認，中共的批評家或左傾的其他批評家應該是講求歷史的，雖然太偏些。他們的問題出在未認清他們的歷史見解只是暫行的，未認清他們以偏概全的妄誤。但另一方面，那些自稱是超歷史觀的批評家卻往往是違背歷史的。在此，我們不妨借普實克和夏志清那場有名的筆戰來看這個問題❽。

---

❼ 王著，頁二一六——二四六。

從表面看，這是一場左派右派之爭，因爲一方指責另一方犯有教條主義。但細看之下，這其實是一場歷史方法和超歷史方法的論爭。普實克所代表的是歷史的方法，但，正如夏志清所指出的，他犯了中共類同狹窄觀點的錯誤。至於夏志清的立場，我們可以從普實克的指責和夏志清的自我表白中看出來：

> 有些工作應屬於文學史家的職責，我理應承擔，但由於我關心的基本任務，是對此一時期重要的有代表性的作家進行批評的審視，而非文史的報告……因而，我並沒有在小說的現代試驗與本土傳統之間的關係作系統的研究；因而，雖然曾就西方文學對中國現代小說的影響發表若干意見，卻沒有對這種影響作過任何系統的研究。不錯，我曾用比較的方式列舉了不少西方的作品，但那主要是爲了有助於更精確地闡釋討論中的作品，而不是企圖論證其淵源與影響……我也未曾把中國小說家慣用的技巧作廣泛的比較研究，雖然，這類研究……對於評價上會有一定的價值……**我的**首要任務在於區分與評價❾。

---

❽ J. Prusek, "Basic Problems of the History of Modern Chinese Literature and C. T. Hsia, *A History of Modern Chinese Fiction*", *T'oung Pao*, XLIX (Leiden, 1961) pp. 357–404; C. T. Hsia, "On the 'Scientific Study of Modern Chinese Literature'," *T'oung Pao*, L. (Leiden, 1963), pp. 428–473.

❾ *T'oung Pao*, L. (Leiden, 1963) pp. 429–30

在排拒了一件文學作品的意義與形式乃基源於歷史這一個命題以後，夏志清把文學創作的成品看作超脫歷史時空自身具足的存在物。如影響過他的「新批評」一樣，他從所謂具有普遍性的一套美學假定出發：凡合乎西方偉大作品的準據亦合乎中國的作品。我們看到，在他討論魯迅時，一下子舉了喬義斯（James Joyce）、海明威、馬修・安諾德、賀拉斯（Horace）、本・瓊生（Ben Jonson）、赫須黎等一大串名字用作幾乎是順手拈來的比較（頁七二、三四、五四），卻沒有逐一檢討其間使其風格、形式、文類和美學假定各異的歷史內容，以便找出這些作家可資比較的確切之處，他全書作了不少類似的輕率的暗比，如論葉紹鈞時提到約翰遜博士的「拉塞拉斯」（Rasselas）和契訶夫（頁五九、六六）；論郁達夫時提到波特萊爾和喬義斯（頁一〇八—九）；論老舍時提到喬義斯小說的布盧姆（Bloom）和德達魯斯（Dedalus）、提到亨利・菲爾丁（Henry Fielding）的湯姆・瓊斯（Tom Jones）（頁一七三、一八〇）；論沈從文時提到葉慈・華茲華斯的「露西」（Lucy）、邁爾克（Michael）等，又提到福克納的莉娜・格羅夫（Lena Grove）（頁一九〇、二〇二、二〇三、二〇四），以及論張愛玲時提到凱瑟琳・曼斯菲爾德（Katherine Mansfield）、凱瑟琳・安・波特（Katherine Ann Porter）、尤多拉・韋爾蒂（Eudora Welty）、卡森・麥卡勒斯（Carson McCullers）、簡・奧斯汀（Jane Austin）等（頁三八九、三九二）。茲舉幾個典型的一筆帶過輕率比較的例子：

「這篇短篇小說（魯迅的『孔乙己』）具有海明威寫尼克・亞當斯（Nick Adams）短篇中的簡約與含蓄。」（頁三四）

「〔葉紹鈞的〕緩慢的節奏、偏重文體的語言、及濃重的憂鬱色彩使人聯想到……約翰遜的『拉塞拉斯』」。（頁五九）

「〔在老舍的『二馬』中〕大馬也是一個利奧波德・布盧姆式人物……他的兒子則是斯蒂芬・德達魯斯的同等角色。」（頁一七三）

這些中國作家所關心的時代與個人問題與西方作家所關心的迥然不同，而夏志清實在是要求我們戴上西方作家的濾色鏡來閱讀他們的作品，凡是熟識這些中國作家的歷史發展的人都會發現，在一部作品中出現有關中西方作家美學的匯通，其形成的過程遠比上述浮光掠影式的暗示和意見要複雜得多。

夏志清的方法背後，還有一個爲許多研究中國現代文學的學者贊同的假定，即，既然某一特定的作品仿傚了外來的模子，我們就可以用西方模子中的文化假定去審視中國的作品，彷彿合用於「母本模子」的也必然合用於移植的模子。事實上，盡管現代知識份子狂熱地鼓吹過全盤西化，但對外來模子的全盤擁抱卻是幾乎沒有發生過。他們的意識中往往存在著傳統的因子，制約了這個移植的過程。我們應該提出下列這些問題：是何種歷史、社會的變革促使了對過去傳統的排拒而接受某種外來的意識型態？在這個過程中，他們（或許是無意識地）又訴諸哪些傳統的思想、美學模子作爲他們接受的依據或理由？對於外來的模子又作了何種調整以便能爲本土接受？在傳統的宇宙觀中，究竟哪些文化或美學的執著，包括歷史理論和思維習慣（即使他們曾公開批判過的理論與習慣），牽制和決定了對外來理論中某些層面的排拒？我們還應記住，西方文學中沿襲下來的文學模子的概念（所謂「普遍意義」）本身也是値得商榷的，也就是說，這些被應用的「西方模子」自身可能已經是對西方文學的一種扭曲。

試以二、三十年代中國作家瘋狂地擁抱的浪漫主義爲例。他們強調的僅僅是浪漫主義的情感成分（常常以濫情主義的極端形式出現），而對浪漫主義的中樞運思行爲——想像，則幾乎毫無所知。他們被新近奉若神明的科學之宏偉氣勢所懾服，而不明白，西方浪漫主義者當時卻是爲了反抗科學帶來的威脅，才強調想像作爲有機組織體的重要意義。具體地講，十七世紀打破了中世紀地球中心說之後，在所謂「新哲學」的影響下，人們相信天地萬物（腦亦不例外）都是依循某些物理律法操作的。浪漫主義者爲了給人（作爲萬物機樞的中心）提供新的理論根據，因此強調，只有通過智心主動的、有機的創造性，我們始可以認識宇宙的眞質；而只有詩人才具有這種想像組織的天賦，只有他們，像認識論中追索的神秘主義者一樣，可以把觀感、認知、表達三者合而爲一種創作行爲。在這一個創作過程中，詩人必須由現象世界（物理世界）突入本體世界（超物理領域，即形上領域）；這種超越物理外象的強烈欲念使得浪漫主義者，不斷從事赫伯特·

里德（Herbert Read）一度稱之爲「形而上的焦慮」的追索，而這一個追索則是來自浪漫主義者對個人智心的想像行爲過度的倚重。早期的中國浪漫主義者對辜律瑞己、華茲華斯、歌德，和諾瓦利斯（Novalis）等人認識論式追索的核心層面所知不多。我們不禁要問：早期的中國新詩人選擇以情感主義爲基礎的浪漫主義而排拒了由認識論出發作哲理思索的浪漫主義，在多大的程度上是緣由於中國本土的輿情傾向呢？我指的是，譬如公元三、四世紀間某些詩人（如竹林七士）乘興而作的行爲，又譬如李白詩中對這種逸興的推崇。另外，道家所提倡的天道自然、自然而然的宇宙和美學思想在多大程度上幫助了中國作家避開了形而上追索的自我焦慮呢？

同樣地，中國象徵派詩人對於魏爾倫「詩藝」中色彩、明暗和音響微妙的相互玩味比起馬拉梅玄理的複雜性要更爲合拍。他們對馬拉梅所說的「美」——像一束我們在植物界在花圃上所看不見的新花，那神妙地、音樂似的從語字中昇起的新花——似乎也沒有什麼認識。他們不甚理解馬拉梅對語言世界的獨鍾，他如何把它視爲絕對，並且不要認同外在世界的歷史緣由；他們也不甚了解馬拉梅詩中倒置柏拉圖世界的歷史含義❿。又譬如說，我們可以這樣問：梁宗岱從波特萊爾的「應合」（Correspondances）一詩中找到什麼樣的美學的平行例證，以至他可以說芭蕉寫蛙跳水鳴的俳句和林逋的絕句是象徵詩的最高範例，儘管二者在哲學上和美學上的假定有著昭著的

❿ 關於馬拉梅的美學問題，見我的「語言與眞實世界」一文，收入我的「比較詩學」（臺北，一九八三）頁一一一——一二二。

歧異⓫？我們還可以問：是什麼傳統的哲學美學觀念使得中國的馬克斯論者否定馬克斯的內核黑格爾的體系，並認爲他是唯心論者？

要回答這些以及其他許多問題，我們就必需同時兼顧兩種文化體系在事物整體機樞中的範疇與運作。僅僅將兩部作品從各自相關的歷史瞬間抽離出來作一番比較、對比是不能夠完全把握一種文化現象的全部生成過程的。現階段中國許多意識型態、美學觀點的衍變必須放入全部經濟、歷史、社會、文化的網膜中去認識才行。英國浪漫主義興起的歷史因素和浪漫主義在中國突發性的興起的歷史因素是極不相同的。譬如說，科學和浪漫主義被同時移植到中國來是有著多重曖昧意義的，發生於浪漫主義前數百年歐洲的古典主義，發生於其後的寫實主義，以及其他移植過來的意識型態和理論，各各都有特定的社會歷史根源，各各都具有不同時空的延展，其中還有不少是針鋒相對的。這麼多不同歷史根源的思潮和文學運動竟會在一、二十年間「同時」移植過來（有時全部集中在一個作家身上），這是耐人尋味的。光是指出這些不同之處便足以令我們追問：這個綜合繁複的現象（我們暫且按馬克斯的觀點稱之爲「上層建築」吧）又如何可以用「下層建築」的經濟基礎作充分的解釋呢？

⓫ 梁宗岱：「詩與眞」（上海，一九三五）頁七五——一〇五。
芭蕉俳句：古池や蛙飛で込む水の音。
林逋：「疏影橫斜水淸淺，暗香浮動月黃昏」。

因此，如果我們僅僅從西方模子（包括其中的馬克斯主義）中的社會文化假定出發，我們所能看到的將是脫離歷史生成全部具體現實的一些抽象概念。我們必須尋找出當時能夠接受（而且是在同一時間內接受）這許多思潮的「內在需要」。中國作家在這些外來思潮中找到何種歷史上的「關聯」？這些關聯有多少是由歷史事件所決定的？又有多少是運作於歷史事件網膜中的主觀意願所決定的？我用「關聯」一詞，並不是說中國知識份子在那個歷史關頭對某種思潮有根本的、通透的認識。事實上，他們往往不很清楚。如果他們當時便了悟到浪漫主義中包含了極端的個人主義，如果他們了悟到達爾文的「自然淘汰」和「適者生存」（達爾文從斯賓塞那裏借用的名詞）包含的族種主義和自私行爲，並且了悟到其最後的據點是與中國人強調的「齊物」與「大同」的思想相悖的話，他們很可能會馬上將之排斥。

所以，我們必須了解某種思潮進入中國歷史意識時的複雜方式。當時知識份子所接受的部分，不一定是該思想大的部分，甚至不一定是重要、精要的部分，而是那恰好適合或接上當時歷史、社會變化的相關部分。因此，我們必須進一步區分這些合乎歷史需要的相關部分和外來模子中那些有助於鞏固及創作中國傳統的重要的文化層面。要做到這一點，我們必須首先對傳統文化和美學視境中的中國特徵及其在過去運作時的原始力量有一個完全的把握；其次，我們必須探究問題中西方的意識型態，包括它在它自己的時空中運作的原始力量，我們始可以明辨它們可否匯通與交配生長。只有這樣，我們始可以將這些從其生成過程中湧現出來的元素和全部歷史現象並列對照，並且區別出反傳統運動中反對的到底是什麼？沒有被反的是什麼？中國傳統中沒有被反的部分又是如何潛移默化地促進同西方元素的協調，以實現一種將能鞏固及豐富（而非改變）中國傳統思境的新綜合。

這裏，我們必須提醒讀者，並非所有的知識份子都明瞭他們當時的選擇的。譬如，早期的知識份子不分皂白地擁抱西方，這並不是完全基於崇洋迷外的思想，最早是出於「以其人之道還治其人之身」的需要，即以西方侵略者的蠻術來治他們的蠻行的需要。知識份子作這種選擇，是中國行將被西方列強所滅亡的危機和中國人受盡空前凌辱所逼出來的。他們以前從來沒有像當時那樣感覺到中國已經瀕臨絕境。他們沒有時間去思考這兩種文化體系，從中理出一個最適合中國國情的政治、社會、文化的架構。在這種革命的狂熱裏，在他們的眼中，彷彿這些西方的思潮和主義一同都可以協助他們建立救亡所需的識見，彷彿所有的外來思想，從根本上說，都代表了普羅米修斯的使命和浮士德克服種種衝突的推動力。這些看法支配了他們吸收外來思想的過程。在回顧這一時期時，我們注意到，幾乎所有的知識份子在思想上都沾染了一種爆炸性的情感主義。五四運動很難稱得上是中國的「文藝復興」。正如李長元在「迎中國的文藝復興」一文中極中肯的結論，當時的知識份子既未復興傳統的中國文化，對西方傳統也未有根本的、深刻的建立。他們所做的，不過是用一、二十年的時間重演了西方二百多年的文化變遷⑫。所以，我們不應該只用

⑫ 李長元：「迎中國的文藝復興」（重慶，一九四四）頁一四——二一。

中國的或西方的思維模子去抽象地判定這些知識份子，而應該設法去了解他們對文化與歷史認知的角度，他們吸收外國文化的取向，是他們愛國愛民的一種權宜決定，是他們追求某種歷史的整體性時試圖解決不可收拾的殘局的努力。因此，他們的作品不應該從超然於具體歷史的純美學立場去看，而必須將之投射入他們活躍的整個舞臺，在那舞臺上，生活過程和藝術過程密不可分地交織成眞正的意義架構。

我們在這裏不妨對這些變革關鍵所在的文化吸收過程再稍作一番說明。文化吸收可以從作家個人行爲來看，如魯迅「狂人日記」之借用果戈里（Gogol）；也可以從更大的文化整體來看，如民主與科學，或被稱之爲「啟蒙精神」之被移植到中國土地上。正如本文頭一部分討論到艾略特對待傳統的挑選情形，每一項移植都必需設法納入某種傳統的架構裏始可以生根振發。我們可以舉理學家吸收道家和佛教思想爲例。早期的理學家，爲了同強大盛行的佛教中形而上的思想與超越的元素抗衡，他們轉向「易經」而推出「太極」的意念作爲萬象之源。「太極」，常被析解爲「虛」，來呼應佛教的「空」和道家的「無」，一種無窮無盡，絕對的東西；但不同於道佛的看法，這個「虛」卻是倫理的基源。從這個宇宙的最終原則，他們又區分出產生萬物萬象的「理」和「氣」。這個看法滿足了當時知識份子對世界作形而上認知的需要，但這種析解宇宙的原則，必須落實在儒家的架構裏。

理學通過吸收與綜合，不僅是戰勝了主宰地位的佛教，而且在其後數百年間，更成爲浩浩蕩蕩的新文化思想的主要源泉。但是，現代中國吸收和綜合的過程則要複雜得多，而且時間也已證明，要困難得多。中西文化模子的衝突與調合差不多已進行了六十年，可是依然給人一種鴛鴦錯配的印象，一種「水土不服」。原因之一是：這時期的衝突比起理學時期要劇烈得多。理學的成功因素至少有三。第一，傳統思想體系不像民前動亂歲月那樣被砸爛；第二，它並未眞正喪失陣地；它在統治階層和身兼政治家的知識份子羣中，亦佔主宰性的位置；第三，佛教已不再是外來的模子。當佛教從漢朝以來歷代試圖征服中國文人界的過程中，它已經吸收了中國的哲學，如用道家的「無」去闡釋「空」等等[13]；換言之，它已經自動協調來適合中國的思想模子。這些因素促成了宋初理學生成的過程。現階段中國進行的吸收，協調，和綜合，並沒有經過任何預備的適應階段，因而需要我們深入那個歷史時期，去尋出，是什麼東西從根地阻碍了兩種文化眞正的結合，那種可以鞏固、豐富中國傳統的滙通。在我們試圖提出任何初步想法之前，我們還是先來看看幾個吸收的例子。

所謂全盤否定傳統往往只是一種表面的姿態而已。所有這些知識份子，胡適、魯迅、郭沫若、徐志摩、聞一多等等，受的都是古典文化的教育。所以，在他們文學的表現上或社會思想型

---

[13] 見湯用彤：「中國佛教史」，或 E. Zürcher, *The Buddist Conquest of China* (Leiden, 1959, 1972) p. 73：「大乘佛教的觀念，爲智、明、空、寂和方便，自然地，不知不覺地歸併入玄學的觀念，如聖、虛、無、靜、無爲、自然和感應。」

態的思考上，沈潛在他們下意識裏的一些傳統的美學觀念和文化思想，仍然如鬼靈般左右著他們的取捨。就拿早期的郭沫若爲例吧。他早期的詩，常常以一連串近乎炮擊的頓呼，爆發性地歌頌自我，大聲疾呼自己是徹頭徹尾的偶像破壞者；然而，就在他接受西方自由思想的同時，他又下意識地試圖喚起道家思想作爲平行的例證。在他歌頌革命時，又從共工的神話中尋找其接受西方這個靈感的一種依據。更耐人尋味的是那首寫中國從死灰中復活的詩「鳳凰涅槃」。這首詩用了西方和中國有關鳳凰的傳說作序，而詩中更有一段幾乎是屈原「天問」的直接意譯，而「天問」是一首寫宇宙出現或成形的詩，也可以說是創世神話詩的一例。這段正可以作爲新生中的中國的一種廻響與對話。這裏，正如徐志摩、聞一多、魯迅作品中一些類同的作法，正是說明了傳統下意識的活動。郭詩的這一段，代表了他有意無意之間給外來文化的母題提供了一個中國傳統的依據，雖然，這種掛鈎可能只是一種權變的關聯而已。在我們看來，莊子的「無待」，常常被視爲絕對自由的最高典範，卻必須與他強調的「齊物」思想連在一起看；它從根來說是大異於西方壟斷的、自我中心、個人主義的取向的。是這種把人視作萬物互助合作之一體的立場（儒家亦贊同的立場），促使了三十年代的知識份子公開宣布個人主義的死亡。這無疑是一個重要的原因。另一個原因則是受到社會主義理想的影響。

中國現代化過程中遇到的種種難題，迄今沒有得到令人滿意的答案。但是，許多外來模子的假定，從根本上看，有不少地方是與中國本質背道而馳的，這一點我在其他的文章中有細論，在此不贅⑭。但讓我在此提出一個猶待大家深思的角度，作爲參考。

李長元把五四運動稱做中國的啟蒙運動：如其間的理性思維的主導性，懷疑精神，批判精神，求驗證的科學眞理，數理的準確性，和實用工具主義⑮。這些層面確然開拓了中國思想文化的新天地，它們激勵了中國知識份子擺脫傳統的教條而跨進新的領域。在這個意義上，我們應該把這些思想看成對歷史變革的眞正貢獻。然而，也正是這些外來的信念，在當時甚至在現在，彷彿都已染上了神話的色彩，極大地觸擾了中國本源的感受性，造成一種延續不斷的異化感與隔離感。更耐人尋味的是，近年，這些在西方曾起過重要作用的信條卻受到了大大的質疑。這樣一種見解或許可以給猶待闡明的中國現象作爲一個重要的注腳。馬斯·霍克海默（Max Horkheimer）在他的「啟蒙運動的辨證法」（與西奧多·艾多諾 Theodor W. Adorno 合著），「理性的蝕損」（*Eclipse of Reason*）和「工具理性之批判」（*Critique of Instrumental Reason*）等一系列的著作中，斥責西方理性人控制、支配、進而異化了自然界，將其變成了一件物體來對待。這一個過程，不只使人與大自然失調，而且使得人自己變成了一件物體。

> 啟蒙運動的綱領使到世界原始的魅力喪失……人們欲從自然中學習的是如何去「用」自然以便完全控制自然及其他的人……對於啟蒙運動來說，凡不符合數理計算與功利原則

⑭ 見我的「比較詩學」一書（臺北，一九八三）

⑮ 李長元，頁一五——一六。

的都被受懷疑……人爲了增加他們更大的權力而付出代價，那代價便是同那個他們可以行使威權的對象（自然、人）離異。啟蒙運動對待萬物就像獨裁者對待人一樣。他只知道他們被製用的層面。思維本身也物化而成爲一個自身具足、自動的過程，是機器的一種非人化，求的是它可以自造，最後機器可以作代替品……數理的程序變成了思維的儀規……它把思維變成了一件物體，一種工具……人類世界對自然的壟斷又反過來對付思維主體自身……主體和客體兩者都變得無能爲力了⑯。

壟斷的原則已經成了一種崇拜的偶像，一切都爲之而作出了犧牲。一部人類征服自然的歷史也是一部人類被自身征服的歷史……正如自我在同自然、同他人、同自我的本能的鬪爭中力圖取勝的原則一樣，人們認識到，自我與壟斷、控制和組織的作用是相關聯的。透徹、冷靜、自身具足的數學這個正統理性的權威工具最能代表這種嚴峻媒介的運作……自我壟斷了自然⑰。

中國知識份子在吸收西方思想的過程中，究竟在多大程度上注意到上述發展的結果，注意到它和「人只是萬物之一體而非主宰萬物」這個中國看法是相悖的呢？道家和儒家思想都敦促人去

⑯ Max Horkheimer and Theodor W. Adorno, *Dialectic of Enlightenment* (New York, 1972) pp. 3,4,6,9,25,26.

⑰ Max Horkheimer, *Eclipse of Reason* (New York, 1974) pp. 105-107.

效法自然。既然人是萬物互助合作整個運作中之一體，那他就應該是互助合作社團中的一員；這個社團裏強調的是「獻出」而非「收受」，其間的默契是：摒棄「自我主位」以完成一個更大社會和自然的和諧，人人能盡其才而又不侵損到他人本有的潛能。在這樣一個爲大多傳統知識份子所許諾的互助合作架構裏，支配、壟斷及操縱的原則是格格不入的。是不是西方意識型態裏這種可能使中國氣質非人化、非自然化的威脅導致了五四以來無休無止的文學論爭呢？關於打倒偶像派和傳統派之間、創造社與文學研究會之間、創造社太陽社與新月派詩人之間文學革命、革命文學、民族文學、無產階級藝術論、文學大眾化、民族形式問題的諸論爭，中西兩種文化觀的衝突在此又給了我們一些怎樣的啟示呢？

要回答這個問題並不容易。中國知識份子吸收西方思想以及他們在思想文化模子的協調上的態度是模稜的。我們應該記得：最初正是爲了反對外國的控制和支配他們才離棄傳統的，但他們現在擁抱的新宇宙觀，如果加以實行，到頭來將使他們陷入另一種形式的控制與支配之下。我們還記得，他們反對的不僅是外國的控制，而且也努力擺脫本土的某種控制形式，亦卽是獨裁王權。而耐人尋味的是，這恰好是衍自同體二面的意識型態，這意識型態一面否定一面又永固了專制的統治。儒家的理想國家要求社會的每一個成員，都按照建立在事物本質（道、性、理）全然了悟的基礎上的一套典範，來實現個人的天賦。理想的君主應該通過格物的原眞、誠心、正性達到與自然應和來齊家治國。可是，在實際制度化的過程中，君主往往自詡順應「天命」，並且爲了建立自己的絕對政權，爲了鞏固和集中他的權力，而培植出一個地主豪紳階級來，這個階級反過來支配和剝削農民羣眾。

由是，我們發現現代中國知識份子協調本土和外來文化模子的整個網絡是充滿著模稜性的。幾乎當時所有的中國知識份子都游離於移植模子中「民主化」與「人性機械化的威脅」之間，游離於傳統意識型態的摒棄與肯定之間。梁啟超便是一例。他在一九〇二年的新民論爲後來的知識份子舖了路；他鼓吹西方民主，創編「新民通報」，被認爲是以後數十年間許多新民主思想的濫觴（包括「新民」二字影響到後來者的用語）；但他同時又是最早斥責西方文化的人。在他的「歐游心影錄」中，他對歐洲人過於依賴科學和物質文化深惡痛絕，並相信科學與物質文化將導致中國文化特徵的泯滅，因爲科學的發明是建築在貪婪、控制和戰爭之上。

我們現在可以看到，這一時期的任何研究都必需從中西方模子的吸收、調整過程中錯綜複雜的模稜情況出發。要完全了悟不斷處於迎拒雙重狀態下的過去與現在、本土與外來文化在不同層次互相滲透的過程，我們必需把握住有效的歷史整體性明徹的認識。這個洞識要求我們擺脫孤立的、單一的文化觀點（尤其是那些脫離具體歷史生成過程的觀點），要求我們走出限定的時空範疇，以親睹文化特質在具體歷史之中有力的、同時與發的不同序次事件的生變。

一九七九初稿
一九八三修訂

滄海叢刊書目（一）

國學類

中國學術思想史論叢（一）～（八）	錢　穆　著
現代中國學術論衡	錢　穆　著
兩漢經學今古文平議	錢　穆　著
宋代理學三書隨劄	錢　穆　著
論戴震與章學誠——清代中期學術思想史研究	余英時　著
論語體認	姚式川　著
論語新注	陳冠學　著
西漢經學源流	王葆玹　著
文字聲韻論叢	陳新雄　著
入聲字箋論	陳慧劍　著
楚辭綜論	徐志嘯　著

哲學類

國父道德言論類輯	陳立夫　著
文化哲學講錄（一）～（六）	鄔昆如　著
哲學：理性與信仰	金春峰　著
哲學與思想	王曉波　著
內心悅樂之源泉	吳經熊　著
知識・理性與生命	孫寶琛　著
語言哲學	劉福增　著
哲學演講錄	吳　怡　著
日本近代哲學思想史	江日新　譯
比較哲學與文化（一）、（二）	吳　森　著
從西方哲學到禪佛教——哲學與宗教一集	傅偉勳　著
批判的繼承與創造的發展——哲學與宗教二集	傅偉勳　著
「文化中國」與中國文化——哲學與宗教三集	傅偉勳　著

從創造的詮釋學到大乘佛學 ——哲學與宗教四集	傅偉勳　著
佛教思想的現代探索 ——哲學與宗教五集	傅偉勳　著
中國哲學與懷德海	東海大學哲學研究所主編
人生十論	錢　穆　著
湖上閒思錄	錢　穆　著
晚學盲言（上）、（下）	錢　穆　著
愛的哲學	蘇昌美　著
邁向未來的哲學思考	項退結　著
逍遙的莊子	吳　怡　著
莊子新注（內篇）	陳冠學　著
莊子的生命哲學	葉海煙　著
墨家的哲學方法	鍾友聯　著
韓非子析論	謝雲飛　著
韓非子的哲學	王邦雄　著
法家哲學	姚蒸民　著
中國法家哲學	王讚源　著
二程學管見	張永儁　著
王陽明 ——中國十六世紀的唯心主義哲學家	張君勱著、江日新　譯
王船山人性史哲學之研究	林安梧　著
西洋百位哲學家	鄔昆如　著
西洋哲學十二講	鄔昆如　著
希臘哲學趣談	鄔昆如　著
中世哲學趣談	鄔昆如　著
近代哲學趣談	鄔昆如　著
現代哲學趣談	鄔昆如　著
思辯錄 ——思光近作集	勞思光　著
中國十九世紀思想史（上）、（下）	韋政通　著
存有・意識與實踐 ——熊十力體用哲學之詮釋與重建	林安梧　著
先秦諸子論叢	唐端正　著
先秦諸子論叢（續編）	唐端正　著
周易與儒道墨	張立文　著

孔學漫談　余家菊　著
中國近代新學的展開　張立文　著
哲學與思想
——胡秋原選集第二卷　胡秋原　著
從哲學的觀點看　關子尹　著
中國死亡智慧　鄭曉江　著
後設倫理學之基本問題　黃慧英　著
道德之關懷　黃慧英　著
異時空裡的知識追逐
——科學史與科學哲學論文集　傅大為　著

宗教類

天人之際　李杏邨　著
佛學研究　周中一　著
佛學思想新論　楊惠南　著
現代佛學原理　鄭金德　著
絕對與圓融
——佛教思想論集　霍韜晦　著
佛學研究指南　關世謙　譯
當代學人談佛教　楊惠南編著
從傳統到現代
——佛教倫理與現代社會　傅偉勳主編
簡明佛學概論　于凌波　著
修多羅頌歌　陳慧劍譯註
禪　話　周中一　著
佛家哲理通析　陳沛然　著
唯識三論今詮　于凌波　著

應用科學類

壽而康講座　胡佩鏘　著

社會科學類

中國古代游藝史
——樂舞百戲與社會生活之研究　李建民　著
憲法論叢　鄭彥棻　著
憲法論集　林紀東　著

國家論	薩孟武 譯
中國歷代政治得失	錢 穆 著
先秦政治思想史	梁啟超原著、賈馥茗標點
當代中國與民主	周陽山 著
我見我思	洪文湘 著
釣魚政治學	鄭赤琰 著
政治與文化	吳俊才 著
中華國協與俠客清流	陶百川 著
世界局勢與中國文化	錢 穆 著
海峽兩岸社會之比較	蔡文輝 著
印度文化十八篇	糜文開 著
美國社會與美國華僑	蔡文輝 著
日本社會的結構	福武直原著、王世雄 譯
文化與教育	錢 穆 著
開放社會的教育	葉學志 著
大眾傳播的挑戰	石永貴 著
傳播研究補白	彭家發 著
「時代」的經驗	汪 琪、彭家發 著
新聞與我	楚崧秋 著
書法心理學	高尚仁 著
書法與認知	高尚仁、管慶慧 著
清代科舉	劉兆璸 著
排外與中國政治	廖光生 著
中國文化路向問題的新檢討	勞思光 著
立足臺灣，關懷大陸	韋政通 著
開放的多元社會	楊國樞 著
現代與多元——跨學科的思考	周英雄主編
臺灣人口與社會發展	李文朗 著
財經文存	王作榮 著
財經時論	楊道淮 著
經營力的時代	青龍豐作著、白龍芽 譯
宗教與社會	宋光宇 著
唐宋時期的公園文化	侯迺慧 著

史地類

古史地理論叢	錢　　穆	著
歷史與文化論叢	錢　　穆	著
中國史學發微	錢　　穆	著
中國歷史研究法	錢　　穆	著
中國歷史精神	錢　　穆	著
中華郵政史	張　　翊	著
憂患與史學	杜維運	著
與西方史家論中國史學	杜維運	著
清代史學與史家	杜維運	著
中西古代史學比較	杜維運	著
歷史與人物	吳相湘	著
歷史人物與文化危機	余英時	著
共產國際與中國革命	郭恒鈺	著
共產世界的變遷——四個共黨政權的比較	吳玉山	著
俄共中國革命祕檔（一九二〇～一九二五）	郭恒鈺	著
俄共中國革命祕檔（一九二六）	郭恒鈺	著
聯共、共產國際與中國（1920～1925）　第一卷	李玉貞	譯
民族主義與近代中國思想	羅志田	著
抗日戰史論集	劉鳳翰	著
盧溝橋事變	李雲漢	著
歷史講演集	張玉法	著
老臺灣	陳冠學	著
臺灣史與臺灣人	王曉波	著
清史論集	陳捷先	著
黃　帝	錢　　穆	著
孔子傳	錢　　穆	著
宋儒風範	董金裕	著
弘一大師新譜	林子青	著
精忠岳飛傳	李　　安	著
鄭彥棻傳	馮成榮	著
張公難先之生平	李飛鵬	著
唐玄奘三藏傳史彙編	釋光中	編
一顆永不隕落的巨星	釋光中	著

新亞遺鐸 錢　　穆　著
困勉強狷八十年 陶百川　著
困強回憶又十年 陶百川　著
我的創造・倡建與服務 陳立夫　著
我生之旅 方　　治　著
逝者如斯 李孝定　著

語文類

文學與音律 謝雲飛　著
中國文字學 潘重規　著
中國聲韻學 潘重規、陳紹棠　著
魏晉南北朝韻部之演變 周祖謨　著
詩經研讀指導 裴普賢　著
莊子及其文學 黃錦鋐　著
管子述評 湯孝純　著
離騷九歌九章淺釋 繆天華　著
北朝民歌 譚潤生　著
陶淵明評論 李辰冬　著
鍾嶸詩歌美學 羅立乾　著
杜甫作品繫年 李辰冬　著
唐宋詩詞選——詩選之部 巴壺天　編
唐宋詩詞選——詞選之部 巴壺天　編
清真詞研究 王支洪　著
苕華詞與人間詞話述評 王宗樂　著
優游詞曲天地 王熙元　著
月華清 樸　　月　著
梅花引 樸　　月　著
元曲六大家 應裕康、王忠林　著
四說論叢 羅　　盤　著
紅樓夢的文學價值 羅德湛　著
紅樓夢與中華文化 周汝昌　著
紅樓夢研究 王關仕　著
紅樓血淚史 潘重規　著
微觀紅樓夢 王關仕　著

中國文學論叢	錢　穆　著
牛李黨爭與唐代文學	傅錫壬　著
迦陵談詩二集	葉嘉瑩　著
西洋兒童文學史	葉詠琍　著
一九八四	George Orwell原著、劉紹銘　譯
文學原理	趙滋蕃　著
文學新論	李辰冬　著
文學圖繪	周慶華　著
分析文學	陳啟佑　著
學林尋幽——見南山居論學集	黃慶萱　著
中西文學關係研究	王潤華　著
魯迅小說新論	王潤華　著
比較文學的墾拓在臺灣	古添洪、陳慧樺編著
從比較神話到文學	古添洪、陳慧樺主編
現代文學評論	亞　菁　著
現代散文新風貌	楊昌年　著
現代散文欣賞	鄭明娳　著
葫蘆·再見	鄭明娳　著
實用文纂	姜超嶽　著
增訂江皋集	吳俊升　著
孟武自選文集	薩孟武　著
藍天白雲集	梁容若　著
野草詞	韋瀚章　著
野草詞總集	韋瀚章　著
李韶歌詞集	李　韶　著
石頭的研究	戴　天　著
寫作是藝術	張秀亞　著
讀書與生活	琦　君　著
文開隨筆	糜文開　著
文開隨筆續編	糜文開　著
印度文學歷代名著選（上）、（下）	糜文開編譯
城市筆記	也　斯　著
留不住的航渡	葉維廉　著
三十年詩	葉維廉　著
歐羅巴的蘆笛	葉維廉　著

移向成熟的年齡 ——1987～1992 詩	葉 維 廉　著
一個中國的海	葉 維 廉　著
尋索：藝術與人生	葉 維 廉　著
從現象到表現 ——葉維廉早期文集	葉 維 廉　著
解讀現代・後現代 ——文化空間與生活空間的思索	葉 維 廉　著
紅葉的追尋	葉 維 廉　著
山外有山	李 英 豪　著
知識之劍	陳 鼎 環　著
還鄉夢的幻滅	賴 景 瑚　著
大地之歌	大地詩社　編
往日旋律	幼　　柏　著
鼓瑟集	幼　　柏　著
耕心散文集	耕　　心　著
女兵自傳	謝 冰 瑩　著
詩與禪	孫 昌 武　著
禪境與詩情	李 杏 邨　著
文學與史地	任 遵 時　著
抗戰日記	謝 冰 瑩　著
給青年朋友的信（上）、（下）	謝 冰 瑩　著
冰瑩書柬	謝 冰 瑩　著
我在日本	謝 冰 瑩　著
大漢心聲	張 起 鈞　著
人生小語（一）～（八）	何 秀 煌　著
人生小語（一）（彩色版）	何 秀 煌　著
記憶裡有一個小窗	何 秀 煌　著
回首叫雲飛起	羊 令 野　著
康莊有待	向　　陽　著
湍流偶拾	繆 天 華　著
文學之旅	蕭 傳 文　著
文學邊緣	周 玉 山　著
文學徘徊	周 玉 山　著
無聲的臺灣	周 玉 山　著
種子落地	葉 海 煙　著

向未來交卷	葉海煙 著
不拿耳朵當眼睛	王讚源 著
古厝懷思	張文貫 著
材與不材之間	王邦雄 著
劫餘低吟	法　天 著
忘機隨筆 ——卷一・卷二・卷三・卷四	王覺源 著
過　客	莊　因 著
詩情畫意 ——明代題畫詩的詩畫對應內涵	鄭文惠 著
文學與政治之間 ——魯迅・新月・文學史	王宏志 著
洛夫與中國現代詩	費　勇 著
老舍小說新論	王潤華 著
交織的邊緣 ——政治和性別	康正果 著
還原民間 ——文學的省思	陳思和 著

美術類

音樂人生	黃友棣 著
樂圃長春	黃友棣 著
樂苑春回	黃友棣 著
樂風泱泱	黃友棣 著
樂境花開	黃友棣 著
樂浦珠還	黃友棣 著
音樂伴我遊	趙　琴 著
談音論樂	林聲翕 著
戲劇編寫法	方　寸 著
與當代藝術家的對話	葉維廉 著
藝術的興味	吳道文 著
根源之美	莊　申編著
扇子與中國文化	莊　申 著
從白紙到白銀（上）、（下）	莊　申 著
畫壇師友錄	黃苗子 著
水彩技巧與創作	劉其偉 著

繪畫隨筆	陳 景 容　著
素描的技法	陳 景 容　著
建築鋼屋架結構設計	王 萬 雄　著
建築基本畫	陳榮美、楊麗黛　著
中國的建築藝術	張 紹 載　著
室內環境設計	李 琬 琬　著
雕塑技法	何 恆 雄　著
生命的倒影	侯 淑 姿　著
文物之美 ——與專業攝影技術	林 傑 人　著
清代玉器之美	宋 小 君　著

～涵泳浩瀚書海　激起智慧波濤～